デルマの洞察《どうさつ》

ピーター・トレメイン

法廷弁護士にして裁判官の資格を持つ美貌の修道女フィデルマが解き明かす事件の数々。宴《うたげ》で主人役の人物が急死し，招待されていたフィデルマが犯人を探す「毒殺への誘《いざな》い」，眠りから目覚めていきなり殺人犯にされた修道士を弁護する「まどろみの中の殺人」，競技場での殺人にからむ国王と司教の対立を扱う「名馬の死」，孤島で起こった修道女の不可解な死の謎を探る「奇蹟ゆえの死」，そしてフィデルマが属しているキルデアの聖ブリジッド修道院で起きた殺人事件を解く「晩禱《ばんとう》の毒人参《ヘムロック》」の５編を収録。好評シリーズの日本オリジナル短編集第２弾。

登場人物

フィデルマ……七世紀アイルランドの法廷弁護士《ドーリイー》

毒殺への誘《いざな》い

ネクトーン……ムスクレイガの族長
エッス……ネクトーンの最初の妻
ダホー……ネクトーンとエッスの息子
ダルガー……スリーヴ・ルアクラの族長
クゥール……若い工芸家
マーボーン……ネクトーンの族長位のターニシュタ〔タニスト、次期継承者〕
ゲローク……ネクトーンお抱えの医師
キーア……ネクトーンの召使い
オルカーン……ムスクレイガ族長領の首席ブレホン〔裁判官〕

まどろみの中の殺人

ファーガル……………………修道士《ブラザー》
バードブ……………………クノック・ゴラムに住む若い娘
コンガル……………………バードブの兄
リミッド……………………バードブの恋人
エルカ………………………異教徒の隠者

名馬の死

ラズローン…………………ダロウの修道院長
ブレッサル…………………ラーハンの大司教
フェイローン………………ラーハン王国の王
ムルドナット………………フェイローンの王妃
エーナ………………………フェイローンの甥。ラーハン王国の王位のターニシュタ

ダゴーン……………………エーナの夫人
イラン………………………フェイローン王の馬の騎手
エンガーラ…………………ブレッサル司教の馬の調教師
モルカッド…………………ブレッサル司教の馬の騎手
ケラック……………………馬専門の医師
エブレン……………………聖ダーリーカ修道院の薬剤担当の修道女《シスター》
シーローン…………………ブレッサルの護衛戦士

奇蹟ゆえの死

フォガータック……………ボー・アーラ〔地方代官〕
ケヴニー……………………アード・マハの女子修道院長
コークラン…………………医師
コンガル……………………漁師。シャナヒー〔語り部〕
パトリック…………………神父
アータガーン………………アン・フースの司教

晩禱《ばんとう》の毒人参《ヘムロック》

イータ……………キルデアの聖ブリジッド修道院の院長
ポティガール………同、薬剤担当の修道女
エフナ………………同、バナティー〔執事〕
キルマンタンのシローン……修道院の客人
フォラマン…………来客棟の世話係
ティラハーン………イー・ファルギ小王国のターニシュタ

修道女フィデルマの洞察《どうさつ》

——修道女フィデルマ短編集——

ピーター・トレメイン

甲 斐 萬 里 江 訳

創元推理文庫

HEMLOCK AT VESPERS
AND OTHER STORIES
FROM HEMLOCK AT VESPERS

by

Peter Tremayne

目次

毒殺への誘《いざな》い

Invitation to a Poisoning

食事は、なんとか礼儀を守ろうと無理に取り繕われた雰囲気の中で、進められていた。食卓を囲む人々を包んでいるのは、冷えびえと強《こわ》ばった空気であった。ムスクレイガ族長領の長《おさ》ネクトーンのテーブルについている客は七人。修道女フィデルマは、食事の前に熱い風呂に入りたいという誘惑に抗しきれず、そのため宴《うたげ》の席に一番遅れて案内されることになったので、広間に入るやすぐに、そのことを見てとることができた。客人七人に、ネクトーン自身。円卓を囲む人々の数は、不吉な数字の八人ではないか。フィデルマは、内心、秘かに溜め息をついた。だがただちに、古い迷信にこだわる自分を胸の内で叱りつけた。とは言うものの、重苦しい感情が宴席にみなぎっていることは、否《いな》みようがない。

今宵の宴に連なっている人間は、一人残らず、ネクトーンに憎しみを抱《いだ》く理由を持っているのだ。

修道女《シスター》フィデルマは、軽々しく言葉を使う人間ではない。聖職者であると同時に、アイルランド五王国(1)のいずれの法廷にも立つ資格を持つ弁護士でもある彼女は、常にできうる限り簡潔にして正確な表現を用いようと努め、いつも慎重な言葉遣いを心がけている。だが、その彼女をしても、ネクトーンによって喚起《かんき》される感情を言い表す表現としては、この強い嫌悪を表明する単語しか、思いつかないのだ。

今、円卓を共にしているほかの人々と同様、修道女フィデルマにも、ムスクレイガの族長ネクトーンに強い憎しみを覚える十分な理由があった。

では、なぜネクトーンのこの奇妙な招待を受けたのだろう？　同席のほかの招待客たちにしても、どうしてこの宴に出ることを承知したのであろう？

フィデルマに答えられるのは、自分の場合についてだけである。実は、彼女には、スリーヴ・ルアクラの族長ダルガーから、ある盗難事件に関して裁定を下してもらいたいので、どうかご来駕《らいが》を願いたいとの依頼が届いていた。修道女フィデルマは、〈ブレホン法〉(2)によって定められたドーリィー(3)〔弁護士〕であるが、さらにアンルー〔上位弁護士〕という、最高位に次ぐ高い資格も得ているため、状況によっては、裁判官を務めることもできるのであった。そこで彼女は、この要請に応えるために、ダルガーの領地へ赴くことにした。ところが、その往復には、嫌でもネクトーンの領土ムスクレイガを通り抜けねばならない。こうした事情さえなければ、ネクトーンの招宴など、拒絶していたはずだ。

スリーヴ・ルアクラの族長ダルガーもまた、ネクトーンを嫌う理由を持っていた。ところが、そのダルガーにも、同じ宴への招待が届いているという。それなら、裁判の終了後、一緒にネクトーンの砦(4)に行くことにしようと、二人は決めたのであった。

しかし、気乗りのしない招待を受けることにしたフィデルマの心の内には、それとはまた別の理由、彼女により相応《ふさわ》しい理由もあったのだ。ネクトーンの招待状は、きわめて説得力ある言葉で綴《つづ》られていた。その中で、彼は、かつてフィデルマに対して行なったある悪事について、赦《ゆる》しを乞うていた——自分は、かねてから、自分の悪しき振舞いについて謝罪したいと望んでいた。この度、彼女が自分の領内を通過すると知って、これこそ絶好の機会であると考え、自分が傷つけたほかの何人かの人々と共にフィデルマをお招きし、罪の償《つぐな》いをさせていただきたいと望んでいる。ご一同に自分の宴にご列席願い、全員の前で自分が犯した罪を明らかにし、深い悔悛の思いをこめた謝罪を聞いていただきたいのだ——と、述べていたのである。これが、きわめて見事な言葉で説かれていたので、フィデルマには、拒絶しがたかった。このような謝罪を述べる敵《かたき》を拒否しては、イエスの御教えに悖《もと》ることになろう。聖ルカは、救世主のお言葉を、こう伝えているではないか、〝汝《なんぢ》らの仇《あた》を愛し、汝らを憎む者を善《よ》くし、汝らを詛《のろ》ふ者を祝《しゆく》し、汝らを辱《はづか》しむる者のために祈れ。汝の頬を打つ者には、他の頬をも向けよ……〟(5)と？

このもっとも大事な教え、自分に悪しきことをした人々への赦しという教えに従うことを拒否するとしたら、これからフィデルマは、キリスト教という信仰に対して、どういう生き方をしてゆけるだろう？

今ネクトーンの宴の席についてみて、フィデルマは、自分のこの男に対する嫌悪はほかの招待客全員にも共有されている感情なのだ、と気づいた。少なくとも彼女は、赦しを求めるネクトーンの願いをキリスト教徒らしく受け入れようと、努力はしている。しかし同席の人々の顔つきや視線、気詰まりで不自然な会話、寒々とした雰囲気や緊張の気配などからすると、赦しという考えは、一座の人々の胸に熱く燃え上がっている熱望ではないらしい。それとは全く異なる思いが、皆の胸を焦がしているようだ。

食事が終わりに近づいた時、ネクトーンが立ち上がった。中年の男である。一見しただけでは、人は彼を陽気で親切な人物と判断するかもしれない。それも、無理なかろう。背は低く、まるまると肥り、肉付きのいい顔の顎の辺りはいささか弛《たる》みを見せてはいるものの、肌はまるで子供のように艶々とした桃色だ。長く伸ばした銀色の髪は、きれいに後ろへ梳《と》かしつけられている。唇は薄く、鮮やかに赤い。全体としては、なかなか好感の持てる顔だ。しかし、その下には残酷な力が隠されているのだ。この性格は、彼のムスクレイガ領の統治にも、強く反映されていた。人が、この男の無慈悲で残酷な本性に気づくのは、彼の灰色がかった氷のように青い目をまともに見つめた時かもしれない。色の薄い、何も感じることのない目。感情を持たぬ男の目である。

宴席にかしずいていた召使いは一人だけで、葡萄酒《ぶどう》も彼が一人で注いで回っていた。しかしそれも一段落して、その取手付き広口瓶《ピッチャー》も今は壁際の小卓の上に置かれていた。だがすぐにネクトーンが、自分の空になった高杯《ゴブレット》にピッチャーの葡萄酒を注ぐようにと、召使いに身振りで命じた。若者は、主《あるじ》の酒盃を満たしてから、小声で主人に伺いをたてた。「このピッチャーは、ほとんど空になっとります。葡萄酒を注ぎ足してきましょうか？」

しかしネクトーンは首を横に振り、粗暴な仕草で召使いを下がらせた。広間は、客たちとネクトーンだけになった。

フィデルマは、ふたたび胸の中で呻《うめ》いた。料理は、恥ずかしいばかりの代物だった。ネクトーンの気詰まりな演説まで聞かされずとも、もう十分うんざりさせられているのに。

「我が友人諸君」と、ネクトーンが話し始めた。まわりの人々を見まわす彼の視線には、温みなど、どこにもない。だがその声は、いたって物柔らかで、ほとんど皆の機嫌をとるかのような口調だった。「こうお呼びしてもいいでしょうな。なぜなら儂《わし》は、諸君にお集まり願って、その一人一人に、我が手で行なってきた悪事をはっきりと謝罪し、それをもって儂の罪の償いとさせていただきたいと、長年、胸の奥で考えておりましたのでな」

彼はここで言葉をきり、反応を期待するかのように、宴席を見まわした。だが、彼に応えたのは、沈黙のみであった。フィデルマは頭をあげて、彼の死んだような目を受け止めたが、実のところ、そのような態度を見せたのも、彼女一人であった。ほかの人々は、自分の前に置かれている、食べ残した料理が載ったままの皿を、気まずい顔で見つめ続けていた。

「今宵、儂の身は、諸君の掌中にある」とネクトーンは、一座の緊張に全く気づきもしないかのように、先を続けた。「儂は、諸君の一人一人に、非道を行なってきた……」

ネクトーンは、自分のすぐ左隣りに無言のまま坐っている、いかにも神経の細そうな顔をした初老の男へ、面《おもて》を向けた。この男には、落ち着きなく爪を嚙む癖《くせ》があるらしい。フィデルマが嫌いな性癖だ。専門家としての社会的地位を占める人々の間では、ほっそりと先の細い指と形のよい手が、美しいものとみなされていた。普通、指の爪は注意深く丸い形に整えておくものだし、それに深紅の色を添える婦人も多い。専門家たるもの、爪の手入れを怠《おこた》るとは、恥ずべきことと思われているのだ。

フィデルマは、この初老の男がネクトーンのお抱え医師であることを、知っていた。だからこそ、この手入れをしていない、身だしなみに悖る手が、フィデルマには余計に許しがたく、不快に感じられるのである。

ネクトーンは、医師に笑いかけた。フィデルマには、ただ顔面の筋肉を動かしてみただけの、感情とは一切無縁のものとしか思えない微笑だった。

「儂は、君に悪いことをしてきたな、我が医師ゲロークよ。儂は、毎回のように支払いをごまかしながら、君の奉仕を利用してきた」

初老の男は、椅子に坐ったまま、落ち着かなげに身じろぎをしたものの、すぐに無関心な態度となって、肩をすくめた。

「だが、あなたは、私の主君でいらっしゃる」と答えた。よそよそしい声だった。

ネクトーンは、医師のこの反応を面白がるかのように顔を歪めたが、今度は医師の隣席の、ふくよかな、中年の、でもまだ十分に美しい女性へと、顔を向けた。彼女は、この宴の席で、フィデルマ以外のただ一人の女性客であった。

「それから、お前だ、エッス。お前は儂の最初の妻だった。だが儂は、不貞という偽りの言いがかりでもってお前を離縁し、儂の砦から追い払ってしまった。実は、お前よりもっと若く、もっと魅力的な女に心を奪われ、その腕の中に収まりたかった、ということだったのにな。儂は、姦通《かんつう》という罪を着せることによって、お前の持参金と相続財産を、不当にも盗み取ってしまった。さらには、不義を犯した女として、我が族長領の領民の前で、お前に屈辱を与えた」

エッスは、石のような表情で坐ったままだった。ただ時おり示すわずかな瞬《まばた》きが、やはりネクトーンの言葉を聞いていることを示していた。

「そして、お前の隣りに坐っているのが」とネクトーンは、円卓の席を右回りに進めながら、演説を続けた。「儂の息子、いや、我々の息子のダホーだ。儂は、お前の母親に非道を行なったが、それによって、ダホー、お前にも悪いことをしてしまったわい、我が息子よ。このムスクレイガ族長領におけるお前の正当なる地位を、奪ってしまったのだからな」

ダホーは、ほっそりとした、二十歳《はたち》の青年だった。生真面目な表情だが、ただその目には――父親の冷たい灰色がかった青い目ではなく、母親似の目だが――そこには、ネクトーンに対する憎悪がぎらついていた。彼は、何か激しい言葉を吐き出そうとするかのように、口を開こうとした。しかしフィデルマは、母親のエッスが片手を息子の腕に伸ばしてそれを押しとどめたことに気づいた。母親に止められたダホーは、鼻を鳴らし挑むように顎をぐっと突き出したものの、ネクトーンの挑発に答えることは思いとどまった。ネクトーンが息子からも以前の妻からも、赦しをもらえないであろうことは、はっきりしているようだ。

ネクトーンは、自分に向けられたさまざま反応に、全く動じていないらしい。むしろ、なにやらそれに満足を覚えているようにさえ見える。招待客の一人で、エッスの反対側に坐っている男がクゥールという名の若い工芸家であることを、フィデルマは知っていた。そのクゥールが、落ち着かなげに立ち上がると、円卓に沿ってネクトーンの後ろの小卓に載っているピッチャーのほうへ行き、自分の手にしている空のゴブレットに葡萄酒を注いだ。どうやらこれで、ピッチャーは空になったらしい。ピッチャーを小卓の上に戻して、クゥールはふたたび自分の椅子に戻った。

ネクトーンは、彼の動きを気にもとめなかったようだ。フィデルマも、若者の行動を、ぼんやりとしか、気にしていなかった。彼女は、片手をあげて被《かぶ》り物の下からこぼれ出た一房の赤毛を押し戻しながら、嵐を秘めた自分の緑色の目を、ネクトーンの冷たい目にじっと据え続けていた。

「そして次は、あなたですわい、我らの王コルグーの妹君でもある〝キャシェルのフィデルマ〟(6)殿……」とネクトーンは、ここで両手を広げてみせた。それでもって、自分の悔悛の深さを示す動作のつもりなのだろうか？　「若い修道女見習いであったあなたが儂の族長領を訪れられたのは、アイルランド五王国の全ての法官の長である偉大なるブレホン〔古代アイルランドの裁判官〕、モラン師の随行者の一人としてでしたな。儂は、あなたの若さと美しさにすっかり魅せられてしまった。もっとも、そうならない男がおりましょうかな？　とにかく儂は、夜、〈歓待に関する法〉(7)の全ての掟《おきて》を踏みにじって、あなたの部屋を訪れ、あなたと関係を持とうとした……」

フィデルマは、ぐいっと顎をあげた。その出来事をまざまざと思い出して、彼女の顔に紅色が散った。

「関係を持とうと？」彼女の声は、氷そのものだった。今ネクトーンが使った言葉は、アイルランド語では、スレー。それを望んでいない相手と何とか性交をやってのけようとする行為をさす法律用語である。「あなたの不首尾に終わった試みは、むしろフォルカーと見做《みな》されるものです」

ネクトーンは、せわしなく目を瞬《しばたた》いた。その顔は、一瞬、苛立ちの仮面と化したが、すぐに元の蒼白い落ち着き払った表情に戻った。フォルカーは、力ずくの性交であり、きわめて暴力的な犯行をさす。フィデルマは、アイルランドに古くから伝わる武器を用いない護身術トゥリッド・スキアギッド(8)を、すでに若い頃から習得していた。そうでなければ、ネクトーンのありがたくない関心から引き起こされようとしたこの強姦は、現実の犯行となっていたかもしれなかった。だがフィデルマのこの護身の技のお蔭《かげ》で、怪我をしたのは、ネクトーンのほうだった。彼は、その夜の訪問のあと三日も、痛い思いをしたのであった。

ネクトーンは、悔い改めていますとばかりに、頭《こうべ》を垂れてみせた。

「あれは、怪《け》しからぬ振舞いでしたわい、修道女殿」と、彼は認めた。「儂は今、全面的に自分がいかに無法なる行動に及んだかを認め、修道女殿のお赦しを願っております」

フィデルマは、キリスト教の教えを熟考して胸の内で葛藤《かっとう》を演じつつも、やはり、いかなる赦しであれ、それを口にしてやる気にはなれなかった。彼女は、隠そうにも隠しきれない嫌悪の思いでネクトーンを凝視しながら、沈黙を守り続けた。この時、強い疑惑が胸に湧きおこるのを覚えた——ネクトーンは、今夜、何か狙いがあって一芝居打っているのではあるまいか？でも、何を狙ってのことだろう？

ネクトーンの口許が、面白がっているような表情をちらっと浮かべて、歪んだ。フィデルマからは怒りに満ちたこの沈黙以外に何も引き出せないであろうことを、十分予想していたかのような顔だった。

彼は、やや間《ま》をおいてから、フィデルマの左に坐っている、激しやすそうな赤毛の男へと、視線を移した。この男、〝スリーヴ・ルアクラのダルガー〟は、彼女もよく知っていることだが、ごく激しい気性の男で、思慮よりは行動という人間だ。すぐにいきり立つ。だが、赦すことにかけても、速《すみ》やかなのだ。フィデルマは、彼が心温かで寛大な人柄であることを、承知していた。

「スリーヴ・ルアクラの族長にして我が隣人であるダルガー殿」と、ネクトーンは彼に挨拶の言葉をかけた。だが、その口調には、皮肉が聞きとれた。「儂は、一族の若い連中をけしかけて、貴殿の領地に侵入させ、その住民たちを苦しめてきたが、それも自分の領土を広げ、貴殿の家畜の群れを略奪⑼するためであった」

ダルガーは、鼻から大きく息を吸い込んだ。その音は、怒りの表現だった。体中の筋肉が、今にも飛びかかろうとするかのように、緊張していた。

「儂の領民たちが皆、嫌というほど知っているこの事実を、貴殿が今認められたということは、和解へ向けての正しい第一歩じゃ。儂は、我々の休戦への道に、個人的な敵意を持ち出す気はない。儂が求めるのは、この休戦が公平なる立場に立つブレホンによって監督されることだけだ。言うまでもないが、我が領民のために、彼らが失った家畜、ならびに戦闘で死亡した者たちの〈エリック〔血の代償〕〉が支払われることを……」

「ああ、いいとも」とネクトーンが、無作法にそれをさえぎった。

ネクトーンは、もうダルガーを無視して、先ほどゴブレットに葡萄酒を注ぎに立ってゆき、ふたたび自分の席に戻っていた若者のほうへ、向きなおった。

「それから君にも、儂は恐ろしい痛手を与えてしまった、クゥール。君の妻を誘惑し、儂の館に連れてきて、今もここで暮らさせている。儂はこのようなことを公然とやってのけ、君の一族に恥辱《ちじょく》を与えた。この出来事は、我が族長領の全ての領民の前に暴露されたのだからな」

美貌の若者は、ダルガーの隣りの席に、体を強ばらせて坐っていた。彼は懸命に平静を保とうとしていたが、その顔は屈辱とかなり呷《あお》った葡萄酒のせいで、赤く染まっていた。クゥールは、装飾工芸の分野で、将来が期待される工芸家として、すでに広く知られており、多くの族長、司教、修道院長たちから、後世に残る美術品となるような自分の記念肖像を作って欲しいと依頼を受けており、フィデルマもその名を知っていた。

「あの女は、誘惑に自ら身を委《ゆだ》ねたのです」とクゥールは、不機嫌に答えた。「彼女が私を傷つけたのは、その情事を私に隠そうとしていた、という点だけですよ。その点も、彼女が子供たちを置き去りにして私の許を去り、あなたの館で暮らすようになった段階で、もう忘れました。全く、人間とは、のぼせ上がると、大変なことをやってのけるものです」

「君は、それを〝愛〟とは呼ばないのか?」と、ネクトーンは鋭く問いかけた。「彼女が儂を愛しているとは認めない、ということか?」

「彼女は、ただ愚かしい情熱に夢中になり、まともな判断力を失ったのです。ええ、私は、それを愛とは呼びません。〝のぼせ〟と呼びます」

「だが君は、まだ彼女を愛しているのであろう?」とネクトーンは、故意にクゥールを愚弄《ぐろう》しようとするかのような薄笑いを浮かべた。「彼女が今も儂の館で暮らしているというのに。あぁ、よかろう、もはや心配する必要はないぞ。今夜から君の家に帰るよう、彼女に言ってやろう。儂の彼女に対する……〝のぼせ〟は、もう冷めたようだからな」

明らかにネクトーンは、必死に怒りを抑えようとしているクゥールを眺めて楽しんでいた。椅子の袖を摑んでいるクゥールの指の関節が、白くなっていた。ネクトーンは、クゥールを嘲《あざけ》ることを露骨に面白がっていた。だが、その楽しみにも、すぐ飽きたようだ。彼は、最後の一人――自分の右隣りに坐っている、すらりとした体格の黒髪の戦士に、向きなおった。

「さて、次はお前だ、マーボーン」

戦士マーボーンは、ネクトーンのターニシュタ、すなわちネクトーンの族長位の次期継承者である。彼は、落ち着かなげに身じろぎをした。

「あなたは、私に対しては、別に酷《ひど》いことをされてはいませんよ」と彼は、堅苦しく、むっつりとした声で、それに答えた。

ネクトーンは、肉付きのよい顔に、いかにも悲しげな表情を浮かべてみせた。

「ところが、違うのだ。お前は儂のターニシュタ、儂の跡継ぎだ。儂亡き後は、儂に代わって、お前がこの地位を引き継ぐことになる」

「ずっと先の話です」とマーボーンは、ネクトーンの言葉を躱《かわ》した。「それに、私に対して、あなたは不当なことなど、しておられません」

「いや、そうではないのだ」と、ネクトーンは言い張った。「十年前のことだ。我がクラン〔氏族〕の集会で、一族の者たちは、儂とお前のどちらが族長となり、どちらがターニシュタとなるべきかを、決定しようとしていた。そして、集会が好意的だったのは、お前のほうだった。皆は、お前を族長に推そうとしていたのだ。儂は事前にそのことを知り、儂を族長に選ぶようにと、多くの者に賄賂《わいろ》を贈った。その結果、儂は族長となり、お前のほうは不当なる決定によって、二番手となってしまった。この十年間、儂はお前を自分の側《そば》近くに従えてきたが、本当なら、立場は逆であったのよ」

フィデルマは、マーボーンの顔が蒼白になったことに気づいた。しかし、そこに驚愕の色はなかった。明らかにターニシュタは、すでにネクトーンの不正を知っていたようだ。自制しようと努めてはいたが、それでも彼の面をかすめた怒りと憎しみの翳《かげ》に、フィデルマは気づいた。

フィデルマは、これはドーリイーの自分がはっきりと指摘しなければならない問題だと感じ、咳払いをして、沈黙を破った。一同の目が自分に集まったところで、フィデルマは静かな、しかし権威にある口調で、論じ始めた。

「〝ムスクレイガのネクトーン〟殿、あなたは、この席の我々に対して、自分が行なってきた不当なる振舞いを赦してくれと、一人一人にお求めになった。その中のあるものは、単純にキリスト教徒として赦すべきかどうかを自分で決めてよい問題です。しかし、私は、我が国のあらゆる法廷に立つドーリィーとして、言っておきます、あなたがこの宴席でいとも気楽に口にされた悪事の中には、そう単純には扱えないものも含まれています。あなたは、法に悖るやり方で族長位を手に入れた、と告白なさった。また、たとえあなたが法の認める族長であるとしても、隣国スリーヴ・ルアクラの族長ダルガー殿の領地に対して無法なる家畜略奪を行なうべく自分の領民を煽動《せんどう》した、という告白もなさっておいでです。このような行動は、自分の領民のためにも、決してよい結果をもたらしはしないでしょうに。略奪行為そのものが、重大犯罪なのですから。あなたは、自分のクランの集会で糾弾され、モアン王国（アイルランド南部のマンスターの古名。古代アイルランド五王国の一つ）の王である私の兄上の前にも出頭させられ、族長という地位を……」

ネクトーンは、丸々とした手をあげて、フィデルマを押しとどめた。

「あなたは、いつ、どのような場合にも、法の精神の権化ですな、フィデルマ殿。今、儂に指摘なさった法的問題は、いかにもそのとおりだ。儂は、あなたの法に関する見解を、そのまま受け止めますわ。今、〝赦しの宴〟の中で、あなたによって、こうした問題が持ち出されたが、そもそも儂がこの宴を催している主な目的は、諸君の前で自分のしてきた悪事を認める、ということだったのですからな。したがって、これからどういう批判が出てこようと、儂はそれを認めるつもりですぞ。だが、先《ま》ずは諸君の一人一人に、儂の非道を認めつつ、このゴブレットで乾杯をさせていただきたい。その後で、あなたの法律を発動なさるがいい。儂は喜んで、あなたの法の解釈に従いますわい」

そう言うと、彼は身を乗り出して自分のゴブレットを取り上げ、それをさしあげて、一同へ挨拶を送った。

「では、諸君に乾杯。心からなる悔悛をもって、この杯を干しますぞ。この後で、あなたの法律の威力を、楽しまれるがいい」

誰一人、口を開く者はいなかった。修道女フィデルマは、ネクトーンの芝居がかった振舞いに、皮肉な面持ちで眉を吊り上げた。まるで、まずい芝居を見せられているようだった。


族長ネクトーンは、ごくりと大きな音をたてて葡萄酒を飲み干した。ほとんど、その直後であった。彼はゴブレットを取り落とし、色の薄い目をかっと大きく瞠《みは》って前を見つめたまま片手を咽喉《のど》へ伸ばし、口を大きく開けて、恐ろしい喘《あえ》ぎをもらした。それから、まるで強烈な発作で体が強く跳ね飛ばされたかのように、後ろ向きに倒れこんだ。その拍子に、彼の椅子が後ろへ飛んだ。

一瞬、凍りついたような静寂が、宴の広間を満たした。

最初に平静な態度を取り戻したのは、族長のお抱え医師ゲロークだったようだ。彼は族長の傍《かたわ》らにひざまずいたが、ネクトーンが息絶えていることを見てとるのに、医師の熟練は必要なかった。引きつれた顔、大きく瞠られたままの死んだ目、捻《ねじ》れた手足は、死がすでに彼を我がものとしていることを明白に告げていた。

フィデルマの隣りのダルガーが、唸《うな》るような声をもらして、満足の意を露《あら》わにした。

「結局、神は見そなわしておいでだった」と彼は、平静に思いを口にした。「もし〈遙かなる国〉への旅立ちに手を貸してやるべき人間がいるとしたら、この男だった」彼はちらっとフィデルマに視線を向け、そこに咎《とが》めるような顔色を見てとると、軽く肩をすくめた。「儂は、正直な思いを口にしてしまったが、それは大目に見ていただけるでしょうな、修道女殿。実のところ、儂は、罪を赦すというキリスト教の考え方の信奉者ではありませんのでな。罪の赦しは、その罪と、それを犯した人間次第ですわ」

フィデルマが、ダルガーによってそらされた注意を、ふたたびゲロークに戻そうと向きなおった時だった。気懸《きがか》りそうに何事かを母親のエッスに囁《ささや》いている若いダホーと、それに対して首を横に振った母親の姿が、彼女の目にとまった。エッスは、ポケットの中の何か小さな物を、上から固く握りしめているように見えた。

その時、ゲロークが立ち上がり、ダルガーを疑いの目で見すえた。

「〈遙かなる国〉への旅立ちに手を貸してやるとは、一体どういう意味ですかな、族長殿？」と医師は問いかけたが、その声は感情を抑えているように硬かった。

ダルガーのほうは、平静な態度で、それに答えた。

「言葉の綾《あや》ですわい、医師殿。神は、ご自身のなさり方で、ネクトーンに罰をお与えになったのだ。何らかの発作かな？　心臓発作か何かのように見えたが。よく役に立つ手助けだった。ネクトーンが、そうした発作に見舞われるに相応しい男であったがどうかは――まあ、この宴のテーブルについている招待客の中で、それを疑う者など、一人もおるまい。この男は、我々全員に、悪事を働いてきたのだからな」

ゲロークは、ゆっくりと首を横に振った。

「これは、神がふと気紛れを起こされてお授けになった発作では、ありません」と彼は、静かに答えた。そして、付け加えた。「どなたも、この先、絶対に葡萄酒にお触れになりませんよう」

彼らは戸惑《とまど》い、どういうことなのか理解しようと、医師を見守った。

ゲローク医師は、一同の口にされない質問に答えた。

「族長殿のゴブレットには、毒が入っていました」と。「族長殿は、毒殺されたのです」

一瞬の沈黙のあと、フィデルマはゆっくりと立ち上がり、ネクトーンが倒れている場所へ近寄った。捲《めく》れあがった唇は青みがかり、色褪せた歯茎と歯が、そこから覗いていた。かつては天使を思わせた顔も、今は歪み、短い死の苦悶がいかに激しかったかを、フィデルマに告げていた。彼女は、床に転がっているゴブレットに手を伸ばした。底には、葡萄酒がまだわずかに残っている。フィデルマは指先をそれに浸し、用心しながら臭いを嗅いでみた。刺戟的な、甘い香りだった。フィデルマには、それがなんであるか、わからなかった。

彼女は、医師を見上げた。

「毒、と言われましたね?」実際には、問うまでもない確認だった。

医師は、即座に頷《うなず》いた。

彼女は立ち上がり、同席の招待客たちの混乱した顔を見まわした。困惑はしているものの、ムスクレイガの族長の死に悲しみや苦悩の色を浮かべている顔は、一つもないようだ。

もう全員が、どうしてよいのかわからぬままに、覚束《おぼつか》ない態度で立ち上がっていた。

最初に口を切ったのは、フィデルマであった。彼女は、静かなしっかりとした声で、話し始めた。

「法廷に立つ資格を持つドーリィーとして、この事件は私が取り扱います。犯罪が行なわれたのです。この広間の全員が、ネクトーンを殺す動機を持っております」

「あなたも含めてですよ」とダホーが、すぐに指摘した。「私は、犯人かもしれない人間に質問されることには、反対します。あの男のゴブレットに毒を入れたのがあなたではないと、我我にどうしてわかります?」

若者のこの咎めだてに驚いて、フィデルマはちょっと眉を吊り上げた。それから、ゆっくりと考えたうえで、若者の論理が正しいことを認め、彼に向かって頷いた。

「そのとおりです、ダホー。私にも、動機があります。また、毒がどのようにしてネクトーンのゴブレットに入れられたかが判明するまでは、私も自分にはそのようなことはできなかったと証明することはできません。その点、この広間にいる方々も全員、同様です。なぜなら、この一時間以上もの間、私どもはこのテーブルについていて、お互い、ほかの方々の姿をはっきりと見ていたわけですし、全員、同じ葡萄酒を飲んでいたのですから。先ずは、私ども、ネクトーンがどのようにして毒殺されたのかを、解明しなければなりますまい」

マーボーンが素早く頷いて、彼もそれに同感であることを表明した。

「私は、賛成ですな。我々は、フィデルマ修道女殿の意見を、注意深く伺うべきだ。私は、今や、ムスクレイガ族長領の族長だ。そこで、私は提案したい、我々は、この件の解決を、フィデルマ殿にお任せすべきだと」

「君は、確かに、族長だ。ただし、君がネクトーンを殺害したと証明されない限りだが」と、〝スリーヴ・ルアクラのダルガー〟が、冷笑を浮かべて、口をはさんだ。「それに、君はネクトーンの隣りに坐っていた。つまり、動機と機会があったわけだ」

マーボーンが、激しく言い返した。「今の私は、一族の集会が反対しない限り、この地の族長ですぞ。また、フィデルマ修道女殿も、一族の集会が否定しない限り、この任に当たる権威を持っておられるということを、私は族長として言っておきたい。そこで、私は提案する、我我は自分の席に戻り、フィデルマ殿に、ネクトーンがいかなる手段で毒殺されたかを、解明していただこうではないか」

「私は、反対だ」と、ダホーがはっきりと異を唱《とな》えた。「もし修道女殿が犯人だった場合、彼女は、我々の中の誰かを告発しようとするかもしれない」

「なぜ、誰かを告発するというのです？　ネクトーンは死に価する男だったのです！」鋭く、そう言い切ったのは、死んだ族長のかつての妻エッスだった。「ネクトーンは、死に価する男でした」と彼女は、強い語気で、そう繰り返した。「あの男は、千回もの死に価する人間です。この広間に集まっておいでの方々の中で、彼が〈遙かなる国〉へ送り出されたことを、私以上に喜んでおいでの方は、誰もいらっしゃいますまい。もしこの殺人を行なったのが私でしたら、私は喜んでそれに対する責任をこの身に受け止めますわ。この行為を行なった人が誰であれ、その人には、責められることなど、何もありません。さまざまな被害や苦悩を撒き散らしてきた害虫を、寄生虫を、この世から取り除いてくれたのですから。この広間に集まっている私どもは、皆で、ここでは犯罪は何も行なわれなかったと、これは自ずと行なわれた正義だったのだと、証言いたしましょう。ですから、これを実際に行なわれた方は、安心して、そうとお認めなさいまし。そうすれば、私どもは全員で、何ゆえの行為であったのかを証言して、実行者を支えることにいたしましょう」

一座の人々は、用心しながら、互いに顔を見つめ合った。エッスの感情的な訴えに異を唱える者は、明らかに誰もいないようだ。しかし、自分が手を下したと告白しようとする者も、誰もいなかった。

フィデルマは、唇を固く結んで、この問題を法的な見地から考えていた。

「そのためには、我々は全員、ネクトーンによって行なわれた悪事について、証言をする必要があります。そうすれば、この行為の実行者は、ネクトーンの〈名誉の代価《オナー・プライス》(11)〉を遺族に〈弁償金(10)〉として支払うだけで、釈放されましょう。その額は、十四カマルであって……」

エッスの子息ダホーが、苦々しげな哄笑をもって、フィデルマの説明をさえぎった。

「我々の中には、四十二頭の乳牛(一カマルは乳牛三頭)という〈弁償金〉を支払えない者がいるかもしれない。すると、どうなるのです？　弁償できないとなると、我々がいかに支持にまわろうと、法はその人間に、別種の罰を課すことになりますよ」

今や、マーボーンは、のびのびとした笑みを、顔に広げていた。

「〈弁償金〉は、私が用意しよう。ネクトーンがいなくなったということには、それだけの価値はありますからね」と彼は、悪びれもせずに、正直なところを口にした。ネクトーンの死によって、寡黙な戦士がより確乎たる決断の人へと急変したことに、フィデルマは気づいた。

「では」と、それまで口をつぐんでいた若い工芸家のクゥールが、熱心に身を乗り出した。

「では、それが誰であれ、この行為の実行者に名乗り出てもらい、自分がやったと認めてもらおうではありませんか。そうなれば、その人物が罪に問われないで済むよう、我々は皆で協力しましょう。私は、エッス殿のお考えに賛成です――ネクトーンは、死に価する悪党でした」

広間には、沈黙が続いた。人々は、互いにほかの人々の顔を見つめながら、誰かが名乗り出て罪を認めるのを待った。

しばらく、時が流れた。やがて、待ちきれなくなったダルガーが、「どうなのだ?」と、口を開いた。「さあ、実行したのが誰かは知らぬが、名乗り出るがいい。そうすれば、事件は解決。我々は、ここから出て行ける」

だが、誰も発言するものはいなかった。

低く溜め息をついて沈黙を破ったのは、フィデルマであった。

「誰も、この行為を認めないとなると……」

またもや、フィデルマの言葉はさえぎられた。今度は、マーボーンだった。

「認めたほうがいいな」ほとんど、宥《なだ》めすかすような口調であった。「それが誰であれ、その者の側に立つと言った私の言葉は、今も変わらない。そうとも、〈弁償金〉は全額、私が支払うぞ」

フィデルマは、エッスが唇を固く閉ざし、片手をそっと膝の上のふくらみに伸ばしたことに気づいた。エッスのほっそりとした指が、ポケットの中に入っている何か奇妙な形をしたものを、包み込んでいた。エッスが口を開いて、話し始めようとした。その時、彼女の息子ダホーがさっと前に出た。

「わかりましたよ」と、彼はかすれた声で告げた。「私は、自分がやったと認めますよ。父ネクトーンを殺したのは、私だ。私には、あなた方の誰よりも、彼を憎む理由がありますからね」

大きな驚きの喘ぎ声が、ほとばしった。エッスであった。彼女はひどく驚いて、息子を凝視した。一方、テーブルのまわりのほかの人々は、ダホーの告白を聞いてほっと緊張を解き、安心した様子を見せている。フィデルマは、それにも気づいた。

フィデルマは目許を緊張させて、若者の顔を真っ直ぐに見つめた。

「ネクトーンに、どのようにして毒を飲ませたのです？」とフィデルマは、普通の会話の口調で、彼の答えを誘《いざな》った。

若者は戸惑いを見せて、顔をしかめた。

「そんなこと、問題ないでしょう？　自分がやったのだと、認めているのですから」

「自白は、証拠によって確かめられねばならないのです」とフィデルマは、穏やかに答えた。「どのようにして毒を盛ったのかを、私たちに聞かせていただきましょう」

ダホーは、無造作にそれに答えた。

「彼の葡萄酒のゴブレットに、入れたのです」

「どのような毒を？」

ダホーは、せわしなく目を瞬かせ、一瞬、ためらいを見せた。

「さあ、はっきりと！」とフィデルマは、苛立たしげに促《うなが》した。

「そりゃあ……毒人参《ヘムロック》ですよ、もちろん」

フィデルマは、視線をエッスに移した。ダホーがこのように告白している間、エッスは一瞬も息子から目を離そうとしていなかった。

彼女は、緊張し、蒼ざめた顔で、ずっと息子を見つめ続けていた。

「エッス様、腰のポケットにお持ちになっておいでなのは、毒人参の瓶では？」フィデルマは、さっとこの質問を彼女に浴びせた。

エッスは喘ぎ、すっと片手をポケットへ伸ばした。だが、一瞬、躊躇《ちゅうちょ》はしたものの、すぐに降伏したかのように肩をすくめた。

「否定してみても、どうしようもありませんわね」そして、フィデルマに訊ねた。「私が毒人参の瓶を持っていると、どうしておわかりになったのです？」

ダホーが、ほとんど叫ぶような声で、口をはさんだ。「違う。毒を盛った後で、私が母に隠して欲しいと頼んだのです。これは、母とは——」

フィデルマは片手をあげて、彼を黙らせた。

「それを、見せていただきましょう」

エッスはポケットから小さなガラスの瓶を取り出し、テーブルの上に置いた。フィデルマは手を伸ばし、それを取り上げると、栓を開け、そっと容器の臭いを嗅いだ。

「いかにも、毒人参です」と、彼女は確認した。「でも、瓶は、口まで一杯ですね」

「母は、そのようなことはしていない！」とダホーは、いきり立って叫んだ。「私がやったのだ！　そのことは、もう認めたぞ！　罪を犯したのは、私だ！」

フィデルマは、彼に向かって、悲しげに首を振った。

「お坐りなさい、ダホー。あなたは、お母様が毒人参の瓶を持っておられるのに気づいて、父親のネクトーンを殺害したのはお母様ではないかと疑念を抱き、その罪を自分が被ろうとなさった。違いますか？」

ダホーの顔から、さっと血の気が引いた。彼は肩を落として、椅子にがっくりと腰を下ろした。

「あなたのお母様への孝心は、ご立派です」とフィデルマは、同情的な態度で、先を続けた。

「でも、お母様のエッス様は殺人者ではないと、私は考えております。なにしろ、毒人参は瓶の口まで詰まったままなのですから」

エッスは、呆然として、フィデルマを見つめ続けている。それに対して、フィデルマは穏やかな笑みを返した。

「あなたは、以前のご夫君を毒殺して復讐を遂げようとなさり、今夜、こちらにおいでになったようですね。ダホーは、殺人が行なわれた後、お母様が毒薬の瓶を隠そうとしておられるのに気づきました。お二人がそのことで忙《せわ》しなく言葉を交し合っておられたところを、私は目撃しております。しかし、エッス様、あなたには、ネクトーンのゴブレットに毒人参を混入する機会は、ありませんでした。また、ここが大事なことですが、ネクトーンを殺害した毒薬も、毒人参ではなかったのです」

フィデルマは、さっと振り向いた。「そうではありませんか、医師殿?」

初老の医師はぎくっとして、素早くフィデルマを窺《うかが》ってから、彼女に答えた。

「毒人参は、劇薬ではありますが、即効性はありません」と、ゲロークは学者ぶった言葉でフィデルマに同意した。「ここで用いられたのは、毒人参より遙かに強い猛毒です」彼は、ゴブレットを指し示した。「修道女殿、この細かな結晶状の澱《おり》に、もうお気づきでしょうな? これは、鶏冠石《リアルガー》で、〝洞窟の粉末〟という名称でも知られているものです。工芸家たちにも、絵の具として使われております。でも、服用すると、即効的な毒薬となります」

フィデルマは、ゆっくりと頷いた。すでに自分が知っていることを、ゲローク医師が確認してくれた、といった様子である。彼女は、視線をテーブルのまわりの人々に戻した。だが、彼らの目は、若い工芸家に集中していた。

クゥールの顔が、急に色を失い、引きつった。

「私は、あの男を憎みました。でも、決して、人の命を奪うことなど、してません」と彼は、言葉をつまらせながら訴えた。「私は、昔ながらの考え方を守っています。どんなに邪悪であろうと、人の命は神聖なものだと、信じています」

「しかし、この毒薬は、お前のような工芸家たちが使うものだぞ」と、マーボーンは指摘した。

「我々の中に、こうしたことを知っている者となると、ゲロークとお前以外に、誰がいる? もしお前がネクトーンを殺したのなら、どうしてそれを否定するのだ? 我々は皆で、この殺人を犯した者を擁護《ようご》する、と言っているではないか？　私は、これを行なった者に代わって、彼が支払うべき〈弁償金〉を引き受けてやる、と約束しているのだぞ」

「私に、ネクトーンのゴブレットに毒を入れるどのような機会があったでしょう？」と、クゥールは反論した。「私程度の機会なら、皆様だって、おありです」

フィデルマは片手をあげ、突然湧き起こった非難と反論の激した応酬を押しとどめた。

「クゥールは今、きわめて肝要な問題点を指摘しました」静かな、しかし一同に口をつぐませるだけの毅然《きぜん》たる口調であった。またもや立ち上がっていた人々に、フィデルマは告げた。

「どうぞ、お坐りください」

気が進まぬような態度を見せながらも、彼らはゆっくりと指示に従った。

フィデルマは、ネクトーンが坐っていた場所へ近寄って、立ち止まった。そして、「事実を検討してゆきましょう」と、話し始めた。「毒は、葡萄酒が注がれていたゴブレットの中に入っていました。となると、先ずは、葡萄酒に毒が投じられたのでは、と考えるのが自然でしょうね。葡萄酒は、そこにあるピッチャーに入っておりました」

フィデルマは、召使いが出て行く前にピッチャーを置いていった小卓を指さした。

「マーボーン殿、あの召使いをお呼びください。ネクトーンのゴブレットに葡萄酒を注いだのは、あの男でしたので」

マーボーンは、指示に従った。

召使いは、キーアという、おどおどとした黒い髪の若者だった。彼は、この部屋で何が起こったのかを見てとると、ほとんど口も開けない態《てい》で、いく度も咳払いを繰り返した。

「今夜、葡萄酒の給仕をしていたのは、お前ですね、キーア?」とフィデルマは、彼に返答を求めた。

若者は、短く頷いた。「私がそうしてたのを、皆様、見とられました」と彼は、わかりきったことを指摘して、問いに答えた。

「葡萄酒は、どこから来たものでした? 特別な葡萄酒だったのですか?」

「いえ。一週間前に、ゴール(ガリアとも。現在のフランス、ベルギー、スイスおよびドイツの一部を指す)の商人から買ったものでした」

「ネクトーンも、ほかの招待客にお出ししたのと同じものを、飲まれたのですか?」

「はあ、皆様、おんなし葡萄酒をお飲みで」

「同じ葡萄酒用のピッチャーから?」

「はあ、晩餐の間中、皆様、おんなしピッチャーからでした」と、キーアの答えははっきりしていた。「そのピッチャーの葡萄酒のお代りを、一番最後に所望なさったのは、ご主人様でした。で、ゴブレットにお注ぎしましたけど、ピッチャーが空になりかけてたもんで、もっと注ぎ足してきましょうかって伺いました。でも、ご主人様は、私にもう下がるようにとお命じになりました」

マーボーンが、思いかえしてみる態で、唇をすぼめた。

「そのとおりでしたわ、修道女殿。そのことは、皆、見ていましたな」

「でも、ネクトーンは、このピッチャーの葡萄酒を飲んだ最後の人間ではありませんでした」

と、フィデルマは答えた。「最後は、クゥールでした」

ダルガーが、小さく叫んで、クゥールに向きなおった。

「フィデルマ殿の言われるとおりだったな。キーアがネクトーンのゴブレットに葡萄酒を注いで部屋を出ていった後、ネクトーンがダホーに話しかけていたが、その時、クゥールは立ち上がり、ネクトーンのそばを回って、ピッチャーから自分のゴブレットに葡萄酒を注ぎに行ったのだった。我々は皆、ネクトーンが何を言おうとしているのかと、そちらに気をとられていた。したがって、クゥールがネクトーンのゴブレットに毒をそっと滑りこませたかどうか、誰も気をつけていなかったわけだ。クゥールは、動機だけでなく、その手段も機会も、持っておったことになる」

クゥールは顔を真っ赤に染めて、「そんなこと、嘘だ!」と、それに応じた。

しかしマーボーンは、ダルガーに賛同して、熱心に頷いた。

「この毒は、絵描きたちが制作に使う絵の具と同じ物質だという。そして、このクゥールは、絵描きだ。しかも、妻を奪われて、ネクトーンに憎しみを抱いている男だ。動機としては、十分ではないか?」

「その論理には、一つ、欠点がありますわ」修道女フィデルマが、それに素早く割って入った。

「どんな？」と返事を求めたのは、ダホーだった。

「私は、ネクトーンが赦しを乞う奇妙な演説をしている間、ずっと彼を見守っていましたので、クゥールがその後ろを通ったことにも、気づいておりました。でも彼は、ネクトーンのゴブレットには近寄りもしませんでしたわ。彼はただ、ピッチャーに残っていた葡萄酒を自分のゴブレットに注ぎ、それを飲み干しただけです。このことから、毒はピッチャーの中の葡萄酒にではなく、ネクトーン自身のゴブレットに混ぜられたのだということが、判明しました」

マーボーンは、確信が揺らいだように、彼女を見つめた。

フィデルマは、もどかしげに、指示を出した。

「そのピッチャーと、新しいゴブレットを、こちらへ」

その二つが持ってこられると、フィデルマはピッチャーの底に残っていた澱を新しいゴブレットに注ぎ、それをちょっと見定めてから、指先を澱に浸して、そっと舌で試してみた。

フィデルマは、満足げな笑みを浮かべて、一座の人々に面を向けた。

「今言いましたとおり、毒は葡萄酒には入ってはおりませんでした」と彼女は繰り返した。

「毒は、ネクトーンのゴブレットの中に混ぜられたのです」

「では、その毒はどうやって族長のゴブレットの中に入れられたのです？」と、ゲロークが苛立たしげに問いかけた。

それに続く沈黙の中で、フィデルマは召使いに告げた。「もう、ここに用はないようです、キーア。でも、扉の外に控えていてもらいます。後ほど、また用ができるでしょうから。この件については、誰にも、一言もしゃべってはなりません。誰であろうとです。いいですね？」

キーアは、大きな音をたてて咳払いをしてから、口を開いた。

「わかりました、尼僧様」だが、そこでためらいを見せた。「でも、ブレホンのオルカーン様は、どうしますか？　たった今、お着きになりました。ブレホンにも、何も申し上げてはならないんで？」

フィデルマは、眉をしかめた。

「そのブレホン、どういう方なのです？」

マーボーンが、彼女の袖に触れて、それに答えた。

「オルカーン殿は、ネクトーンの友人の一人で、このムスクレイガ族長領の首席裁判官です。彼をここに招き入れたほうがいいのではありませんかな？　とにかく、この事件の正式な裁きを行なう権限は、彼にあるのですから」

フィデルマは、きゅっと目を細めた。

「今夜、この席に招待されていた方ですか？」

それに答えたのは、キーアだった。

「食事が始まってからでした、ご主人様は、私に、オルカーン様のとこへ使いに行けと、命じられました。こちらにお越し願いたい、というご伝言でした」

フィデルマは急いで考えてみたうえで、キーアに指示を与えた。「ブレホン殿には、しばらく待っていただきましょう。でも、ここで起こったことは、しゃべらないように。それは、私の口から申し上げますから」

キーアが出てゆくと、フィデルマは、つい先ほどまで招宴を共にしていた人々の、期待をもって待ち受けている顔へと、視線を戻した。

「さて、私どもは、毒が葡萄酒そのものの中ではなく、ネクトーンのゴブレットに入っていたのだと、すでに知っております。これで、容疑者の範囲を絞《しぼ》ることができましょう」

スリーヴ・ルアクラの族長ダルガーが、かすかに眉をひそめた。

「どういう意味ですかな?」

「この事態は、ごく簡明に、こういうことを示しています。すなわち、毒がゴブレットに入れられたのであれば、それはネクトーンが最初の一杯を飲み干して、自分のゴブレットにもう一杯注ぐようにとキーアに命じた後であった、ということです。そう、毒が盛られたのは、ゴブレットに最後の葡萄酒が注がれた後でなければなりません」

突然、〝スリーヴ・ルアクラのダルガー〟が椅子の背に深く身をもたせかけて、虚《うつ》ろな笑い声をあげた。

「では、儂には、謎が解けたぞ。ネクトーンのゴブレットに毒を入れる機会を持っていた者は、この中に、二人しかいないからな」と彼は、一人悦《えつ》にいって、面白がっているようだった。

「その二人とは？」と、フィデルマは彼を促した。

「そりゃあ、マーボーンかゲロークですわい。二人は、それぞれネクトーンの隣席に坐っていた。ネクトーンは何を言う気なのかと、我々がそちらに気をとられている間に、目の前のゴブレットに毒を投じることなど、この二人なら、ごく簡単だったはずだ」

マーボーンは怒りで面を朱に染めたが、それよりもっと強い反応を見せたのは、初老の医師ゲロークだった。

「私には、自分はそんなことをやっていないと、はっきり証明できますぞ！」彼は、激しい怒りに哀れなほど声を震わせ、ほとんど泣きださんばかりの様子で、反論した。

フィデルマは振り向き、訝《いぶか》しく思いながら、彼を見つめた。

「証明できると？」

「ええ、できますとも。修道女殿は、我々には皆、ネクトーンを憎む理由があった、全員、彼の死を望んでいた、と言われましたな。と言うことは、我々には全員、ネクトーン殺害の動機がある、ということです」

「そういうことですね」と、フィデルマはそれを認めた。

「ところが、この中で私だけが、彼を殺すなど時間の無駄だと、知っていたのです」

この発言の後、短い静寂が続いたが、やがてフィデルマが、落ち着いた口調で問いかけた。

「どうして、それが、時間の無駄なのです、ゲローク？」

「すでに死にかけている人間を殺す必要が、どこにあります？」

「すでに死にかけている？」一同の驚きの叫びが静まったところで、フィデルマが先を促した。

「私は、ネクトーンの侍医でした。私が彼を憎んでいたことは、事実です。あの男は、私の治療代をずっとごまかしていた。にもかかわらず、ここにおける私の医者としての暮らしは、悪くはありませんでしたよ。不平は、ありませんでした。私は、もう年ですからな。だから、族長の卑劣な仕打ちを責めて、自分の暮らしの安全を棒に振る気は、ありませんでした。ところが、一ヶ月前、族長は激しい頭痛に見舞われ始めたのです。痛みがあまりにも耐えがたくて、寝台に縛り付けねばならないことも、一、二度、ありました。よく診察してみると、後頭部に腫瘍《しゆよう》が見つかりました。悪質な腫瘍でした。一週間のうちに、それが広がってきつつあるのも、わかりました。もしお疑いなら、ご自分でご覧ください。腫瘍は、左耳の後ろに、すぐ見てとれます」

フィデルマは族長の遺体の上に屈みこみ、ぞっとするのを我慢して、耳の後ろの腫れ物を調べてみた。

「確かに、腫れ物がありますね」と、彼女は確認した。

「それで、ゲローク、何を言おうとしておるのだ？」とマーボーンは、老医師から明確な結論を聞こうと、彼に説明を求めた。

「数日前に、私は族長に、あなたは次の新月をご覧になることはできますまい、と告げねばならなかった。そのことを、お話ししようとしているのです。ネクトーンは、死を前にしていたのです。腫瘍は広がり続けていて、痛みはますます激しくなりつつありました。もう死期は間近だと、私にはわかっていた。そんな私に、ネクトーンを殺す必要が、どこにあります？　神は、すでに、その時と方法をお定めになっておられたのです」

〝スリーヴ・ルアクラのダルガー〟は、少し意地の悪い満足の表情を顔に浮かべて、マーボーンに向きなおった。

「となると、残るは貴殿だけだな、ムスクレイガのターニシュタ殿。族長が死にかけていることは、明らかにご存じなかったらしい。とすると、貴殿には動機と方法があった、ということになる」

マーボーンは、ぱっと立ち上がり、片手を腰へ伸ばした。ここが宴の席でなければ、そこには剣が吊るされているはずだった。しかし〈ブレホン法〉は、宴の広間へ剣を持ち込むことを禁じていた。

「謝っていただきますぞ、スリーヴ・ルアクラの族長殿！」

しかしクゥールは、ダルガーの説に同意して、すぐさま頷いた。

「あなたは、誰かが名乗り出たら、族長として手に入れるであろう財力をもって〈弁償金〉を支払ってやろうと、すぐさま申し出られました。もし犯人が名乗って出れば、問題は解決ということになりますね？　そうすれば、あなたは文句なく容疑の圏外に脱出できるし、ムスクレイガの族長という地位に就くことも、クランの集会で確認してもらえる。ところが、ネクトーンの死に関して有罪となれば、あなたは、いかなる公《おおやけ》の地位からも、即座に逐《お》われてしまう。あなたがあれほど熱心に罪を私に着せようとされたのも、そのためだったのだ」

マーボーンは、皆を睨《にら》みつけながら、立ち尽くした。今や、マーボーンが犯人であると、皆が見做《みな》していることは、歴然としていた。彼を前にして、憤《いきどお》ろしげな呟《つぶや》きが、彼らの間から湧きおこった。

だが、修道女フィデルマは両手をさしあげて、一同に静粛を求めた。

「無用な諍《いさか》いは、止めましょう。マーボーン殿は、ネクトーンを殺害してはおりません」

しばし、広間は驚きの沈黙に包まれた。

だがすぐに、ダホーがフィデルマに食ってかかった。

「では、誰がやったのです？　我々を相手に、〝猫と鼠《ねずみ》〟の遊戯を楽しんでおられるようですね、修道女殿。それほどわかっておいでなら、聞かせてください、誰がネクトーンを殺したのです？」

「この席にお集まりの皆様は、ネクトーンが世間を相手に諍いばかり起こしている、邪《よこしま》で身勝手な男であったという点に、ご異論はないかと思います。でも、我々が彼を憎む理由を持っているのと同じほど激しく、彼のほうも自分のまわりの人々を憎んでいたのです」

「だが、殺したのは、誰だと言われるのかな？」とダルガーも、同じ問いを繰り返した。

フィデルマは、悲しげに眉をひそめた。

「そう、彼は自ら命を絶ったのです」

全員の顔に、衝撃と信じかねるという表情が浮かんだ。

フィデルマは、言葉を続けた。「私は、すでに、そう疑い始めていました。でも、その疑念を裏打ちする、筋の通った説明を見つけられずにいたのです。たった今、ゲローク医師が、話を聞かせてくださるまでは」

「説明してください、修道女殿」と、マーボーンが疲れたように、先を促した。「儂には、どうしてそうなるのか、とてもついてゆけない」

「今言いましたように、私たちがネクトーンを憎むと同じように、彼のほうでも、私どもを憎んでいたのです。彼は、自分の余命がわずかだと知った時、一番嫌いな連中に大きな仕返しをしてやろうと、心に決めたのです。おそらくゲロークに詳しく聞かされたのだと思いますが、彼は徐々に最期へ向かうという、そのような死の形をとりたくありませんでした。それより、ぐずつくことなく〈遙かなる国〉へ向かいたかった。命の限界を自ら決定することができる人間を〝勇気ある者〟と称するのでしたら、確かにネクトーンには勇気がありました。彼は、鶏冠石が愛妾のかつての夫クゥールがよく使用する品であることを、これ幸いとばかりに利用して、この即効性の劇薬を使うことにしました。

ネクトーンは、自分の最後の晩餐に、我々全員を招待するという計画を立てました。自分がこれまでに行なってきた非道を謝罪し、人々の面前で、それぞれの人に対する贖罪《しょくざい》を表明したいと称して、我々の好奇心や自意識を煽《あお》ったのです。彼は、全てを仕組んだのです。そのうえで、彼は、自分が我々に対して行なってきた全ての悪行《あくぎょう》を、まるで朗誦するかのように詳しく述べ立てました。赦しを乞うためではありません。全員に、ネクトーンを憎む理由があり、一人残らずネクトーンという存在の抹殺を望んでいるということを、互いの心に刻み込んでやろうとしてのことでした。我々全員の胸に、ほかの人々に対する疑惑の種《たね》を植え付けるためです。彼は、自分の悪徳を、謝罪ではなく、まるで自慢のように、羅列《られつ》してゆきました。自慢と予告だったのです」

エッスはこれに同感した。

「あの時、彼の最後の言葉を、奇妙だと感じていたのです」と、彼女が言葉をはさんだ。「でも、今、よくわかりましたわ」

「ええ、今思いかえせば、筋が通ります」とフィデルマも、エッスに同意した。

「どういう言葉だったか、繰り返してはいただけませんかな？」と、ダルガーが頼んだ。

「ネクトーンの言葉は、こうでした——〝だが、先《ま》ずは諸君の一人一人に、儂の非道を認めつつ、このゴブレットで乾杯させていただきたい。その後で、あなたの法律を発動なさるがいい。儂は喜んで、あなたの法の解釈に従いますわい……では、諸君に乾杯……この後で、あなたの法律の威力を、楽しまれるがいい〟」

ネクトーンの言葉を正確に繰り返してみせたのは、フィデルマだった。

「確かに、謝罪とは聞こえませんな」と、マーボーンは納得した。「一体、何を言っていたのでしょうな?」

それに答えたのは、今度はエッスであった。

「私には、よくわかりますわ。あの男がどんなに邪だったかを、皆様は十分にわかっていらっしゃらなかったのでしょうか? ネクトーンは、自分の死に関して、私どもの中の一人が、あるいは私ども全員が、下手人として告発されるようにと、狙ったのです。これが、私どもに対するあの男の悪意と憎しみに満ちた、最後の仕打ちだったのです」

「でも、どのようにして、ですか?」ゲロークは、混乱し、そう訊ねた。「正直なところ、私には、さっぱり理解できないのですが」

「自分が死のうとしていると知り、余命は数日か、よくて数週間しかないと悟って、ネクトーンは自分の寿命が尽きる日を、自分で決めたのです」とフィデルマは、よくわかるように説明して聞かせた。「彼は、エッス様が認めておられますように、邪悪で悪意に満ちた男でした。彼は宴が終わる時に毒を呷《あお》ろうと決めておいて、我々をここへ招待したのです。宴が始まると、彼は召使いのキーアを、自分のブレホンであるオルカーン殿の許へ使いに出し、彼を呼び寄せる手配をしておきました。我々が互いに疑惑を抱き合って混乱状態にあるところを、ブレホンに見せつけるつもりだったのです。その結果、オルカーン殿は、我々の中の一人が、あるいは全員が、ネクトーン殺害に関わっているとの誤った結論を出されるかもしれません。我々がネクトーンを殺害した容疑者とみなされるといい——それがネクトーンの狙いだったのです。そこで彼は、我々に話しかけながら、自分のゴブレットにこっそり毒薬を入れたのです」

フィデルマは、テーブルを囲む人々の暗澹《あんたん》たる顔を見渡した。フィデルマが顔に浮かべている微笑も、強ばっていた。

「では、これで、ブレホンのオルカーン殿にご報告し、この件をお任せすることができましょう」

フィデルマは扉のほうへ行きながら、ふと足を止め、広間の人々の顔を見まわした。

「私は、これまでに、この世の悪事を数多く見てきました。あるものは人間の邪悪なる性《さが》から生まれたもの、あるものは切羽詰った状況の中から生じたものでした。でも、かつてはムスクレイガの族長であったネクトーンの精神に潜んでいた、この恐るべき悪意ほど酷いものには、いまだ出合ったことがなかった、と言わざるを得ませんわ」


フィデルマが、ネクトーンの砦の裾で交叉する十字路で初老の医師ゲロークと出会ったのは、翌日の朝、彼女が馬に乗ってキャシェルに帰ろうとしていた時であった。

「どちらへお出かけです、ゲローク殿?」とフィデルマは、彼に微笑みかけた。

「イムラックの修道院へ参るところです」と医師は、厳粛な面持ちで、フィデルマに答えた。

「私は、そちらで告解を聴いていただき、その聖域で私の残された日々を送ることにします」

フィデルマは、口許をすぼめるようにして、考えこんだ。

「私なら、あまり多くは告白しないでしょうね」フィデルマの返事は、謎めいていた。

初老の医師は、眉をひそめて、彼女を見つめた。

「ご存じなので?」彼の問いかけは、鋭かった。

「私にも、メスで切開するだけでいい腫れ物と悪性の腫瘍との区別は、つきますわ」

医師は、静かに溜め息をもらした。

「初め、私は、ただネクトーンに恐怖を味わわせてやろうとしただけでした。二、三週間ほど、彼の心を苦しめてやり、それから腫れ物をメスで切開してやろう、あるいは、そうしているうちに腫れ物は自然に口を開いて、快癒に向かうかもしれない、と思っておりました。耳の後部の腫れ物は、ひどく痛みます。ですから、私が、これは悪性腫瘍であり、長くは生きられないだろうという振りをしてみせた時、あの男はすっかりそれを信じこみました。私は、気づかなかったのです、あの男の邪悪な心がいかに途方もないものか、ということにも、彼が我々全員を苦しめるために、自らの手で自分の命を絶つという暴挙までやってのけるだろう、ということにも」

フィデルマは、ゆっくりと頷いた。

「ネクトーンの血は、ネクトーン自身の手によって流されたのです」彼女は、苦悩に満ちた老人の顔を見つめながら、そう告げてやった。

「でも、法は法です。私は、全てを告解しなければなりません」

「法が定める正義よりも、人間としての正義のほうが優先することもありますわ」とフィデルマは、老人に向かって晴れやかに答えた。「ネクトーンは、人間としての正義によって罰されたのです。法の正義のことは、今はお忘れなさい、ゲローク殿。神が、あなたの暮れゆく生の残された日々に、平安をお授けくださいますように」

フィデルマは、祝福するかのような仕草で片手を上へさしのべると、馬首をキャシェルへと向け、旅路を続けた。

まどろみの中の殺人

Murder in Repose

「この犯行において修道士《ブラザー》ファーガルが有罪であることに、疑問をはさむ余地はありませんな」と、ブレホン〔古代アイルランドの裁判官〕は断言した。「彼があの娘を殺害したことは、明らかですわ」

このがっしりとした体格の男は、モアン王国の首都キャシェルにおいて、オーガナハト一族(1)の全ブレホンの中で、長《おさ》という地位にある人物なのである。一見もの憂《う》げで鈍そうに見える目には、実は鋭いきらめきが秘められており、ゆっくりとした慎重な物言いにも明敏なる洞察と断乎たる決断が潜んでいる。彼は、その職にふさわしく、人生を注意深く見きわめる視線と、判断を下す前に十分に証拠を吟味《ぎんみ》する聡明さを備えた、侮《あなど》りがたい人物だ。

すらりとした長身に緑の瞳といった容姿の修道女《シスター》フィデルマは、今、慎ましく両手を前に組んで、このブレホンの前に立っていた。被《かぶ》り物の下から、赤い髪が一房こぼれ出ているが、この被り物や身にまとっている尼僧の法衣をもってしても、彼女の若々しさや女性らしい魅力を隠しきることはできないようだ。ブレホンは、この修道女を二十代半ばであろうかと見当をつけた。彼女を見つめながら、彼は感じていた、行動や活動に慣れた人間がもどかしさを覚えながらもそれを抑制している時に、よくこのような態度を見せるな、と。どうも、法衣とは似つかわしくない女性のようだ。

「私どもの修道院長様(2)は、ファーガル修道士のことを、兎《うさぎ》に空が飛べないと同様、とても人の命を奪うことなどできない人物だと、きっぱりとおっしゃっておいででしたが」

キャシェルのオーガナハト一族のブレホンの長は、溜め息をついた。彼は、この若い尼僧の異論に、苛立ちを隠そうとはしなかった。

「たとえそうであろうと、証拠は歴然としておりますぞ、修道女殿。この男ファーガルは、クノック・ゴラムの丘に自分で再建したボハーン〔小屋〕の中で、発見されましてな。ぐっすりと寝込んでおったのです。それも、バードブという名の娘の死体の傍《かたわ》らで。娘は刺殺されており、ファーガルの両手と法衣には、血がついていた。ところが、たたき起こされた彼は、自分は何も知らないと言い張っておる。きわめて頼りない弁解じゃ」

修道女フィデルマは、ブレホンの論理が筋の通ったものであると認めるかのように、深く頷《うなず》いてみせた。

「バードブという娘さんの遺体が発見された時の状況、もう少しお聞かせいただけないでしょうか?」

「バードブの兄コンガルが、心配しておったのです。どうやら、この娘、ファーガル修道士に夢中になっておったらしい。確かに、なかなか美男の若者ではあるが。コンガルによると、前の晩、バードブは出かけて行き、そのまま戻ってこなかったそうな。翌朝早く、彼は儂《わし》のところへやって来た。これからファーガルのボハーンへ行って二人を問いつめるから、立ち会って欲しい、という頼みだった。バードブはまだ〈選択の年齢〉(3)にはなっていなかったし、ほかに身内はいなかった。したがって、コンガルが法的な後見人であることは、おわかりでしょうな。こういう次第で、今お話ししたように、我々は眠っているファーガルとバードブの死体とを発見した、ということじゃ」

修道女フィデルマは、唇を噛んだ。全く、状況はかなり修道士に不利であるようだ。

「公聴のための法廷は、明日、正午に開催されることになっておる」と、ブレホンは続けた。

「ファーガル修道士は、そこで申し開きをせねばならぬ。キリスト教の修道士であろうと異教のドゥルイド(4)であろうと、ブレホンの司法権には服さねばなりませんからな」

「アイルランドのドゥルイド方が我々の救世主の教えを受け入れるようになって、早や二百年になりますわ。これも聖なるパトリック（アイルランドにキリスト教を伝えたとされる聖者）のお蔭《かげ》ですが」

ブレホンも、彼女に笑みを返した。

「しかし、山地の奥や僻遠《へきえん》の地の住人の中には、いまだに古《いにしえ》の生き方を守り続けておる者も多いらしい。ダグダ(5)を始めとする古の神々を今なお信じ、キリストの教えに帰依《きえ》することを拒んでおる連中は、まだ大勢いるようじゃ。この地にも、そのような者が一人おりましてな。エルカという隠棲者で、彼もまたクノック・ゴラムの丘辺に住み、自分は古の生き方を守り続けると言い張っておる」

フィデルマは、それにはさして関心を見せず、軽く肩をすくめただけだった。

「私がご当地に参りましたのは、異教徒の改宗のためではございません」

ブレホンは、改めて彼女に注意深い視線を向けた。

「はっきり言って、修道女殿は、この件に関して、どのような役割を果たされるのですかな？　あなた方の修道院は、ファーガル修道士のフィニャ〔一族〕に代わって[6]、この修道士の〈弁償〉の責任を負われるのだと儂は理解しておるが、あなたはそのために修道院を代表して当地においでになったのではないのかな？　法廷で科料を払うべしとの判決が下された時には、それが十分に果たされるよう、被告のフィニャは責任を負わねばならぬと、法律は定めておりますからな」

「その法律のことは、存じております、オーガナハト一族のブレホン殿」と、修道女フィデルマは応えた。「私どもの修道院長は、ファーガル修道士のためにドーリィー〔弁護士〕の資格で法廷に立つようにと、私をご当地に遣わされたのです」

ブレホンはいささか驚いて、眉を吊り上げた。この若い女性が自分の前に現れた時、彼はただ、ファーガルと同じ修道院に所属している尼僧が、彼がなぜ殺人の咎《とが》で逮捕され告発されているのか、その事情を知ろうとやって来たのだと、簡単に考えていたのだ。

「法律は、ダール〔裁きの場〕で被告を弁護する者は正規の資格を有する弁護士に限る、と定めておるが」

　修道女フィデルマは、失礼な推量から来る彼の保護者然とした物言いにいささかうんざりしながら、すっと背筋を伸ばした。

「正規の資格でしたら、持っております。タラ〔古代アイルランドの大王が全土の統治を行なう大王都〕においでの著名なブレホンのモラン師の許で、法律を学びましたので」

　ふたたびブレホンは、驚きの色を隠しきれなかった。自分の面前のこの若い尼僧が、アイルランドの法律分野での公的資格の所有者であろうとは、彼にすれば思いもよらぬことだった。彼が質問しようとする前に、若い女性は法衣の陰から上質皮紙《ヴェラム》に記された文書を取り出し、口にされかけた質問への答えとして、それを彼に手渡した。ブレホンはそれを一瞥《いちべつ》するや、驚きに目を瞠《みは》り、やや恐れ入ったという態度で、それを返してよこした。今や、目には敬意が浮かび、声にも畏敬《いけい》の色がうかがえる。

「これによると、アンルー〔上位弁護士〕でいらっしゃるようだが？」

　アンルーという資格を得るためには、修道院付属の学問所、あるいは伝統的な〈詩人の学問所[7]〉で、七年から九年、学ばねばならない。アンルーは、最高位のオラブに次ぐ地位なのだ。オラブともなれば、諸国の王と同等の地位にある者とみなされ、王たちを相手に椅子に坐ったままで話すことができるのである。その次の位であるアンルーも、詩学、文学、法律、医学に関する深い知識を持ち、あらゆる問題について権威をもって論じ、かつ論議することができねばならないし、弁論の場にあっては雄弁に議論をたたかわせうる者であることを求められている。

「私は、ブレホンのモラン師の訓育を八年間受けております」とフィデルマは、彼の問いに答えた。

「法廷に立たれる弁護士としてのあなたの権威は、よくわかりました、修道女殿」

若い尼僧は、微笑した。

「それでは、訴えられている人物および証人たちと面談する弁護士の権利を、お与えくださいませ」

「わかり申した。ただし法廷に先立って行なわれる聴取の機会は、一度しか与えられませんぞ。バードブ殺害に関して、ファーガル修道士以外に犯人はいないと示す証拠が、あまりにも明白ですからな」

ファーガル修道士は、ブレホンが言っていたとおり、美男子だった。二十五歳以上には、なっていないだろう。蒼ざめた顔に、戸惑《とまど》いの表情を浮かべている。褐色の目は大きく瞠られ、髪は乱れたままだ。まるで眠りから醒めてみたら、そこはどことも知れぬ世界だった、といった様子である。修道女フィデルマが入ってゆくと、彼は不安げに咳払いをしながら、ぎごちない動作で立ち上がった。

がっしりした体付きの牢番は、フィデルマが中へ入ると、扉に錠をかけ、自分はその外に控えた。

「主《しゅ》のみ恵みがありますように、ブラザー・ファーガル」と、彼女は若者に挨拶の言葉をかけた。

「そして、主と御母マリアのみ恵みが、あなたにも」と若い修道士も、決まりの言葉を彼女に返した。少し息切れ気味で、ぜいぜいと喘《あえ》ぐような声だった。

「私の名は、フィデルマ。修道院からあなたの弁護士を務めるために派遣された者です」

苦々しい思いが、若い修道士の面《おもて》をかすめた。

「それが、何の役に立ちます？　ブレホンは、すでに私を有罪と判断しておられるのです」

「それで、あなたは有罪なのですか？」

独房の中の、粗末な藁《わら》布《ぶ》団《とん》以外の唯一の家具である腰掛けに坐りながら、フィデルマは若い修道士の顔を見上げた。

「聖なる御母にかけて、私はやっていません！」即座に、返事が返ってきた。咳の発作をはさみながらの、怒りに満ちた、それでいて絶望的な叫びであった。

「お坐りなさい、修道士殿」フィデルマは、気遣わしげに言葉を続けた。「この独房は、冷えきっていますね。咳には、気をつけないと」

若い修道士は、もうどうでもよいと言うかのように、肩をすくめた。

「数年前から、喘息《ぜんそく》を患《わずら》っているのです、修道女殿。いつもは、寝る前に、ストラモーイニアム（シロバナヨウシュチョウセンアサガオ）の葉を燻《いぶ》してその煙を吸ったり、その煎《せん》じ汁を少し飲んだりしていました。でもここでは、そのような贅沢《ぜいたく》は許されませんから」

「そのことは、ブレホン殿にお願いしてみましょう」と、フィデルマは彼に約束してやった。

「あの方は、厳格なだけのお人ではありませんから。多分、ストラモーイニアムの葉や種子を探して、あなたに届けるよう、計《はか》らっていただけると思います」

「ありがとうございます」

やや間《ま》をおいたうえで、フィデルマは、彼の話を聞こうと待っているのだということを相手に思い出させた。

ファーガルは、気乗りしない様子ながら藁布団の上に足を組んで坐り、ふたたび咳きこみつつ、話し始めた。

「お話しすることは、あまりありません。修道院長殿は、四週間前に、イエスの教えを説き、信仰生活を指導するようにと、私をオーガナハト王家一族の領土である、ここキャシェル地区へと遣わされました。私は先《ま》ず、クノック・ゴラムの丘の廃屋《はいおく》を整備して、自分の庵室《あんしつ》にしました。しばらくの間は、全て順調でした。でも実を言うと、二百年も前に尊《たっと》い聖者パトリックが我々エール（アイルランドの古名の一つ）の民をキリスト教徒に改宗させてくださったというのに、この地方にはイエスの教えに心を捧げていない人々が、まだいるのです。これは、私には大きな悲しみで……」

「この辺りにも、一人、古のドゥルイド時代の生き方をしている者がいるそうですね」若者がどう話せばよいかとためらい口ごもるのを見て、フィデルマは助け舟を出してやった。

「隠者のエルカのことですね？　そうなのです。彼もやはりクノック・ゴラムに住んでいて、全てのキリスト教徒を憎んでいます」

「今でも？」とフィデルマは少し考えこんだが、すぐに話を続けた。「でも今は、あの殺人の夜にどういうことが起こったのかを、聞かせてもらいましょう」

　ファーガル修道士は、顔をぐっとしかめた。

「覚えているのは、日が暮れてから、疲れきって家に戻ってきた、ということだけです。あの日は、イエスのお言葉を山間部に暮らす羊飼いたちに伝えようと、十六マイルも歩いたもので、疲労困憊《こんぱい》していました。胸もきりきり痛んでいました。そこで、常用している薬草汁を温めて、一回分飲んだのです。するとそれがよく効いて、ぐっすり眠ることができました。次に知っているのは、揺り起こされてみたら、ブレホン殿が私の前に立っておられて、その後ろにはコンガルがいた、ということです。コンガルは、私が彼の妹を殺したと、喚《わめ》いていました。私の手には、血がついていました。服にも、です。そして気がつくと、庵室の中に、あのバードブという気の毒な娘の血まみれの死体があったのです」

彼は、ふたたび呟きこんだ。フィデルマは、若い修道士の顔を見つめた。狡猾《こうかつ》さが覗く顔ではない。戸惑いの色を浮かべてはいるものの、正直な目をしている。

「それだけですか?」溜め息をついた彼に、フィデルマはさらに念をおした。

「修道女殿は、あの殺人の夜に何があったのか、知っていることを話すようにとおっしゃった。これが全てです」

フィデルマは、唇を噛んだ。信じがたい話に聞こえる。

「眠りが乱されたことは、なかったのですか? 何も聞こえませんでしたか? ブレホン殿とコンガルに起こされるまで、ぐっすり眠り込んでいて、気がついたら、服には血がつき、自分の家の中に娘の死体が転がっていた、と言うのですね?」

若い修道士は、小さな呻《うめ》き声をもらしながら、両手に顔を埋めた。

「ほかには、何も知らないのです」と、彼は言い続けた。「わかっています、途方もない話ですよね。でも、本当なのです」

「バードブという娘を知っていたことは、認めるのですか?」

「もちろんです。この地に滞在している間に、オーガナハトのクラン〔氏族〕全員を知るようになっていましたから」

「バードブについては、どういうことを? あの娘のことを、どの程度知っていました?」

「バードブは、きちんと礼拝に出席していました。それに、私が自分の庵室とするためにボハーンを再建していた時には、一、二度、手伝いに来てくれました。でも、この村の人たちの多くは、同じように手助けをしてくれていましたけど」

「バードブと、特別な関係はなかったのですね？」

ケルト派教会（アイルランド派カソリック教会）は、司教の、あるいは自分が所属している修道院の修道者全員の祝福が得られた場合、司祭であれ修道士や修道女であれ、男女の関係に入ることを認めていた。

「私とバードブとの関係は、司牧者と神の羊である信徒の一人、という以上のものではありませんでした。それに、あの娘は、まだ〈選択の年齢〉にもなっていなかったのですよ」

「バードブはあなたに心を奪われており、あなたもそれを煽《あお》り立てていた、と兄のコンガルは言い張っているとか。あの夜、バードブが小屋へやって来たが、あなたは何らかの理由で彼女を拒んだ。しかし娘が帰ろうとしないので、あなたは彼女を殺してしまった、というのが告発の主旨のようです。あなたにはバードブの愛が重荷になってきたのだ、と追及されることになるでしょう」

若い修道士は、ひどく立腹した様子を見せた。

「でも、私は、やっていない！　あの娘のことは、ほんの少し知っているだけで、私たちの間には、何もなかった。そうだ……そうだった、思い出しました、彼女は婚約していたんです、村の誰かと。名前までは、思い出せませんが。はっきり、断言します、あの娘と私の間には、何もありませんでした」

フィデルマは、ゆっくりと頷くと、立ち上がった。

「もう、結構です、ブラザー・ファーガル。ほかに何も話してくださることがなければ……?」

若者は、大きな、訴えるような目で、彼女を見上げた。

「私は、どうなるのですか?」

「弁護は、私が引き受けます」と、彼女は受けあった。「でも、今のところ、弁護のために法廷で陳述すべき材料は、いたってわずかしかないのですけれど」

「では、もし有罪の判決が下されてしまったら?」

「我が国の法律は、知っておいでですね。もし殺人罪を犯したと判決が下されると、あなたはあの娘の〈エリック〉を、つまり〈血の代償〉を、彼女の一番近い血縁の者に支払わねばなりません。彼女の父親はクランの一員、つまり〈自由民〉[8]だったそうですから、彼女の命の〈弁償〉[9]は、乳牛四十五頭、それに加えてブレホンに乳牛四頭です」

「でも、私には、財産など、ありません。イエスのみ教えの道に身を捧げようと決心した時、〈清貧の誓い〉[10]をたてましたから」

「罪を贖《あがな》う科料については、一族の者が責任を負うことも、ご存じのはずですが」

「でも、私が一族と呼べるのは、修道院だけ、つまりイエスにお仕えする宗門の兄弟や姉妹だけです」

　フィデルマは、眉根を寄せた。

「そのとおりです。修道院長様は、あなたに課せられる〈エリック〉を我々の修道院が支払うべきかどうかを、決断なさいましょう。さらに、あなたの不滅の魂に関するより重大な裁きが、院長様の権威の許で公式に聴取されることになります。その結果、バードブ殺害について有罪であるとの裁定が下されると、あなたは民法上の贖罪《しょくざい》のみでなく、宗門の一員として、主イエスに対して、自らの罪を贖わねばなりません」

「もしも院長様が〈エリック〉の支払いを拒絶なされたら……？」とファーガルは、ふたたび苦しげな息遣いになりながら、囁《ささや》くように訊ねた。

「私どもの院長様は、めったに拒絶なさいません」と、フィデルマは彼を少し安心させてやった。「よほど例外的な場合には、拒否なさることもおできになります。もしあなたの犯行がきわめて忌《い》まわしいものであれば、あなたを拒否なさるのも、修道院長様の権限です。そうなれば、あなたは修道院から追放されるかもしれません。すると、あなたの身柄は、ブレホンによって被害者の家族に引き渡され、彼らに任されます。奴隷として扱われるかもしれませんし、贖いとして適切であると彼らが考える何らかの罰を受けることになるかもしれません。それが、法律です。でも、多分、そういうことにはならないでしょう。院長様は、あなたがあの娘を殺害したとは、お信じになりますまい」

「主のみ前に立って、誓います、私は無実です！」と、若者はすすり泣いた。

修道女フィデルマは、うねうねと続く小径《こみち》を、クノック・ゴラムの中腹のひっそりと木立に囲まれた空き地を目指して、ブレホンと共に登っていた。ファーガル修道士は、そこに建っていた廃屋を修復して、自分の庵室としていたのだ。ブレホンは、漆喰《しっくい》を使わずに、ただ切石を積み上げただけの石造りの小屋へと、フィデルマを案内した。

「ファーガル修道士と、バードブという娘の死体を発見なさったのは、ここなのですね？」とフィデルマは、小屋の戸口の前で足を止め、連れにそう訊ねた。

「いかにも」と、ブレホンは頷いた。「だが、娘の遺体は、もう運び出してありますぞ。ここをご覧になることが、あなたの弁護方針にどう役立つのか、儂にはさっぱりわからぬが」

フィデルマは、ただ笑みを頬に浮かべただけで、入り口の鴨居《リンテル》をくぐり、中へ入っていった。

屋内は狭くて暗く、ファーガルを残してきた先ほどの独房と、ほとんど同じようなものだった。独房はじっとりと湿っぽかったが、ここは乾いている、といった程度の違いにすぎない。中には、木製の寝台とテーブルがそれぞれ一つ、椅子が一脚、それに日用品が若干あるだけだ。フィデルマは、何か刺激的で甘い香りに気づいた。小さな炉から立ちのぼってくるようだ。ストラモーイニアムの乾燥した葉を火に燻《く》べた時の香りである。

ブレホンも、続いて入ってきた。

「娘の遺体とファーガル修道士の身柄以外に、ここから運び出されたものがありますか？」

フィデルマは屋内を見まわし、テーブルの上の木の食器へと視線を移しながら、そう訊ねた。

「ご覧のとおり、何一つ、手を触れてはいませんぞ。ファーガル修道士はその寝台で寝ており、娘のほうは炉の近くに倒れておった。ファーガルと、娘の遺体以外、何一つ運び出したものはない。ほかには何も、重大なものはありませんでしたからな」

「どのような品も？」

「そう、何一つ」

フィデルマはテーブルへ歩み寄り、木製の食器を取り上げて臭いを嗅いでみた。液体がわずかに残っている。彼女はそれを指先につけて、臭いを嗅ぎながら唇にもっていった。だがすぐに顔をしかめ、眉を寄せて、考えこんだ。

「もしファーガル修道士が有罪なのでしたら、彼はバードブを殺害し、それから寝台に横になると、傍らに娘の死体を放置しておいて、朝まで安らかに眠っていた、ということになります。ブレホンとして、こうした状況を、どう解釈なさいます？　殺人を犯した者なら、先ず最初に、できるだけうまく死体を隠し、誰かがやって来てもそれに気づかないように、犯行のあらゆる痕跡を持ち去るのではないでしょうか？」

丸顔のブレホンは、笑みを浮かべながら頷いた。

「そのことも、考えましたとも、フィデルマ修道女殿。しかし、儂は先ず何よりも裁判官でな。

儂が扱わねばならぬのは事実であり、儂の関心は証拠じゃ。ファーガルがどうしてあのような振舞いをしたのかと考察するのは、儂の専門とするところではない。儂が注目するのは、彼がそのように行動したという事実を把握することなのですわ」

フィデルマは溜め息をつくと、木椀を机の上に戻し、最後にもう一度、庵室内を見まわした。

フィデルマは外へ踏み出したが、そこで立ち止まった。戸口の両側を縁取る石の柱の一本に、黒ずんだ染みがついていたのだ。彼女の肩より少し高い箇所だった。

「バードブの血、なのでしょうね？」

「おそらく、儂の配下の者たちが死体を運び出した際についたものでしょうな」ブレホンは、無関心な口調で、それに同意した。

フィデルマは、なおしばらく血痕を注意深く見つめたうえで、ボハーンの周辺へ調査の目を転じた。ボハーンの一方は斜面となっていて、丘辺《おかべ》に激しく吹きつける風のせいで腰を屈めるような樹形となった木々の林となっているが、建物のすぐまわりには、羊歯《しだ》の類《たぐい》の雑草が生い茂っている。この小屋へ村から登ってくる道は、狭くはあったがよく踏み慣らされていた。小屋の背後には、丘の頂《いただき》へ向かう、もう少し細い道も延びており、さらにもう一本、山襞《やまひだ》に沿って丘の中腹をうねりながら横切る三つ目の小径も、見える。三本とも、わりによく利用されている通路であるようだ。

「それぞれ、どこに向かう小径なのでしょう？」

ブレホンは、このような質問にいささか驚いたように、かすかに眉を寄せた。

「丘の上へ向かっている道を行けば、隠者エルカの住まいですわ。丘の中腹を横切るように延びている道は、この辺りに何本もありましてな。あそこに見えているのも、その中の一本ですよ。あの道をとっても、村へ行き着きます」

「そのエルカという人物に、会ってみたいのですが」

ブレホンは眉をひそめ、何か言おうとしたらしいが、思い直したかのように、肩をすくめた。

エルカは、まさにフィデルマが予想していたとおりの人物だった。痩《や》せた、汚らしい男で、糸の擦《す》り切れた毛織りの衣を一枚、まとっているだけだ。フィデルマたちが燻《くす》ぶる炉の火を前にして坐っている彼に近づいてゆくと、彼は蓬髪《ほうはつ》の下から二人を睨《にら》みつけ、たちまち罵声を浴びせ始めた。

「キリスト教徒どもが!」と、彼は唾を吐きかけようとした。「たった一人の異国の神に仕える奴らなど、儂の目の前から失せやがれ。儂らの神々の御父ダグダの領域を、お前ら、穢《けが》そうってのか?」

それに対して、ブレホンは憤《いきどお》りの色を面に浮かべたが、フィデルマのほうは穏やかな笑顔のまま、足を止めることなく、さらに近づいていった。

「あなたの上に平安あれ、兄弟よ」

「儂は、お前の兄弟なんぞではないわ！」と彼は、唸《うな》り声でそれに応えた。

「私どもは、ただ一人の神の下で、皆、兄弟であり、姉妹でありますわ。その神を何という御名でお呼びしようと。私は、あなたに危害を加える気など、ありませんよ」

「危害？　ダナーン神族[11]の神々がシイ[12]〔丘〕から立ち現れ、異国の神を信じる輩《やから》をこの地から追い払い給うのを、この目で見たいもんじゃ。ちょうど霧深い古の御代に、ダナーンの神々が邪悪なるフォーモリイ（アイルランドの太古の神族の一つ）どもを一掃なされたようにな」

「それでは、キリスト教徒を憎んでおいでなのですね？」

「ああ、キリスト教徒を憎んどるわい」

「修道士ファーガルのことも？」

「あらゆるキリスト教徒に対する儂の憎しみに、地上の国境線なぞ、関係ない」

「できるものなら、ファーガル修道士に危害を加えてやりたいと思っていましたか？」

エルカは彼女に向かって、親指をぱしっと鳴らしてみせた。

「ファーガルだろうと、ほかの奴らだろうと、皆、こうしてやるわ！」

フィデルマは、いっこう動じた気配を見せなかった。彼女は、炉の燻《くす》ぶっている火にかけられた深鍋のほうを、頷いてみせた。

「薬草を煎じておいでですね？　この辺りの薬草のことは、よく知っておいでなのでしょうね？」

エルカは、冷笑を浮かべた。

「古の知識を、儂は教えられとるんじゃ。お前らの頭のいかれたパトリックが、儂らの神官たちをスラーインの丘から追い出して、儂らにキリスト教への改宗を押し付けてきよった時、奴も儂らの知識まで滅ぼすことはできんかったのよ」

「薄茶色の草の根を、大量に持っておいでですね。何という薬草かしら？」

エルカは、一瞬、怪訝《けげん》そうに顔をしかめて、彼女を見つめた。

「ルス・モール・ナ・コルじゃ」

「ああ、ベラドンナの一種ですね」と、フィデルマは納得した。「その横にある、先端が白い葉のほうは？」

「ムーインよ。毒を持った毒人参《ヘムロック》じゃ」

「この丘に、自生していますか？」

エルカは、そのとおりと、煩わしそうに身振りで答えた。

「では、あなたの上に平安がありますように、我が兄弟なるエルカ」フィデルマはそう言って、急に会話を打ち切り、面食らっているエルカに背を向けると、丘を下り始めた。これまた戸惑い顔のブレホンが、その後に従った。

「お前らに、平安なんぞ、祈っちゃやらねえぞ、キリスト教徒め！」やっと我に返ったエルカの荒っぽい声が、二人を追いかけてきた。「異国の神を信じとる奴らが一人残らずこのエールの国から追っ払われるまで、平安なんぞ、お前らに祈ってやるもんか!」

丘辺の道を下ってファーガルの小屋に戻るまで、フィデルマは無言だった。だが小屋に着くや、彼女はさっと屋内に入ってゆき、一、二分後に、木の椀を抱えて、ふたたび姿を現し、ブレホンに依頼した。

「法廷に提出するために、私はこれを必要とします。ブレホン殿にこの保管をお願いできますでしょうか?」

「どういう線を追っておられるのかな、修道女殿?」ブレホンは少し顔をしかめながら容器を受け取って、フィデルマと共に村への下り坂の道を歩きだした。「初めのうち、エルカがこの事件に関わりを持っていると推測しておられるのだろうと、見ていたのだが」

フィデルマは、面に笑みを浮かべたものの、その質問には答えようとはしなかった。

「今度は、バードブの兄に会ってみたいと思います。なんといいましたかしら? コンガルでしたか?」


二人が会いに行った時、彼は川のほとりに朽ちかけた木材で建てた粗末なボハーンの中にいた。そこへ向かう途中で、ブレホンは、次のような予備知識をフィデルマに与えてくれていた。

「コンガルの父親は、以前はキャシェルのオーガナハト王家の命で、宿泊所の主《あるじ》を務めていた男でしてな。皆に尊敬されており、自分のクランの集会では、代弁者をやっておった。ところがコンガルは、父親とは違って夢ばかり追っていて、父親が亡くなると相続した遺産を浪費してしまい、妹と二人、この貧弱な小屋で暮らす羽目になっておるのですわ。自分の家畜がなくて牧畜を営むことができないままに、コンガルは今では同族の者に雇われる身分に堕ちてしまっとる有様じゃ」

コンガルは、暗く、ふさぎこんだ男だった。推し量りがたい灰色の目は、冬の嵐の日の海のような怒りを、深く潜ませていた。

「もしあんたが妹を殺した奴の弁護に来たんなら、俺は何一つ答えてやらんぞ！」彼はフィデルマに挑みかかるようにそう言い放つと、血の気のない薄い唇をむすっと引き結んだ。

ブレホンは、うんざりしたように、溜め息をもらした。

「コンガル、法律には従わねばならぬ。この方がお前に質問されるのは、ドーリィーとしての権限なのだ。それに正直に答えるのが、お前の義務じゃ」

フィデルマはコンガルに坐るようにと身振りで告げたが、彼はそれに従おうとはしなかった。

「ファーガル修道士のところへ、ストラモーイニアムを届けたことはありますか？」

このような質問は予想していなかったのだろう。コンガルは、目を瞬《しばたた》いた。

「いいや」というのが、彼の返答だった。「喘息用の薬草なら、あの男は、薬師のイランドから買っとった」

「わかりました。ところで、あなたが妹さんの遺体を発見した時のことは、もう聞いています。

ブレホン殿から伺ったその話を、あなたに確認したいのですが、その前に訊ねておきたいのは、妹さんの姿が見えないことに気づいた時、先ずファーガル修道士の小屋へ探しに行こうと考えたのはなぜか、という点です」

コンガルは、顔を歪めた。

「なぜって、バードブがあの男に惚《ほ》れとったからでさ。あいつは催眠術《さいみんじゅつ》をかけて、妹を利用しやがったんだ」

「催眠術？　どうして、そのようなことを言うのです？」

コンガルの声は、荒々しかった。

「妹のことは、よく知ってまさあ。ファーガルが村へやって来てからってもの、バードブはあの男にすっかりいかれちまって、病気の牝牛が農夫の後をついて歩くみてえに、何かと口実を見つけちゃ、ボハーンを建て直そうとしとったファーガルの手伝いに出かけよった。全く、怪《け》しからん」

「どうして〝怪しからん〟のじゃ？」ブレホンは急に興味を示して、口をはさんだ。「もしバードブがファーガルと結ばれたいと望めば、あるいはファーガルのほうがそう望めば、お前の同意さえあれば、それともすでに成年の十四歳に達しておるのであればなおのこと、二人の結びつきを妨げるものは何もないはずじゃ。全てのキリスト教徒は、僧院長でさえも、自分の望む相手と結婚できるという我が国古来の法律を、儂と同様、お前も知っておるであろうが？」

だがコンガルは、「妹には、リミッドっていう許婚《いいなずけ》がおるんだから、怪しからんでしょうが？」と言い張った。

「しかし、ファーガル修道士がこの地へやって来る以前にも」とブレホンは、苦々しげな顔で指摘した。「お前は、妹の夫として、リミッドを拒んでおったな」

コンガルは、顔を赤く染めた。

「どうしてリミッドを拒んだのです？」と、フィデルマが問いをはさんだ。

「なぜなら……」

「なぜなら、リミッドには、ティンスクラ[13]〈花嫁の代価〉を十分に支払えなかったからだ。違うかな？」とブレホンが、コンガルが口を開く前に、彼の答えを先取りした。

「〈花嫁の代価〉は、このエールの国に大昔からあった、ちゃんとした法律ですぜ。娘に嫁に行かれて働き手を失くしちまう家族に、男はそれを償《つぐな》う贈り物を申し出ねばならん。それができねえんなら、誰だろうと結婚できねえって決まりになってまさあ」とコンガルは、頑固に言い張った。

「そして、あなたはバードブのただ一人の家族なのですね？」と、フィデルマは訊ねた。

「俺のために、バードブは家事を見てくれとった。ほかには誰もおらんのでな。だから、俺が昔からの法律に従って男に代償を要求するのも、当然でしょうが」

「おそらく、妹との関係に関して、あなたはファーガル修道士にも、同様に反対したのでしょうね？　聖職者であるファーガルには、〈花嫁の代価〉を支払う力はなかったので」

コンガルは、不機嫌な声で答えた。「そのとおりでさ。それに、あいつは、結婚なんぞ、考えちゃいなかった。ただ、妹を利用しとっただけだ。だから、結婚を迫られると、妹を殺しちまったんだ」

「そうとは、まだ証明されていませんよ」と、フィデルマは彼に告げた。「妹さんとファーガル修道士の関係について、ほかに誰が知っていました？」

「いや、誰も」と、即座に答えが返ってきた。「妹は、俺にだけ、認めたんだ。それも、やっとな」

「そのことを、あなたは自分の胸にしまっていたのですか？　ほかには、誰も知らなかったということは、確かですか？　リミッドは、どうです？」

コンガルは躊躇《ためら》いを見せ、目を伏せた。

「ああ」と彼は、しぶしぶ認めた。「リミッドは、知っとりましたわ」

「次は、このリミッドという男に会いたいと思います」フィデルマはブレホンにそう告げると、振り向いて立ち去りかけた。だが、ふと足を止めて、炉辺の壁に吊るされている乾燥した花や薬草の束に、視線を向けた。

「これは、何という薬草かしら？」

コンガルは、一瞬、顔をしかめて、彼女を見つめた。

「薬草のことなんぞ、全然知りませんや。みんな、バードブが料理用に集めてきとったんでさ」

外へ出ると、ブレホンは問いかけるように彼女をじっと見つめた。

「ずいぶん、薬草に関心をお持ちのようですな、修道女殿?」

フィデルマは頷いた。「ファーガル修道士が喘息を患っていて、発作を和らげるために、夜、ストラモーイニアムの葉を燻《く》べてその燻煙《くんえん》を吸引したり、同じような薬草の煎じ汁を飲んだりしていたことを、ご存じでしたか?」

ブレホンは、肩をすくめた。「そうした症状に悩んでいる者も、いるようだ」彼は、フィデルマの問いかけに戸惑いながら、そう答えた。「それが、重要なことなのですかな?」

「どこへ行けば、リミッドに会えましょう?」

「この時刻であれば、多分仕事中でしょうな」とブレホンは、溜め息とともに、そう答えた。

フィデルマは、かすかに眉を吊り上げた。「今、リミッドは〈花嫁の代価〉を払える身分ではない、というようなことをコンガルが言っておりましたね。その仄《ほの》めかしから、働いていない男なのだという印象を受けたのですけれど?」

ブレホンは、にやりと笑った。

「コンガルがリミッドを拒んだのは、彼には十分な〈花嫁の代価〉を払う力はないだろうと踏んだからですわい。リミッドは、裕福ではないが、れっきとした〈自由民〉で、コンガルとは違って、自分のクランの集会に参加する資格を持っている男です」

「コンガルは持っていない、と？　それほど貧しいのですか？」

「今、ご覧になりましたろう？　自ら招いた貧乏じゃ。あの男、大きな計画をいろいろ思いつくが、何一つ実りはしない。皆から尊敬を受けて、クランの中での地位も高めたいと、浮ついた夢を描くのだが、いつも実力より期待のほうが大きすぎてな。クランの者たちのお情けでなんとか食っていることも、まあるようじゃ。それで余計、苦々しげな人間になっておるのですわ」

「バードブのほうは？　妹のほうも、やはり不機嫌な娘なのですか？」

「いいや。あの娘が望んでいたのは、結婚によって兄の貧乏暮らしから逃げ出す、ということだった」

「バードブは、リミッドの〈花嫁の代価〉を兄に拒否されて、がっかりしたことでしょうね？」

「いかにも。だがバードブは、〈選択の年齢〉になるのを待つ気になっていたと、儂は見ておりましたよ。その年になれば、もう一人前の人間とみなされ、自分で全てを決められるわけですからな。妹が自分の意志で事を決することのできる〈選択の年齢〉になってしまえば、コンガルもリミッドに〈花嫁の代価〉を要求することなどできはしない。儂の見るところ、リミッドも、バードブのこの考えに賛同していたようだ。だから、彼女がファーガル修道士に夢中になってしまったと知って、腹を立てておりましたよ」

「それで、今はどうなのでしょうね？」と、フィデルマは考えこんだ。「では、このリミッドという人物を訪ねて、話をしてみましょう。仕事中だろうと、おっしゃいましたね？　どこなのでしょうか？」

　ブレホンは、またもや溜め息をついた。

「おそらく、薬師のイランドの小屋でしょうな」

　フィデルマは足を止め、驚いてブレホンを見つめた。

「リミッドも、薬師なのですか？」

「いや、専門の薬師というわけではない。イランドに雇われて、毎日、野外で、薬の調合に必要な薬草や花を採取しとるのです」

　リミッドは、激しい憎悪を顔にみなぎらせていた。顔を真っ赤に染めた、興奮しやすい性格の若者のようだ。〈選択の年齢〉は、男子は十七歳だが、彼はやっとそれに達したばかりであろう。

「はあ、俺はバードブを愛してた。ああ、愛してましたよ。だのに、バードブのほうは、俺を裏切ったんだ。でも、あのファーガルって奴さえいなきゃ、あの娘《こ》の心を取り戻すことができたはずだった。あの野郎、殺してやる」

　ブレホンが、困った奴め、と言うかのように、鼻を鳴らした。

「それは、お前に許されることではないぞ、リミッド。罪を罰し、その弁償を求めるのは、法律が行なうことだ」

「でも、もし道で奴に出会ったら、俺は心の咎めなしに、害虫を踏み潰すみてえに、あいつを殺してやる」

「あなたはファーガル修道士がバードブを自分から奪ったと感じて、このような激しい憎しみを抱《いだ》いているのですね」と、フィデルマが言葉をはさんだ。「その気持ちは、よくわかります。でも、あなたは、バードブも憎んでいたのでは？」

リミッドは、目を瞠った。

「憎む？　そんな！　俺は、あの娘を愛してたんですぜ！」

「でも、あなたは、バードブが自分を裏切った、と言っている。彼女は、あなたの愛を捨ててファーガル修道士に走ったのでしたね。あなたは、きっとバードブに腹を立てていたに違いない……そこで、腹立ちのあまりに……」

フィデルマは、故意に言葉をとぎらせた。

リミッドは、目を瞬いた。

「そんな！　俺、バードブに危害を加えるなんてこと、絶対しないです」

「憎んでいたにもかかわらず？　それに、コンガルに対しても、憎しみを抱いていたのでは？」

「どうして、コンガルを憎むんですかね？」とリミッドは、戸惑ったように聞き返した。

「なぜなら、コンガルは、あなたが差し出そうとした〈花嫁の代価〉を十分ではないと考えて、あなたに妹をやることを拒んだではありませんか？」

リミッドは、肩をすくめた。

「俺、コンガルのこと、嫌いでしたよ。それは確かでさ。だけど、ほんの六ヶ月待ったら、バードブは〈選択の年齢〉になるんですぜ。だからバードブは、その時が来たら兄貴の同意なんかなしで結婚しようって、約束してくれてたんです」

「コンガルは、そのことを知っていましたか？」

リミッドは、肩をすくめた。「さあね。でも、バードブが話したんじゃないですかね」

「コンガルは、それをどう受け止めたのかしら？」

「コンガルには、どうしようもありませんや……でも、そこへ、修道士のファーガルがやって来やがった」

「でも、ファーガル修道士は、〈花嫁の代価〉を差し出そうにも、何も持っていませんよ。彼は、私どもの修道会の一員で、〈清貧の誓い〉をたてていますから」

「コンガルは言ってましたぜ、結婚話なんぞ、全然なかったって。奴は、バードブに催眠術をかけてバードブの心を弄《もてあそ》んでただけで、やがてあの娘が重荷になってきたんだって」

「催眠術をかけた？」フィデルマは、眉をひそめた。「面白い言葉を選んだものですね、リミッド」

「でも、本当のことでさ」

「ファーガルと付き合っていたことについて、バードブを責めましたか？」

リミッドは、ややためらってから、首を横に振った。

「俺、実は、何も気づいとりませんでした。俺の知らないとこで何が起こっていたのか、殺人が発見された日の前日まで、知らなかったんでさ」

「どういうことで、それに気づいたのです？」

「コンガルが話してくれたんですわ。死体が発見された日の前日の夕方、凄え顔をしたコンガルに道で出会った時に。バードブが、その日、兄貴に話したそうで」

「バードブの死を知ったのは、いつです？」

「翌朝、俺は奴に言うべきことを言ってやろうと、ファーガルのボハーンに行こうとしてたら、途中でブレホンとコンガルに出会って、バードブが死んだって聞かされたんでさ。二人の男たちがあの娘の亡骸《なきがら》を担架《たんか》に載せて運び出してたとこで、ファーガルがそのことで逮捕されとりました」

フィデルマがちらっと確認の視線をブレホンへ投げかけると、彼はそのとおりと、頷き返した。

「薬草採取の仕事を、どのくらいやっているのです、リミッド？」とフィデルマは、急にそう問いかけた。

リミッドは彼女の話題の突然の飛躍にやや戸惑いを見せたものの、「餓鬼《がき》の頃からでさあ」と答えた。

「あなたは、あるいは薬師のイランドは、ファーガル修道士に薬草を届けたことがありますか？」

「俺は、ないです。でも、イランドがそうしとったことは、知ってまさあ。俺は、その薬草を、イランドのために採ってたんでさ。ファーガルは息が苦しくなるもんで、そんな発作の手当てに、薬草を使っとりましたよ」

「そのことは、人に知られていましたか？」

「大勢、知っとる人間はいました」

「バードブも？」

「はあ、一度、礼拝に出てた時に、俺にそう言ってましたね」

「コンガルは？　彼も知っていましたか？」

リミッドは、肩をすくめた。「大勢、知っとりましたからね。誰が知ってて、誰が知らなかったかなんて、わかりませんや」

フィデルマは、口許をすぼめた。だが、すぐに面に笑みを浮かべた。

「もう、済みました」と、彼女はブレホンを振り返った。「明日の法廷での弁護の用意は、もう調いましたわ」

キャシェルのオーガナハト一族のほとんど全員が、大集会堂に集まっていた。一族の長オーン自身も臨席し、裁判官を務めるブレホンの右手に坐っていた。判決が下される際には一族の長の意見を求めるというのが法の定めでもあり、また長への敬意でもあるのだ。

ファーガル修道士は、ブレホンと一族の長の前に立たされており、クランの一員である頑強で筋肉質の男が、法廷の秩序を保つために、剣と楯を手にして、ファーガルのやや後ろに控えていた。ファーガルの前には、腰の高さの小さな木の柵が設けられていた。コス・ナ・ダール〔法廷の足許〕と呼ばれるもので、ダール〔法廷〕に立たされた被告は皆、ここから抗弁することになるのである。

この右手は小さな壇になっているが、ここには告発側の痩せた鋭い顔をしたドーリィーが坐っていた。左手にも小さな壇があり、そちらが弁護士を務める修道女フィデルマの席で、彼女は両手を膝に組んで、慎ましく坐っていた。しかし、その緑色のきらめく目は、何一つ見逃しはしないのだ。証人たちもすでに召喚されており、大集会堂はクランの男女で溢《あふ》れんばかりになっていた。なにしろ、殺人という忌まわしい犯罪に関して聖職者が告発されるなど、この地の人々の記憶にはないことだったのである。

ブレホンは先ず一同に静粛を求め、次いでファーガル修道士に、自分の弁護人としてフィデルマ修道女を受け入れるかを訊ねた。〈ブレホン法〉によって、ファーガルには自分の弁護のための手配をする権利が認められているのだ。ファーガル修道士は頷いて、フィデルマ修道女が自分のために論述することに、賛意を表した。

こうして、彼に関する裁判が、すでにブレホンがフィデルマに告げてくれていた手順で、始まった。

その最後にフィデルマ修道女が立ち上がり、ブレホンに語りかけ始めると、期待のざわめきが場内を満たした。

「ファーガル修道士は、この犯行に関して、無罪であります」フィデルマは、はっきりとした説得力のある口調で、弁論を開始した。

人々の間に、静寂が広がった。

「ドーリィー殿は、すでに立証されておる事実を論駁《ろんばく》なさろうとされるのかな?」とブレホンは、今はかすかな笑みを浮かべて、そう問いかけた。「お忘れではありますまいな、儂がコンガルと共にファーガル修道士の小屋へ行き、寝台で眠り込んでおったファーガル修道士とその傍らの床に転がっておるバードブの遺体を発見したことを。彼の衣服についていた血痕も目にしておるのですぞ」

「そのことを論駁するつもりは、ございません」と、フィデルマはブレホンにはっきりと答えた。「しかし、これらの事実は、殺人行為の証しではありませぬ。告訴側が述べられるそのような事態は、確たる論拠ではなく、ただ告訴側が事態をどう解釈されているかを示すものにすぎません」

リミッドが、階段状の法廷の下のほうの席から、怒りに満ちた抗議の声をあげた。

「ファーガルは、人殺しなんだ！　この人は、ただ自分の修道院の人間を守ろうとしとるだけだ！」

ブレホンが、身振りで、彼に静粛を求めた。

「あなたの弁護の論述を、お続けなされ、フィデルマ修道女殿」

「ファーガル修道士は、喘息を患っておりました。彼が発作を和らげるために薬草を用いていたことは、秘密ではありませんでした。数人の者が、そのことをはっきりと知っております。あの晩、ファーガル修道士は疲れきって自分の住まいであるボハーンに戻ってきました。普段は、先ず炉に火を熾《おこ》してストラモーイニアムの葉を燻《く》べ、寝台に横になる前にその煙を吸引するのですが、ひどく疲れきっている時には、同じような薬草の煎じ汁を飲むこともありました」

ファーガル修道士は目を瞠って、フィデルマを見つめた。

「ファーガル修道士、あの晩、あなたは薬草を吸引しましたか、それとも飲み薬として飲んだのですか？」

「私はあまりにも疲れていましたので、起きていて吸入の支度をする元気はありませんでした。私はいつも煎じ薬を作って、薬缶に用意をしています。ですから、あの夜は、それを温めて、一回分を飲んだだけです」

「そのまま朝まで、何も知らなかったのですね？」

「ブレホン殿とコンガルに起こされるまで、何一つ」と、修道士はそう認めた。

「あなたは、熟睡していた。いつも、そうなのですか？」

ファーガル修道士は、今までそのようなことを考えたことがなかったかのように、眉根を寄せて口ごもった。

「いつにないことでした。私はしばしば胸が苦しくなり、よく夜明け頃に目が醒めます。そして、普通は、もう少し煎じ薬を飲み足して、発作を鎮めるのです」

「わかりました。あなたは、あの夜、いつになく熟睡していた。誰かがこっそりボハーンに入り込んだとしても目が醒めないほど、深い眠りだったのですね？　実際、翌朝、ブレホン殿とコンガルが入ってきた時も、そうでしたね？　あなたは、二人に揺り起こされねばなりませんでした。無理やり起こされなければ、二人がそこにいることも、わからなかったでしょうね」

法廷は静まりかえった。ブレホンも興味を引かれて、フィデルマをじっと見つめた。

「何を示唆しておいでなのかな、フィデルマ修道女殿？」

「何も示唆はしておりません。ただ、証拠を提示しようとしているところです。私は、ファーガル修道士のボハーンから、ブレホン殿の面前で木製の椀を取り上げ、その保管をブレホン殿にお委《ゆだ》ねいたしました」

ブレホンは頷き、自分の前に置かれている木製の器を指し示した。

「そのとおり。その木の椀は、ここにありますぞ」

「あなたが薬を飲んだ容器は、この椀ですか、ファーガル？」

修道士は器を調べてみて、頷いた。

「私の物です。表面に私の名前が浅く刻んであります。私が煎じ薬を飲んだのは、この椀からでした」

「椀の底には、わずかながら液体が残っていました。それを味わって見ましたところ、ファーガル修道士が常用していたストラモーイニアムの煎じ汁ではありませんでした」

「では、なんだったのですかな？」と、ブレホンは訊ねた。

「この法廷のご満足を得るために、ここに薬師イランドを呼び出して調べてもらい、彼の意見を聞いてみるのもよいでしょう。ただ、当法廷は、私がアンルーであり、薬草に関する知識も持っていることを、ご存じのはずです」

「当法廷は、修道女殿の学識を承知しておりますぞ、フィデルマ修道女殿」とブレホンは、もどかしげにそれに答えた。

フィデルマは、頭を下げた。

「液体は、ルス・モール・ナ・コルの煎じ汁で、ムーインも混ざっておりました」

「薬草についての知識がない者のために、それらがなんであるかを説明してくだされ」と、ブレホンが顔をしかめて、フィデルマに指示した。

「かしこまりました。ルス・モール・ナ・コルは〝恐ろしい夜の陰〟とも呼ばれる、きわめて強い鎮静効果を持つ薬草で、よく効く睡眠薬になります。ムーインのほうは毒人参のことで、もし摂《と》りすぎると、麻痺《まひ》を起こしたりします。薬草のことを少しでも知っている者なら、同じことを申しあげるはずです。この煎じ汁を服用したため、ファーガル修道士は麻薬を飲んだような状態となり、死んだように深い眠りに落ち、その後のことを何一つ思い出せなくなっていたのです。揺り起こされたことが、彼にとって幸いでした。この薬を彼に飲ませようと用意した人間が誰であれ、その人物はファーガル修道士が命をとりとめようとは、予想していなかったことでしょう。ファーガル修道士は、ただ単に、バードブと並んで、死体となって発見されるはずだったのです。すると、ファーガルは娘を殺し、それを悔いてこの毒を飲んだのだ、という結論になっていたことでしょう」

フィデルマは、自分の論述が巻き起こした動揺の中で、言葉をきった。ファーガル修道士は、激しい驚きに血の気を失った顔をして、修道女フィデルマを見つめた。

ブレホンは、ふたたび静粛を求めると、フィデルマに問いかけた。

「バードブは、ファーガル修道士の小屋で、彼が眠り込み、何も気づかない間に殺害された。そう、修道女殿は言われるのかな?」

「いいえ。私が言おうとしていますのは、その人物はファーガルに薬を飲ませ、どこか別の場所で殺害したバードブの遺体を彼のボハーンに運び込み、そこに放置しておいた、ということです。その人物は、その後で、バードブの血を薬で眠っているファーガル修道士の両手と衣服に擦《なす》り付けておきました。こうして状況を整えておいて、その人物は立ち去ったのです。しかし、殺人者は、いくつか失策を犯しました。犯人は、薬が残っている椀という、真相を明白に物語る証拠の品を残したままでした。それに、バードブの死体をボハーンに運び込んだ際に、扉の横手に血痕をつけてしまったのです」

「そうだった。修道女殿は、その血痕を儂に示された」と、ブレホンが言葉をはさんだ。「その時、儂は、これは多分我々が遺体を運び出した時についたのだろうと、言いましたな」

「でも、そうではありませんでした。血痕は、肩より少し高いところについていました。遺体を運び出した時、ブレホン殿の部下たちは、それを担架に載せ、二人で運んでいったのでしたね？」

ブレホンは、そのとおりと、頷いた。

「亡骸を載せた担架を、二人で無理のない姿勢で運ぶとなると、その高さは腰の辺りでありましょう。しかし血痕は、肩より少し高いところについておりました。となりますと、あの血は、亡骸をボハーンから移す時ではなく、運び込んだ際についた、ということになりましょう。犯人は一人であり、死体は自分一人で運ばねばなりませんでした。そういう重い物を運ぶには、肩に担ぐのが一番自然なやり方です。血痕は、亡骸が犯人によって小屋に運び込まれた際に、肩の高さ辺りについたものなのです」

「ドーリィー殿の論述は、納得できますな」と、ブレホンも同意を示した。「しかし、決定的とは、言えないようじゃ」

「では、次の点を、この法廷に指摘させていただきましょう。皆様がたが主張なさるところによれば、ファーガル修道士は、常軌《じょうき》を逸した激情に駆られてバードブを刺殺した。そのあと、疲労困憊して、殺人を隠すためにボハーンから死体を運び出す力もなく、寝台に横になって、翌朝発見されるまで熟睡していた、ということのようです」

「告発側は、そのように結論を出しておるが」

「では、凶器はどこなのでしょう？」

「なんですと？」ゆっくりと、ブレホンはこの言葉を口にした。今初めて、疑念が彼の目に表れた。

「皆様は、凶器には、全く触れていらっしゃいません。バードブを刺し、死に至らしめたナイフのことです。あの朝、ファーガルを発見された時に持ち去られたのでなければ、凶器はその場に残っていたはずです。私は小屋の中を探しましたが、ナイフを見つけることはできませんでした。ファーガル修道士も、ナイフを身につけてはおりませんでした」

ブレホンは、唇を噛んだ。

「そのとおりじゃ。ナイフは、発見されなかったな」

「でも、バードブの血のついているナイフは、存在しているはずです」

「ファーガルが隠したのかもしれぬ」とブレホンは、その探索を怠《おこた》った自分の失策に気づきながらも、なおもそう言ってみた。

「どうしてでしょう？　疲れきって、死体を隠すことさえできなかったというのに、どうしてナイフを隠したのでしょう？」

「ドーリィー殿の論述は、いかにも適切な説明のようだ。だが、ファーガルでないとすると、あの娘を誰が殺害したのですかな？」それに対してフィデルマが答えようとする前に、ブレホンが目をきらめかせた。「ああ、それで隠者エルカの薬草に興味を持たれたのか。ドーリィー殿は、エルカの仕業であると、主張なさるのじゃな？　ファーガルに危害を加えようとして、あの隠者がやったのだと。あの男が、キリスト教徒の全てに憎しみを抱いていることは、我々皆の知るところでありますからな」

フィデルマは、強く頭《かぶり》を振った。

「エルカは、キリスト教徒を憎んでおります。でも、この犯行を行なったのは、彼ではありません。私はこの辺りで容易に入手できる、強力な薬効を持つ二種類の薬草について興味をそそられ、それを確かめたいと、彼を訪ねただけです。この事件の背後には、単なるキリスト教に対する憎悪以上の、深い動機が潜んでおります」

彼女は振り向いて、唇をわななかせているリミッドの蒼ざめた顔を見つめた。

「この女、俺を罪人にする気なんだ!」と、彼は喚きだした。

今や、ブレホンも、強い疑惑の浮かぶ目を、リミッドに向けていた。

「お前は、ファーガル修道士に激しい憎しみを抱いていたのではないのか? 昨日、お前は儂らに、そのように申していたな?」

「俺は、そんなこと、しちゃいません。バードブを愛してたんだ……俺は……」リミッドはぱっと立ち上がり、大集会堂の戸口目指して、突進しようとした。

「あの男を捕らえよ!」と、ブレホンが大声で命じた。クランのメンバーの中の二人が、素早く動いた。

しかし、フィデルマは頭を横に振りながら、ブレホンに告げた。

「違います。あの男は、お放しください。犯人は、リミッドではありません」

ブレホンは、眉をひそめた。リミッドも、二人の男に捕らえられたまま、暴れるのを止め、戸惑い顔で振り返った。

「では、誰だと言われるのかな?」ブレホンが、苛立ったように、そう問いただした。

「バードブは、コンガルに殺されたのです」

堂内に、喘ぐようなざわめきが起こった。

「嘘だ! この女め、でたらめを言っとるんだ!」とコンガルは、顔面蒼白となり、両手を拳に握りしめて、がばっと立ち上がった。

「コンガルが、実の妹を殺した？」ブレホンは信じかねて、そう繰り返した。「だが、どうして？」

「あらゆる殺人動機の中でも、もっとも古いものの一つ、物欲のためです」

「しかし、バードブは、財産を何一つ持っておりませんぞ。彼女を殺して、いかなる利益が得られると言われるのじゃ？」

フィデルマは、悲しげに溜め息をついた。

「コンガルは、無一文です。父親は、クランの中でよい地位を占めていました。コンガルも、順調にいっていたら、その程度の生き方はできたはずでした。ところが、事態はそう都合よく運びはしませんでした。コンガルは気が変わりやすく、人から信頼されることのない男だったのです。

彼は夢を追い、大きな計画を立てるのが好きでしたが、それはいつもうまくゆかなかったのです。やがて彼は、みすぼらしい木と泥の小屋に住み、自分より暮らし向きのいい隣人たちに雇われて生計を立てる、という境遇に身を落としていったのです。隣人たちは、コンガルを憐れんできました。そのことが、コンガルを、いっそう世を拗《す》ねた男にしていったようです。このようなことは、皆、よく知っていました。あなたも、私に、そのように説明してくださいましたね、ブレホン殿？

リミッドとバードブは、恋仲でした。リミッドには、あまり財産はありません。でも、我々のほとんどと同様、彼も自分で稼いで暮らしを立てる生活に、満足しておりました。バードブが自分自身で全てを決定することができる〈選択の年齢〉に達していないため、リミッドは娘の兄のコンガルの許へ結婚の同意を得に行きました。ところが、コンガルはそれを拒否したのです。なぜでしょう？　彼は、妹の幸せなど、気にかけてはいなかったのです。彼が気にしていたのは、富でした。彼は、クランの中で宿泊所を営む〈自由民〉の娘としての〈花嫁の代価〉を、リミッドに要求したのです。彼も妹も、すでにそのような社会的地位からは転落しておりましたのに」

「しかし、それは法律の認めるコンガルの権利ですぞ」

「いかにも、そのとおりでございます。しかし権利というものは、時として権利の侵害という形をとることもございます」と、フィデルマは答えた。

「先を」

「リミッドは、コンガルが求める〈花嫁の代価〉を十二分に支払うことができませんでした。バードブは兄に腹を立て、彼にはっきり宣言したのです、自分は、〈選択の年齢〉に達し、自由にして平等なる選択権を授かるや、ただちに家を出て、リミッドと一緒になる、と。そうなると、兄のコンガルは、一文の〈花嫁の代価〉も受け取れなくなります」

フィデルマは、考えをまとめるため、ここでちょっと言葉をきった。

「そこでコンガルは、考え始めたのです、自分が貧困から抜け出し、部族の中で敬意をもって遇される人物になるための唯一の道は、二十頭の乳牛の所有者となることだ、と。これは、夫になろうとする男が、バードブのような娘の家族に〈花嫁の代価〉として支払うはずの金額です。ところが、さらに別の考えが、彼の胸に芽ばえてきました。とんでもない思いつきでした。どうして、二十頭の乳牛という〈花嫁の代価〉で満足しなければならないのだ、と。もし妹が殺されたら、犯人は、あるいは犯人の身内は、彼女の〈血の代価〉を払わねばならない。その額は、法律の定めによると、少なくとも四十五頭の乳牛となる。これだけ手にすることができれば、自分がひとかどの家畜所有者として皆の尊敬を集める地位を獲得するための土台となってくれるはず。クランの中の有力者の一人になるための第一歩ともなるだろう。コンガルは、そう考えついたのです。ただ、この犯行の実行者にこれだけの額の代償を支払う能力がなければ、何にもなりません。コンガルは、この点を確認しておかなければならないわけです。

そこへ、ファーガル修道士が現れたのです。もちろん、修道士は、個人的にはこの能力に欠けます。しかし法律は、犯人が〈血の代価〉を払えない場合、その家族やフィニャがその責任を負って、犠牲者の家族にこれを払わねばならぬ、と定めております。そして修道士や修道女の場合、修道院が一族の代わりを務めるのです。このことは、よく知られております。すなわち、修道院の一員が何らかの犯罪に関して有罪の宣告を受けた場合、修道院はその者に代わって被害者や遺族にその〈代価〉を払うものと、期待されるのです。そこでコンガルは、頭を働かせました。バードブの〈血の代価〉として課せられるであろう乳牛四十五頭を、ファーガル修道士が属している修道院は自分に支払うに違いないと。こうして、哀れなバードブの運命は、定まってしまったのです。

コンガルは、ファーガル修道士の病と、その療法として彼が用いているものがなんであるかを、知っておりました。そこでコンガルは、毒薬を準備し、ファーガル修道士がいつも飲んでいる薬草の煎じ汁を捨て、代わりに自分が調合した毒薬を薬缶に仕込んでおきました。ファーガルは煎じ薬を温める前に薬缶の中味を調べたりはしないだろうと、コンガルは読んだのです。その後でコンガルはリミッドに会い、バードブがファーガルに夢中になっている、二人は惚れ合っている、と彼に偽りを吹き込んで、筋書きをさらに確かにしておきました。そのうえで、コンガルは妹を探しに行きました。その後どうなったか、我々はすでに承知しております。

コンガルはバードブを殺害し、ファーガル修道士が熟睡するや妹の亡骸を彼の小屋に運び込み、ファーガルの両手と衣服に血を擦り付けておきました。でもコンガルは、重大な失策を二つ犯しました。一つは、凶器をその場に残しておかなかったこと。もう一つは、ファーガルの椀の中には有毒な薬草汁が残っていたのに、その始末をしておかなかったことです」

フィデルマは、蒼白な顔色をして唇をわななかせながら立っているコンガルのほうを、振り向いた。

「我々が糾明《きゅうめい》すべき卑劣な殺人犯は、そこにおります。この男は、一群れの乳牛のために、実の妹の命を奪ったのです」

甲高い声で喚きながら、コンガルは短刀の鞘《さや》を払い、フィデルマ修道女に飛びかかった。人人は、狂乱した男を前に、右へ左へと逃げ惑った。

あわやコンガルがフィデルマに手を振り下ろそうとした時、黒い人影がその前に立ちふさがり、彼の顔面を殴りつけた。リミッドだった。コンガルは気を失って、床に倒れた。リミッドはさらに一歩近寄ろうとしたが、フィデルマが進み出て、ほっそりとした手を彼の肩にかけた。

「報復は、正義ではありませんよ、リミッド。もし我々が自分に加えられた非道に復讐していたら、我々は皆、より大きな悪を犯す罪人となってしまいます。彼の処分は、法廷にお任せなさい」

リミッドは、ためらった。

「あいつは、自分が被害を与えた者たちに、十分に弁償するだけの財産など、持っちゃいねえんですぜ」と、リミッドはそれに逆らった。

フィデルマは、かすかな笑みを浮かべて、それに答えた。

「でも、彼も、魂という財産を持っていますよ、リミッド。コンガルは、修道院という家族の中の一員を傷つけようとしました。修道院は、ファーガル修道士のために、彼に加えられた被害の償いとして、コンガルに代償を求めるでしょう。その代償は、コンガルの魂です。彼の魂は、主のお許らいにお委ねすることになりましょう」

「尼僧様が奴を殺してくださるってんですかい、〈彼方なる世界〉の主の許へ、奴の魂を送りこんでくださるんですかい？」

フィデルマは、静かに首を横に振った。

「主は、彼に対する裁きの時が来たとお考えになった時に、彼をお召しになりましょう」

ファーガル修道士が無罪となって釈放され、コンガルが裁判を受けるために拘束された後、フィデルマはブレホンと共に大集会堂の戸口へ向かった。

「どうして、コンガルに疑いを抱かれたのですかな？」と、ブレホンはフィデルマに問いかけた。

「一度嘘をついた者は、ふたたび嘘をつくものですわ」

「ドーリィー殿は、どういう嘘に気づかれたのです？」

「コンガルは、薬草については何の知識もないと言っておりましたが、ストラモーイニアムがどういう薬草であるかも、ファーガルがそれを常用していたことも、知っていました。あとは、初歩的な推論とはったりで推量できました。このはったりの部分は、コンガルの自白がなければ、決定的に立証することは困難だったでしょうが」

「修道女殿は、立派な弁護士でいなさる」

「巧妙で堂々たる議論を展開することは、大して難しい仕事ではありません。真実を見てとり、それを理解することのほうが、よりよい才能です」フィデルマは、そう言って戸口で足を止めると、ブレホンに微笑みかけた。「平穏が、あなたの上にありますように、キャシェルのオーガナハト一族のブレホン殿」

そう告げると、修道女フィデルマは、遠く離れた自分の修道院へ向かう埃っぽい道を、軽やかな足取りで遠ざかっていった。

名馬の死

The Horse that Died for Shame

「競馬は、人間のあらゆる悪しき心を取り除いてくれますぞ。人間の攻撃性や貪婪《どんらん》なる欲望を、当人に代わって発散させてくれますからな」と語っているのは、ダロウ(1)の修道院長ラズローンである。「競馬という機能なくしては、この世は今より遙かに殺伐《さつばつ》たるものであるに違いない」

修道院長は、背が低く、まるまると肥っており、その血色のいい顔は生きいきとしたユーモアに彩られている。実際、彼の面《おもて》から上機嫌な表情が消えることなど、ほとんどないのだ。人の世とは、そこに暮らす人々のために常に楽しみを提供してくれるものだと受け止めてそれを満喫するという、稀有《けう》なる才能を持って生まれた人なのである。

修道女〝キルデアのフィデルマ〟は、彼と並んで歩きながら、この哲学的競馬論に微笑を返した。修道院の尼僧という彼女の天職とはいささか似つかわしくない、悪戯《いたずら》っ子めいた微笑だった。

「オルトーン大司教(2)殿は、あなたのお考えに賛成なさいますかしら、お師匠様?」修道女フィデルマは、片手を額に伸ばして、被《かぶ》り物の下から絶えずこぼれ出ようとする言うことをきかない一房の赤毛を無駄な努力で押し戻しつつ、院長に答えた。

ラズローンは面白そうに唇をきゅっとすぼめて、かつての弟子を見やった。フィデルマに、大王都タラの高名なるブレホンのモラン師の許でさらに法律を学ぶようにと強く勧めてくれたのは、実はこのラズローン修道院長であった。またフィデルマがアイルランド全国のいずれの法廷にも立つことのできるドーリィー〔弁護士〕となり、さらには学術分野における最高位の肩書きのすぐ次の位であるアンルー〔上位弁護士〕の資格まで修得した時、彼女に聖ブリジッドの修道院に所属することを勧めたのも、彼であった。

「しかし、ブレッサル大司教は、儂《わし》と同意見のはずじゃ」と、ラズローンは反論した。「大司教は競走馬を二頭所有しており、それをいつも競技に出しているし、馬に金を賭けることをも、決して厭《いと》ってはおりませんぞ」

ラーハン王国[3]の王である〝イー・ドゥーンリンガのフェイローン〟に仕える司教ブレッサルが競い馬競技の熱烈な愛好家であることは、フィデルマも知っていた。もっとも、アイルランド五王国に、そうでない人間はほとんどいないであろうが。そもそも、祝祭や集会を意味するエイナックというアイルランド語は、古くは競馬のことだったのである。人々は国家的な大集会を開催して重要な国事を論じ合う時、それと共に競い馬競技も催しては、持ち馬を走らせたり、それに金を賭けたりしてきたのである。また、宴も開かれた。こうして人々は大集会で大いに盛り上がり、祝祭気分を満喫してきた。だが、ごく最近になって、アーマーの首座大司教オルトーンが、この伝統について、主《しゅ》の教えに悖《もと》るものだと説いて、公然と非難し始めた。彼によると、祝祭とは、盲目的な熱狂や異教的な放埒《ほうらつ》に現《うつつ》を抜かすための口実なのだそうだ。しかし祝祭への彼の非難は、ほとんどの人に、それどころか彼に従っている聖職者たちからさえ、無視されていた。古《いにしえ》より伝わるこの習俗は、人々の生活の中にきわめて深く根付いており、たった一人の人間の偏見でもって変えたり弱めたりすることなど、とても無理なのだ。

現に、毎年の恒例行事として定着している大掛かりな祭りが、今もこの広やかな平地で開催されていて、大勢の人々が続々と集まりつつあった。ラズローン修道院長と修道女フィデルマも、その群衆にまじってゆっくりと歩いているのであるから、オルトーン大司教の祝祭に関する見解は、この二人からも完全に無視されていることになろう。恒例のこの大祭は、ドゥーン・エイリンの砦の下を流れる大河リファー（現在のリフィー川）のほとりで開かれるため、エイナック・リファー、すなわち〝リファー川の大祭〟と呼ばれているが、古の大王《ハイ・キング》コナラ・モール(4)の御代から、カラー・リファー〔リファー川の競い馬競技場〕という名称でも知られてきたのである。フィデルマが現在所属している修道院をキルデア近くに創設なさったのは聖ブリジッドであるが、彼女自身も、ご自分の馬をこの大祭の競い馬競技にお出しになったとの記録が残っているではないか？　今では、アイルランド五王国随一のカラー〔競い馬競技場〕とされており、この〝リファー川の大祭〟のカラーには、アイルランドの津々浦々から人々が集まってくるようになっていた。ラーハン王も、行事の開催を公式に宣言なさるために、毎年大祭に臨席される。それのみか、ご自身の駿馬《しゅんめ》も、このカラーで行なわれる競技に、よく出場させておられるのだ。

フィデルマは、鉄板で焼いた出来たての菓子を二人に売りつけようとする少年を微笑みながら退《しりぞ》けて、自分の年長の連れをちらっと見やった。

「今朝、ブレッサル司教殿にお会いになりましたか？」

「すでにこちらに来ているとは聞いているのだが、まだ会ってはいませんな。ブレッサルは、自慢の愛馬オコーン号を出走させるらしいのだが。しかし、司教の騎手のモルカッドなら、見かけましたぞ。あの男、オコーン号に騎乗する自分に、かなりの金を賭けておった。それも、自分とオコーン号に信をおいてくれている司教と同意見、ということだから、まあ、構いはしないが」

フィデルマは、ふと考えこんだ。

「オコーン号……前に、耳にしたことがありますわ。それにしても、どうしてオコーン、つまり〝呻《うめ》く者〟などという名前をつけたのでしょう？」

「オコーン号は、自分の優勝は確実だと予感すると、呻くような声で嘶《いなな》くそうな。それで、この名がつけられた、と聞いたことがある。馬というものは、いたって知的な動物ですからな」

「並の人間より遙かに知的なのでは、と思われることも、よくありますものね」とフィデルマは、彼の説明を受け入れた。

「ここだけの話、あの司教殿より悧巧《りこう》であることは、確かだな」と、ラズローンはくすりと笑った。「あの男、今日の競馬でフェイローン王の持ち馬を負かしてみせると、公然と口にしておる。当然、王のご機嫌がうるわしいわけがない。王は、ご自分の司教の豪語に、いたくお冠だということじゃ」

「では、フェイローン王も、今日の競技に馬をお出しになるのですね？」

「ご自分の最高の駿馬をお出しになるおつもりじゃ」と、修道院長は受けあった。「実を言えば、結果は、すでに明らか。なにしろ、王のもっとも優秀な騎手のイランが鞍《くら》にまたがり、鞍の下には名馬エインヴァー号、というわけですからな。ラーハン王国中のいかなる名馬と名騎手の組み合わせも、王のこのイラン＝エインヴァー組が相手では、足許にも及ぶまい……たとえモルカッドとオコーン号であろうとな。全く、イランが騎手として王の馬に乗るということ自体、ブレッサル司教にとっては腹立たしい限りであろうが」

「どうしてでしょう？」とフィデルマは、ラズローン修道院長の噂話に興味をそそられた。

「イランは、エインヴァー号を調教し、それに乗って競馬に出場するようにと、王に大金をもって引き抜かれたのだが、それまではブレッサル司教の馬たちの面倒をみておった男ですからな」

「エインヴァー号……ですって？」フィデルマも、王のこの名馬のことは知っていた。まるで飛ぶように走るので、歩調を乱しもせずに海をも陸地をも飛ぶように走り抜けたという古の海神マナーナン・マク・リアの驚異の名馬の名をとって、王はご自分の愛馬をエインヴァー号と名付けられた、ということだった。「私も、昨年の〝リファー川の大祭〟で、この馬の疾走ぶりを見ましたけど、それに敵《かな》う馬はいませんでしたわ。そのオコーン号というブレッサル司教の馬がよほど鮮やかに走ってくれないと、司教の豪語はご自分の身に跳ね返ってくるのではありません？」

ラズローン修道院長は、それに対して、皮肉っぽく鼻を鳴らした。

「この一年、旅ばかりしておられましたな、フィデルマ。だから耳にしておられぬだろうが、このところ、王とブレッサル司教の間がなにやらぎくしゃくしているのですわ。昨年、ブレッサルは、王の名馬とその騎手相手に競わせようと、自分の馬を四回も出走させている。ところが、その四回も含めて、これまでのところ、勝負はブレッサルの敗北でな。ブレッサルはそれをひどく悔しがって、憑かれたようになっておるらしい。皆から、とりわけ自分の調教師兼騎手だった男から馬鹿にされた、と感じているとみえる。今、彼が考えていることは、ただ一つ。王の馬を、そして特に騎手のイランを、打ち負かすことだけだ。ところが、困ったことに、それに躍起《やっき》になればなるほど、あの男は皆の物笑いの的になってしまう」

ラズローン修道院長は、片手をさしあげると、辺りの人々を指し示すように、その手でぐるりと半円を描いた。

「儂の見るところ、この群衆の大部分は、エインヴァー号が決勝点の柱をらくらくと通過して、ブレッサルがまたもや恥をかくところを見物しようと、集まってきているのであろうよ」

フィデルマは、悲しげに首を横に振った。

「今、馬は人間より分別があると申しましたでしょ、お師匠様？　どうして単純な娯楽が争いごとに変わらなければならないのでしょう？」


ラズローン修道院長が、突然足を止め、首をめぐらせた。

明らかに彼らに連絡をとりたい様子で、誰かが人々を押し分けながら、急いでやって来ようとしていた。ラーハン王の精鋭護衛戦士団(5)〈ベイスグナ〉の制服をまとった若者だった。その若々しい顔には、気遣わしげな表情が浮かんでいた。戦士は、二人の前に、硬くなって立ち止まった。

「失礼いたします、ラズローン修道院長殿」と若者は、先《ま》ず院長に挨拶をし、それからフィデルマに真っ直ぐに向きなおった。「〝キルデアのフィデルマ〟修道女殿でいらっしゃいますか？」

フィデルマは、そのとおりと、頷《うなず》いた。

「では、ただちにおいで願えますか、修道女殿？」

「どういうことでしょう？」

「国王フェイローンご自身のご要請であります」若い戦士はさっとまわりを見まわしてから、

周囲に群がっている人々の耳に届かぬように声を落として、それに答えた。「王のもっとも優れた騎手であるイランが発見されたのであります……死体となって。王の愛馬エインヴァー号も、死にかけております。王は、卑劣《ひれつ》な行為が行なわれたのだと確信されまして、ブレッサル司教殿の逮捕をお命じになりました」

ラーハン王国の王、〝イー・ドゥーンリンガのフェイローン〟は、苦い顔をして、自分の幕舎の中に坐っていた。競い馬競技場に沿って、ほとんど街をなしていると言ってよいほど夥《おびただ》しく幕舎が設営されており、フィデルマとラズローンはその中を通り抜けて、フェイローン王の許へと案内されてきたのである。これらの幕舎の群れは、小王（大族長）や族長たち、それに彼らの奥方たちのもので、この九日間にわたるさまざまな催しを目当てに家族連れでやって来て天幕を張っている者も、決して少なくはない。こうした身分の高い人々の幕舎の後方には、調教師、騎手、もう少し倹《つま》しい階級の馬主たちといった人々のテントも、連なっていた。

〝イー・ドゥーンリンガのフェイローン〟王は、年の頃四十近く。浅黒い肌や黒い髪、太く濃い眉毛などのせいで、むっつりとした陰気な容貌に見える。ましてや、彼が眉根を寄せると、なにやら悪意を秘めた鬼のような印象になるので、彼の前に立つと、人々は怖気《おじけ》づいてしまうのだった。

だが、フィデルマに同行したラズローン修道院長は、いっこうそれに動じることなく、両手を法衣の袖の中で組んで立ち、王に微笑みかけた。院長は、フェイローン王をよく知っていた。この陰鬱《いんうつ》な顔はただの外見で、その下には、公正で名誉を重んじる男が隠れているのだ。王の隣りには、髪艶《つや》やかな王妃、うるわしきムルドナットの姿があった。背が高く、官能的な美女で、その色恋の物語は、世の語り草となっている。豪華な衣装をまとい、宝石に飾られた腰のベルトには、貴婦人の正式な装いとして、ほかの身分ある女性たちと同様、短剣の鞘《さや》が下がっている。しかしフィデルマは、そこに納まっているはずの小ぶりな正装用の短剣が見えないことに、すぐに気づいて、訝《いぶか》った。妃は、少し前まで泣いていたのであろうか、なにやら悄然とした様子を見せていた。

王と王妃の後ろに立っていたのは、ターニシュタ、つまり次代の王位継承者に選出されている、王の甥のエーナで、その隣りが奥方のダゴーンである。二人とも、二十代の半ば。エーナは気難しげではあるものの、なかなかの美男子だった。しかし夫人のほうは、さして印象には残らない顔だちの女性で、上流夫人らしい高価な衣服で装ってはいるが、王妃ほど、それに気を配ってはいないらしい。服には泥の汚れがついているし、着付けも乱れている。フィデルマは、そのことに、すぐ気づいた。宝石で飾られたベルトや短剣の鞘も、何かにこすれたのか、汚れており、しかも短剣は鞘によく合ってはいないようだ。ダゴーンは神経質になっている様子で、何か態度が落ち着かない。

フィデルマは王の前に立ち、両手を慎ましく組んで、静かに待ち受けた。

「儂は今、ブレホン〔古代アイルランドの裁判官〕を必要としているのだ、修道女殿」と、フェイローン王は、口をきった。「すると、ここにおるエーナが」と、王はターニシュタのほうを頷いてみせた。「このエーナが、修道女殿がラズローン修道院長と共に、今、競技場に来ておられると、教えてくれてな」

フィデルマはその先を予期して、そのまま待ち受けた。

「修道女殿は、もう知らせを受けておられますか？」王の言葉に口をはさんだのは、エーナであった。王は、この礼法の無視にやや苛立ちを見せながらも、それを露骨に示すことはしなかった。フィデルマが視線を王に戻すと、フェイローン王は彼女がターニシュタの質問に答える前に、自分の話を続けた。

「儂のもっとも優秀な騎手が殺害されたうえ、最上の駿馬も殺されかけているのだ。馬の医師によると、もう瀕死《ひんし》の状態にあり、正午までには息絶えるであろう、とのことだ」

「そこまでは、王の護衛戦士団のお一人から、伺っております」とフィデルマは、王に答えた。

「また、ブレッサル司教殿が逮捕されたとも、聞かされました」

「そう、儂の命令によってだ」と、王はそれに確認を与えた。「この無法なる行為から利を得る者は、ブレッサル司教以外に誰もおらぬ。実は……」

フィデルマは、もどかしげに手を軽くあげて、王の説明を抑えた。

「お二人の間に、競馬をめぐっての諍《いさか》いがおありであったことは、聞き及んでおります。でも、どうして私をお呼びになられたのでしょうか？　ご自身のブレホンを抱えておいでですのに？」

フェイローン王は、このようにあからさまに問いただされて、一瞬、目を瞬《しばた》いた。

だが彼は、説明してくれた。「儂のブレホンは、今日はこちらに来ていない。だが、司教の地位にある者を、後日法廷に出廷させるために拘束しておくに足る根拠があるかどうかの判断を下すことができるのは、ただブレホンのみだからな。それに、司教に関するこの判断を下す者として、ドーリィーであり、また聖職者でもある人物こそ、もっとも適任であろう？」

「では、私に事実をお聞かせくださいませ」とフィデルマは、王の要請を受け入れた。「その騎手の遺体を最初に発見なさったのは、どなただったのでしょう？」

「私でした」

そう答えたのは、ターニシュタの奥方ダゴーンだった。フィデルマは、改めて、観察の目をゆっくりと彼女に向けてみた。ダゴーンは、生気に欠ける表情をした、金髪の若い女性だった。どちらかというと、平凡な容貌である。だが、その灰色の冷たい目は、フィデルマの冷静な視線を避けようとはしなかった。

「お話を、お聞かせください」

ダゴーンは許可を求めるかのように、ちらっと王へ目を向けたが、王が頷くのを見て、フィデルマに視線を戻した。

「一時間ほど前のことです。私は、競い馬を見ようと、ここへ到着したばかりでした。ところが、イランのテントへ行ってみますと、彼は倒れていました。死んでおりました。そこで、急いで夫を探したのです。夫は王のお側《そば》におりましたので、私はお二人に、自分が見たことを伝えました」

ダゴーンは、率直そうな口調で、淡々とフィデルマに答えた。

「もう少し詳しく、事態を見てまいりましょう」と、フィデルマは彼女に告げた。「こちらへは、どこからおいでになったのです？」

それに答えたのは、エーナであった。

「妻と私は、ドゥーン・エイリンに滞在していたのです。私は王にお会いするために、今朝は早くに、こちらにやって来ていました」

フィデルマは、彼に頷いてみせ、ダゴーンへの質問を続けた。

「でも、ご夫君をお探しになろうとはせず、真っ直ぐイランのところへ向かわれたのは、なぜでしょう？」

ダゴーンの顔が、赤くなったように見えた。返事にも、かすかな躊躇《ためら》いがあったのではなかろうか？

「ああ、そのことでしたら、馬の様子を見に行ったのです。エインヴァー号は、王にお売りする前は、夫の厩舎で育てていた馬でしたから。でも、エインヴァー号は、具合が悪そうでした。

それで、イランにそれを知らせに行ったのです」

「ところが、イランは死んでいた？」

「ええ。私は動転しました。どうしていいかわからず、ここに駆けつけました」

「お急ぎになったあまり、転ばれたのでしょうか？」

「ええ、そのとおりです」若い奥方は、怪訝《けげん》そうな面持ちで、それを認めた。

「お召し物の乱れも、そのせいなのですね？」

フィデルマの質問は、別に答えを求めるものではなかったが、ダゴーンはほっとしたかのように素早く頷いた。

「わかりました。イランの死因は、なんだったのでしょう？　見てとることがおできになりましたか？　どのような格好で倒れておりました？」

ダゴーンは、思い出そうとした。

「仰向けでした。服に、血がついていました。そのこと以外には、何も見えませんでした。夫に告げなければ、ということばかり考えていましたので」

その時、咽《むせ》び泣く声が聞こえた。フィデルマがさっとそちらへ視線を向けてみると、泣き声の主《ぬし》は、椅子に坐って小さなレースの布で軽く目許を押さえている王妃のムルドナットであった。

素早く、フェイローン王が口をはさんだ。「妃の振舞い、どうか大目に見てやって欲しい。

ムルドナットは、荒々しいことには怯《おび》えてしまうのだ。それに、イランは我が王宮の一員だった。妃は、引きとらせてよいであろうな？　このことに関して、妃は何も知らぬので、修道女殿の調査には、全く役に立つまいから」

フィデルマは、王妃に視線を走らせてから、頷いた。王妃はかすかに眉をひそめながら、なんとか安堵と感謝の表情をフィデルマに向けると、立ち上がり、侍女に付き添われて立ち去った。

フィデルマは、エーナへ向きなおった。

「ダゴーン様がこれまで述べられましたことに、間違いはございませんか？」

「ダゴーンが述べたとおりですよ」と、彼は保証した。「彼女は、私がフェイローン王と話していたこのテントに取り乱した様子で入ってきて、今修道女殿に語ったと同じことを、我々に告げました」

「それで、あなたは、どうなさいました？」

エーナは、肩をすくめた。

「私は、護衛戦士たちを呼び、イランのテントに行きました。あの男は、ダゴーンの報告どおり、床に倒れていました」

「仰向けに？」

「そのとおり」

「わかりました。お続けください。それから、どうなりました？　死因をお探しになりましたか？」

「詳しく調べたわけではないが、胸部の下部を刺されていたようでしたな。私は戦士を一人、その場に残し、もう一人を連れて、エインヴァー号を見に、厩舎用のテントへ向かいました。ダゴーンの言ったとおり、馬はいかにも苦しそうだった。脚を広げて立ち、首を前脚の間に押し込むように下げ、口からは泡を吹いていた。これは何らかの毒にやられたのだと見てとるだけの馬に関する知識を、私は持っている。そこで私は、馬の医師ケラックを呼び、できる限りの手当てをしてやってくれと命じておいて、フェイローン王に報告するために、ここに戻ってきました」

フィデルマは、今度はフェイローン王に向きなおった。

「〝イー・ドゥーンリンガのフェイローン〟様、あなたも、これまでの話は正確なものだと、お認めになりますでしょうか？」

「これまでのところ、ダゴーンとエーナが述べたとおりだ」と、王はフィデルマに確認を与えた。

「それからどうなったのでしょう？　この事件の犯人はご自分の司教ブレッサルだと、どの時点で確信なさったのでしょう？」

フェイローンは、冷笑的な高笑いをあげた。

「この知らせを受けたその瞬間に、だったな。今年、あの男は、儂の馬エインヴァー号を打ち負かしてやろうという執念に取り憑かれておった。空威張りをし、多額の金を賭け、その結果、借財にどっぷり首まで浸かっていたのだ。今日の最大レースにも、自分の馬を出場させて、儂の騎手のイランと競わせようとしていた。オコーン号という馬だ。確かに、よい馬ではある。しかし、儂のエインヴァー号に勝つ見込みなど、ありはしないのだ。ブレッサルには、儂との競い合いで敗北を喫する余裕は、もはやなかった。それなのに、今ふたたび、敗北は火を見るより明らかという有様だ。しかし、万一イランとエインヴァー号が欠場となれば、オコーン号が勝ち、ブレッサルは勝利を我がものとすることができる。事態は、いたって明々白々ではないか。それに、彼は、以前自分の騎手だったイランを憎んでおるしな」

フィデルマの面に、かすかな笑みが浮かんだ。

「きわめてしっかりしたご推量です、フェイローン王。でも、それだけでは、ある人間を逮捕し告発するには、不十分です。もし、これだけの疑惑で司教殿を逮捕なさったのでしたら、即刻釈放なさるよう、ご忠告いたします。さもなくば、ブレッサル司教殿は、逆にあなた様を訴えましょう」

「ほかにもあるのです」と、ターニシュタのエーナが静かに発言し、テントの布の扉の前に立っていた護衛戦士の一人に合図をした。戦士は外へ出て行って、誰かに呼びかけた。すぐに、ごつごつとした粗衣をまとい、からみ合った濃い鬚《ひげ》をたくわえた大柄な男が入ってきて、王とターニシュタにお辞儀をした。

エーナが、彼に命じた。「お前の名と身分を、ドーリィー殿に申し上げよ」

大男は、フィデルマに向きなおった。

「儂の名は、エンガーラで、ブレッサル司教様の調教師をしとります」

フィデルマはわずかに眉を吊り上げたものの、それ以上の表情は抑えた。

「ブレッサル司教殿の修道院に所属している修道士ではないようですね？」と、フィデルマは見てとった。

「はあ、違いまさあ。馬について熟練しとるってことで、司教様が雇ってくださったんですわ。儂は、オコーン号を調教しとります。でも、修道士じゃないです」

エンガーラは、自信たっぷりの男だった。自分の力量に確信を持っている男の微笑を、顔に浮かべていた。

エーナが、彼を促《うなが》した。「さあ、先ほど我々に聞かせた話を、フィデルマ修道女殿にも申し上げろ」

「そうですな、司教様は、今度の競い馬で、オコーン号がどのようにエインヴァー号を打ち負かすかと、しょっちゅう自慢しておられて、それに大層な金を賭けとられました」

「早く、要点を述べよ」と、フェイローン王がもどかしげに促した。

「はあ、今朝、儂はオコーン号の準備をしとったんですが……」

「このレースで、お前が騎手を務めるのですか?」と、フィデルマがそれをさえぎった。「私は、そうとは……」

大男は、首を横に振った。

「司教様の騎手は、モルカッドですわ。儂はただ、オコーン号の調教師でさ」

フィデルマは、彼に先を続けるようにと、合図をした。

「実は、儂、司教様に申し上げたんですわ。昨日、エインヴァー号の試し駆けを見たけど、オコーン号には、直線コースであの馬に追いつくことなぞ、とても難しいですぜって。ブレッサル司教様は、かんかんでしたわ。あんなにいきり立っとる人、見たことありませんや。こっちの言おうとしとることに耳を傾けようともなさらんもんで、儂は引き下がりましたよ。そして、半時間ほどして、イランのテントの前を通りかかった時……」

「それがイランのテントだと、どうしてわかったのです?」

「簡単な話でさ。騎手は皆、自分が乗る馬の主《あるじ》の紋章をつけた小旗を、自分のテントの外に掲げとります。こうした大会では、馬主の紋章は、大事ですもんな」

フェイローン王が、「そのとおりだ」と、言葉をはさんだ。

「そこを通りかかった時、声高《こわだか》な怒鳴り声が聞こえたんでさ。一方はブレッサル司教様だって、すぐわかりましたがね、もう一方はイランじゃないかなって思いました」

「それで、どうしたのです?」

エンガーラは、肩をすくめた。

「儂の口出しすることじゃありませんや。儂はそのまま、モルカッドのテントに行きましたよ。どういうレース運びが一番いいかって助言しようとしたんですわ。勝ち目はほとんどないって、わかっちゃいましたがね」

「それから？」

「モルカッドのとこから立ち去ろうとした時ですわ、儂は見たんでさ……」

「どのくらい後でした？」とフィデルマは、ふたたび口をはさんだ。

エンガーラは、話を妨げられて、ちょっと目を瞬かせた。

「十分ほど、ですかな。よくは、思い出せんです。モルカッドと儂は、そう長いこと話しちゃいなかったですから、多分……」

「で、何を見たのです？」

「ブレッサル司教様が急いで通り過ぎなさるのを、でさ。殴られでもしなさったのか、頰を赤く腫《は》らしとられました。ものすごい形相《ぎょうそう》で、儂には目もくれずに行ってしまわれたが、外套の下に、何か隠し持っとられましたわ」

「どのようなものを？」

「長くて、薄っぺらで、短剣みたいでしたな」

フィデルマは、眉根を寄せた。

「どうして短剣だと思ったのです？　目にしたとおりを、正確に述べてもらいましょう」

「なにやら長くて薄いものを、持っとられました。長さは、九インチ足らずで、幅のほうは、わからなかったです」

「それでは、それが剣だったとは、誓えませんね」とフィデルマは、彼の証言をぴしりと正した。「私が今ここで聴取しているのは、臆測や当て推量を聴くためではありません。事実を聴くためです。それから、どうなりました？」

エンガーラは、ちらっと傷ついた表情を覗かせたが、すぐに肩をすくめた。

「戻って、自分の仕事しとりました。でも、護衛団の戦士の誰かが、イランが自分のテントの中で死体となって発見されたって話しとるのが聞こえたもんで、自分が知っとることを護衛団の戦士に知らせるのが儂の義務じゃなかろうかって気がしたんでさ」

「その戦士は、私のところへやって来ました」とエーナが、この話を保証した。「そこで私は、その話を直接エンガーラ本人に確かめました」

「というわけで、儂はブレッサルを捕らえさせたのだ」とフェイローン王は、これで事件は決着と言うかのように、フィデルマに告げた。

「このご処置に対して、ブレッサル司教殿は、どのように答えられました？」とフィデルマは訊ねた。

「彼は、ブレホンを呼ぶまでは何も話さぬと、黙秘しておる」と、王は答えた。「すると、エーナが、修道女殿が競技場に来ておられると教えてくれた。そこで、迎えを遣わしたのじゃ。さて、これで、儂らが知っていることは全て、修道女殿も聴き取られたことになる。儂は、裁判に備えて司教を拘束する権利が自分にはあると思っているのだ。今から、ブレッサルに会われるのであろうな？」

フィデルマは首を横に振って、一同を驚かせた。

「私は、先ず、イランの遺体を見たいと思います。もうすでに、医師が見ておりますか？」

「いいや。イランは、もう死んでいたからな」

「では、医師を一人、お呼びになっていただく必要があります。遺体の検分を行ないたいと思いますので。その後、その馬、エインヴァー号を見て、馬の医師、……名前はなんといいましたかしら？」

「ケラックだ」と、王が答えてくれた。「彼は、儂の馬を全部、診てくれている」

「よくわかりました。護衛団の戦士の誰かに、その馬の厩舎となっているテントまで、案内してもらいましょう」そう言うとフィデルマは、この聴き取りの進行中、ずっと静かに控えていたラズローン修道院長のほうを振り返った。「ラズローン修道院長様、厩舎へ私とご一緒にいらしていただけますか？　ご助言を頂きたいのです」

外へ出て、護衛団戦士の一人に厩舎へと案内されながら、フィデルマはラズローンへ視線を向けた。「お師匠様のお話を伺いたかったのです。ムルドナット王妃がイランの死にひどく動揺しておいでだったような気がしましたので」

「鋭い目をお持ちですな、フィデルマ」と、修道院長は彼女の観察に同意した。「たとえば、あなたが指摘されるまで、儂はダゴーンの服装の乱れに気づいておらなんだ。しかし、ムルドナット王妃は、確かに泣いておられましたな。イランの死は、ずいぶん衝撃だったようだ」

フィデルマは、かすかに微笑を浮かべた。

「泣いておられたことには、気づきました。でもお師匠様は、宮廷内の噂話をもっとよくご存じだと思います。どうして王妃は、あれほど衝撃を受けられたのでしょう？」

「王妃ムルドナットは、美しい女性だ。それに、色事に、旺盛《おうせい》な関心をお持ちでな。しかし、これ以上口にすることは、控えよう。寛大な君主であるフェイローン王のために」

「謎めいたお話しぶりですのね、お師匠様」とフィデルマは、溜め息をついた。

「これは失礼。色男イランの評判は、もう耳にしておられるとばかり思っていたもので。イランは、王妃の取り巻きという名誉に浴している大勢の愛人の一人だったのですわ」

フィデルマとラズローンが厩舎テントにやって来た時、エインヴァー号は床に横になっていた。大きな息遣いが、唸《うな》るような深い喘《あえ》ぎに変わっている。死が間近に迫っていることは、歴然としていた。二、三人、馬のまわりに人が集まっていたが、その一人が馬の医師ケラックだった。

風雨にさらされた褐色の肌をした、瘦《や》せた男だった。灰色の目で、彼はフィデルマを見つめた。苦しんでいる馬を目の前にして、ケラックは見るからに動揺していた。

「エインヴァー号は、息を引きとろうとしております」フィデルマの問いに、彼はそう答えた。

「この馬が毒を盛られたということは、確かですか？」

ケラックは、怒りに顔を歪めた。

「確かです。トリカブトと、カキトウシ（シソ科の野草）の葉、それに毒人参《ヘムロック》の根、この三種を混ぜた毒――これが、私の診断です、尼僧様」

フィデルマは、驚いて、彼を見つめた。

ケラックは不審の色を彼女の顔に見てとって、鼻を鳴らした。

「別に、魔術を使ったわけではありませんよ、尼僧様」

彼はそう言うと、馬の鼻先へ手を伸ばして、その口を押し開いた。変色した歯茎のまわりには、血がにじみ、泡が溜まっていた。こうした粘液に混じって、食べ残した飼料も見てとれた。

「ご覧になれましょう、三種類の毒草の食べ残しを？　そうです、何者かが、強力な毒草を混ぜて、この馬に食べさせたのです」

「その餌は、いつ頃与えられたのでしょう？」

「それほど前のことではありますまい」と、ケラックは答えた。「一時間以上も前、ということはないでしょうな。こうして混ぜられた毒は、馬の場合、すぐさま効き目が出ますから」

フィデルマは片手を伸ばして、その鼻先をそっと撫でてやった。馬は大きな優しい目をぴくりと開いてフィデルマを見つめ、呻くような音をたてて息をもらした。

「毒以外に、痛めつけられた跡は、ありませんでしたか？」

ケラックは首を横に振った。

「ありませんでしたよ、尼僧様」

「エインヴァー号は、そうした毒草を間違えて食べたのであろうか？」と、ラズローンが問いかけた。

ケラックは、肩をすくめた。

「厩舎のテントに繋《つな》がれとったのに、ですか？　ありそうにないですな、修道院長様。たとえ野原に放されておっても、馬という動物は、悧巧で鋭い感覚を持っとります。彼らは、体に害になるものを、たいていは見分けます。第一、この辺りには、毒人参もトリカブトも、生えておりませんよ。それに、カキトウシの葉を、どうやってすり潰すのです？　そう、これは、故意に行なわれた仕業ですわ」

「もう、望みはないのでしょうか？」とフィデルマは、悲しい問いを、ケラックに向けた。

ケラックは顔を歪め、首を横に振った。

「正午までに、死にましょう」と、彼は答えた。

「私は、これからイランの遺体を調べに行くことにします」フィデルマは、彼らに静かにそう告げると、国王お抱えの騎手のテントへ向かった。

「シスター・フィデルマですか？」

フィデルマがイランのテントに入っていくと、床に仰向けに横たわっている男の遺体に屈みこんでいた修道女が、体を起こした。無骨な体つきと大きな手をした尼僧で、苛立ちの色を、幅の広い顔に浮かべていた。フィデルマがそうだと頷くと、彼女は言葉を続けた。「私は、シスター・エブレン、聖ダーリーカ修道院の薬剤所を担当しています」

「もう、イランの遺体は、調べが済んでいるのですか？」

エブレン修道女は、続いて入ってきたラズローン修道院長にお辞儀をしてから、フィデルマの質問に答えた。

「ええ。致命的な刺し傷でした。傷は心臓近くの一箇所だけです」

フィデルマは、ラズローンと目を見交わした。

「短剣は、見つかりましたか？」

「傷は、短剣によるものではありませんでしたよ、シスター」薬剤担当の尼僧は、そう断言した。

フィデルマは、その先を続けようとしないエブレンに対する苛立ちを、なんとか抑えた。

「では、凶器は？」十分すぎる間《ま》が続いても、いっこうに説明を付け足そうとしないエブレンに、フィデルマのほうから問いかけねばならなかった。

エブレン修道女は、黙ってテーブルを指さした。そこに載っていたのは、折れた矢だった。中ほどから折られた矢の、鏃《やじり》がついたほうの半分で、長さは九インチほど。折られた断面は、ささくれていた。

フィデルマは手を伸ばし、矢を取り上げた。血にまみれていた。エブレン修道女が、傷口から引き抜いたに違いない。

「イランは、この矢で心臓を刺された、と申しておるのか？」と口をはさんだのは、ラズローン修道院長であった。「刺し傷だと言うのか？　弓で射られたのではないと申すのだな？」

エブレン修道女は、唇をすぼめ、むっつりとした顔を院長に向けた。

「そう、申し上げたはずですが」と、苛ついた口調の返事が返ってきた。

フィデルマの声が、鋭くなった。

「いいえ、あなたはこれまで、何一つ自ら進んで説明しようとはしていません。気づいたことを、我々に話してもらいましょう。それも、詳しく」

エブレンは、目を瞬いた。どうやら、人に質問されることに慣れていないらしい。相手が知っているものと、決めこむ癖《くせ》があると見える。自分のほうから明確な説明をすることのない人間のようだ。彼女はフィデルマの叱責に腹を立て、顔を赤く染めた。

それでも、「この亡くなった男性は」と、ゆっくりとしゃべり始めた。無愛想ではあるが、一言ひと言、はっきりとした口調だった。まるで、わかりきったことを子供に説明してやっているかのように。「心臓を刺されたのです。凶器は、この矢です。殺人者が誰であれ、その者は、この矢を胸郭《きょうかく》の下のほうから、胸骨を避けて、力一杯に上へ向けて刺したため、矢は心臓まで達しました。即死だったのです。出血は、ほとんど見られません」

「その矢が弓で射られたものでないと断じたのは、どうしてじゃ？」とラズローン修道院長は、なおもその点にこだわった。

「傷口の角度から見て、弓では不可能だからです。弓で射たとすると、射手は五フィート離れ、しかも標的より五フィート下にいて、四十五度の角度で上へ向かって矢を放たねばなりません。それに、矢は、二つに折れていました。ですから、矢は、襲いかかった人間の手に固く握られていたのです。それが、突き刺した時の衝撃で折れたのだと思いますね」

「鏃は、摘出されたのでしょうね？」

エブレンは口許をすぼめて、首を横に振った。

「鏃は、矢柄《やがら》の一部でした。木で作った矢の先端を削っただけの鏃です。ですから、まわりを切開するまでもなく、引き抜くことができました。矢は、刺さったと同じように、そのまま出てきました。ごく簡単に」

フィデルマは、深い吐息をついた。

「では、あなたが遺体を調べた時、矢は二つに折れていたのですね？　一つは遺体に残り、もう片方は……正確には、どこにありました？」

エブレン修道女ははっと驚いたらしく、その答えを求めようと、辺りを見まわした。

「知りませんね。どこか、そこらにあると思いますが」

フィデルマは唇を噛んだ。エブレン修道女から答えを引き出すのは、まるで鱒《ます》釣りと同じだ。あれこれ、釣り針を投げ込まないとならないらしい。
一、二分ほど、フィデルマは、矢を見下ろしながら立ち尽くしていた。ふと気がつくとエブレンが何か言っていた。
「なんですって？」

「私は、もう薬剤所用のテントに戻らなければならないと、言っているのです。今朝、すでに、盗っ人に入られているのです。さらに機会を与えてやりたくはありませんからね」

フィデルマは急に興味を覚えて、くるっと彼女のほうを振り返った。

「あなたのテントから、何が盗まれたのです？」

「何種類かの薬草が少しずつ。それだけです。でも、薬草は金になりますから」

「その薬草とは――毒人参の根とトリカブト、それに潰したカキトウシの葉では？」

「ああ、ダゴーン様とお会いになったのですね？」

フィデルマの目が、かすかに瞠《みは》られた。

「ダゴーン様が、この件に、どう関わっておいでなのです？」

「別に。盗難に気づいたすぐ後に、ちょうど私のテントの前を通りかかられましたのでね、私がご夫君への報告をお頼みしたのです。ターニシュタとして、王宮の警備に責任を持っておいでの方ですから」

「それは、正確に言って、いつのことでした?」

「朝食のすぐ後ですね。今朝早く、お妃のムルドナット様がいらして、頭痛に効く香油をお求めになりましたけど、私が盗難に気づいたのは、その直後でした。その後、ダゴーン様をお見かけしたときに、盗みのことをお話ししたのでした」


エブレン修道女が立ち去った後、まだ不審の色を浮かべながらも、ラズローン院長が話しかけてきた。

「さて、これで、殺人者が毒薬をどこから手に入れたのか、わかったようだ」

フィデルマは、上の空で頷いた。ラズローンが無言で眺めていると、彼女はひざまずいて遺体を検分し始めた。やがて彼女は、ラズローンを身振りで招き、一緒に見てくれるように求めた。

「傷口をご覧になってください。我らの修道女エブレンは、残念ながら、それほど明敏な専門家ではないようです」

ラズローン修道院長は、彼女が示している箇所を、じっくりと観察した。

ややあって、院長は、「どのように先を尖らせようと、鏃では、このような傷にはならぬな」と、フィデルマに賛成した。「むしろ、これは幅の広い短剣の傷のようじゃ」

「ええ、おっしゃるとおりです」

彼女は、しばらくの間、遺体を中心に、次第に円周を広げながら、テントの床を調べ続けた。床には、何もなかった。ただ、テーブルの上に、ケナと呼ばれる、さして大きくない皮袋が一個、載っているだけだった。発見できるだろうと考えていた目当ての品を見つけられぬまま、フィデルマはやっと腰を伸ばした。次に彼女は、乱暴に折られた矢をもう一度、困惑の面持ちで、じっと見つめなおした。やがてフィデルマは、それをラテン語でマルスピウムと称されている、いつも携えている小さな鞄にしまいこんだ。

最後に、イランの顔を見下ろして、注意深く観察してみた。ラズローン修道院長が言ったとおりだ。確かに、美貌の若者だった。しかし、フィデルマの心を惹きつけるには、あまりにも美男すぎた。生前には、きっと、ここに自己満足の表情が浮かんでいたことだろう。

その時、ラズローンが、自分もここにいることを思い出させるかのように軽く咳払いをすると、彼女に問いかけた。

「何か、考えつかれたのかな?」

「意味が通るようなことは、まだ何も」とフィデルマは、かつての恩師に微笑を返した。

「遺体を調べておられた間に、儂はあなたが見つけられたこのケナを調べていたのだが、あなたも見ておかれるほうがよいようだ」

フィデルマは訝しげに眉をひそめながら、彼の指示に従った。中に入っていたのは、何種類かの薬草を混ぜ合わせたものだった。フィデルマはそれを一摑み取り出して、用心しながら臭いを嗅いでみた。そして、大きく目を瞠りながら、ラズローンを振り返った。

「本当に、これは、今私が想像しているものなのでしょうか？」

「いかにも」と、ラズローンは受けあった。「毒人参の根と、トリカブト、そしてカキトウシの葉じゃ。だが、それだけではない。ケナには、印がついていますぞ。エブレン修道女の薬剤用の袋にも印がついていたが、これとは違っていた」

フィデルマは、口笛を吹こうとしたかのように、唇をすぼめた。

「謎は、いっそう深まりますわ、院長様」とフィデルマは、考えこみながら、ゆっくりとラズローンに話しかけた。「私ども、この印が誰のものかを、突き止めねばなりませんね」

その時、突然、エーナが姿を現した。

「ああ、こちらでしたか、修道女殿。ここは、もう十分ご覧になりましたかな？」

「見るべきものは全て、見終わりました」と、フィデルマは彼に答えた。

彼女は、イランの遺体を身振りで示しながら、言葉を続けた。「このように若く、十分な能力を持った若者が、悲しいことですわね」

だがエーナは、そうは思えないという感じで、鼻を鳴らした。

「修道女殿の見方に同感できない夫たちが、大勢いることでしょう」

「ははあ？　王妃のことですかな？」と、ラズローンがにやりとした。

エーナはせわしなく瞬《まばた》きをして、当惑した様子を見せた。王妃の浮気の噂は、多くの者が耳にしてはいるが、王宮の人々の間で公然と口にされることはないのだ。

エーナは、フィデルマのほうへ向きなおった。「修道女殿は、きっとブレッサル司教にお会いになりたいのでは？　あなたがすぐに自分のところへ来ないと言って、司教、大分不機嫌ですよ」

フィデルマは、出そうになる溜め息を呑みこんだ。

「そちらへ伺う前に、ご助言を頂けますか、ターニシュタ殿。お立場上、紋章についてはお詳しいでしょうね？」

エーナは、身振りでそれを認めた。

「これは、何の印でしょう？」とフィデルマは、ラズローンに指摘されたケナを、ターニシュタに示した。

エーナは、躊躇《ちゆうちよ》なく答えてくれた。

「ブレッサル司教に仕える者たちがつけている印ですよ」

フィデルマの唇が、薄く一文字に引き結ばれた。ラズローンのほうは、大きな喘ぎが口からもれるのを、抑えきれなかった。

「我らの司教様を必要以上お待たせしては、いけませんわね。では、お目にかかりに参りましょう」フィデルマの声に、かすかな皮肉が聞き取れた。


「では、ブレッサル司教殿、あなたのご説明をお聞かせください」フィデルマは、ラーハン国王の司教を務める堂々たる恰幅《かっぷく》のブレッサルの前の席に腰を下ろしながら、そう促した。大柄で、どっしりとした体格の男だ。蒼白い肌をして、赤子のような顔だちであるが、頭は禿げかけている。先ず彼女の目にとまった点の一つは、頬が殴られたかのように腫れあがっていることだった。

ラズローン修道院長も、フィデルマについてテントに入り、法衣の袖の中で腕を組んだ姿勢で、入り口の垂れ布近くに立った。ブレッサルは彼のほうへ会釈を送る前に、先ず若い修道女を見て、顔をしかめた。テントの中にいるのは、ほかには司教が個人的に抱えている長身の護衛だけだった。司教という地位には、このような護衛が許されているのだ。

「その方《ほう》は、儂の面前で、許しもなしに腰を下ろすのか?」とブレッサルは、険悪な顔でフィデルマを怒鳴りつけた。

フィデルマは、平静な態度で彼を見つめた。

「私は、〈上位の王〉の御前でも、お許しを得ずとも坐ることを許されております」とフィデルマは、冷やりとするような冷たい声で、彼にそう応じた。「私は、アイルランド五王国のいかなる法廷にも立つことができるドーリィーで、アンルーの資格も授かっています。したがって、大王の御前でさえ、お許しがあれば坐ることができますし、また……」

ブレッサル司教は、うるさそうに手を振った。ブレホンの地位や特権については、よく承知しているのである。

「結構ですわ、アンルー殿。どうして、儂のところへ、もっと早く来てくださらなかったのですかな？　早く事情の聴取をしてもらえば、それだけ早く、儂もこの無礼きわまりない囚われの身から解放されるというのに」

フィデルマは、嫌悪の視線で、司教を眺めた。間違いなく、傲慢《ごうまん》な男だ。彼についての噂も全て、まんざら誇張ではなさそうだ。ラーハン国王の持ち馬に対抗して自分の馬を競わせる虚栄心に関しても、風説どおりなのであろう。

「もしこの件に迅速緊急なる対応をお望みでしたら、私の質問に、ご自分の質問を差し挟むことなくお答えになるほうがよろしいでしょう。では、この事件に取り掛かり……」

「そのことは、明白ではないですかな？」と司教は、憤然たる声で突っかかってきた。「フェイローンは、儂がやってもいないことで、儂を非難しようと企《たく》んでおるのですわ。そのことは、明々白々じゃ。おそらく、儂の馬が勝つとわかっているものだから、儂の信用を損ねてやろうとして、自分でこの邪《よこしま》な行為をやってのけたに違いない」

フィデルマは深く坐りなおして、椅子の背に体をあずけつつ、眉を軽く吊り上げた。

「相手への告発は、ご自分の無実を明かしたのちになさるのが、よござい ましょう。先ず、今朝のご自身の行動を、伺わせていただきましょう」

ブレッサル司教は唇を噛み、食ってかかろうとしたものの、思い直したのか、肩をすくめて椅子にどさりと腰を下ろした。

「儂は、個人的に雇っておるこの護衛戦士のシーローンを同行して、競い馬の競技場にやって来たのだが」とブレッサルは、無言で立っている戦士を、身振りで指し示した。「着くやすぐ、真っ直ぐに自分の馬オコーン号を見に行きましたよ」

「オコーン号をこちらへ連れてきたのは、誰だったのです?」

「そりゃあ、儂の調教師のエンガーラと騎手のモルカッドですわ」

「それは、いつのことでしょう? イランの遺体が発見された時刻との関連で、お聞かせください」

「遺体がいつ発見されたのか知らぬが、あの愚か者のフェイローンが儂を逮捕させよった時より何時間も前から、儂はここに来とりましたぞ」

「その時刻に、エンガーラとモルカッド以外の人間を、誰かお見かけになりましたか?」

ブレッサル司教は、煩わしげに鼻を鳴らした。

「競技場には、大勢人が群がっておったのですぞ。多くの人間が儂を見ておるに違いない。だが、それが誰々であったかなど、一々思い出せませんな」

「お伺いしたいのは、どなたかと言葉を交わされたか、ということです。特に、何か関わりのあるような人と……たとえば、当のイランと？」

司教はフィデルマを睨《にら》みつけたものの、すぐに首を振って、否定した。フィデルマは、司教の黒味がかった瞳が不安げにちらっと光ったのに気づいて、彼の嘘を見破った。

「では、今朝はイランと話をなさらなかったと、おっしゃるのですね？」と彼女は、さらに一押ししてみた。

「もう、答えましたぞ」

「慎重にお考えください、ブレッサル司教殿。彼のテントに行き、話し合ってはいらっしゃらないのですか？」

司教は彼女をじっと見すえたが、やがて後ろめたげな諦めの色が、その面に広がった。

「神にお仕えする身で、嘘はよろしくありませんぞ、ブレッサル殿」と、入り口近くから、ラズローン修道院長が彼を窘《たしな》めた。「ましてや、司教ともあろうご仁が」

「儂は、あの男を殺してはいない」と司教は、頑《かたく》なに言い続けた。

「左の頬に新しい打撲の痕が見られますが、どういうことだったのでしょう？」とフィデルマは、急に質問を変えた。

ブレッサルは、思わず片手を頬の傷に伸ばした。

「儂は――」と言いさして、彼の言葉は途切れた。適当な返答が出てこなかったようだ。両の肩が、すとんと落ちた。椅子の中で、体が一回り小さくなったかに見えた。敗北を悟った者の姿だった。

「苦境にあっては、真実こそが、身を守る最善の砦ですよ」とフィデルマは、彼に冷ややかに忠告を与えた。

「儂は、確かにイランのテントに行き、口論にもなりましたよ。あいつが儂を殴ったというのも、本当ですわい」ブレッサルの声は、不機嫌そのものだった。

「あなたも、殴り返されたのですか？」

「『ルカ伝』には、〝汝の頬を殴りしものにもう一方の頬を差し出せ〟（第六章二十九節）と記されておるのではありませんかな？」とブレッサルは受け流そうとした。

「聖書に記されていることが、常に守られているとは限りませんのでね。明らかに強いご気性をお持ちだとお見受けできる司教様のようなお方が、イランに殴られたというのに、それに返礼をなさらなかった――そのようなことを、私に信じよとおっしゃるのでしょうか？」

「だが、儂が立ち去った時には、奴はちゃんと生きておったのだから」と司教は、なおも不満げであった。

「とにかく、イランを殴られたのですね？」

「もちろんだ、殴り返したとも」とブレッサルは、今度ははっきりと言明した。「あの犬野郎め、儂を殴りおったのだ、ラーハン王国の司教であり貴族でもあるこの儂をだ！」

フィデルマは、深い吐息をもらした。

「どうしてイランは、あなたを殴ったのです？」

「それは……儂があいつを怒らせたからですわ」

「お二人の口論は、イランがかつてはあなたの騎手だったのに、その職を去って王の馬に騎乗するようになったことが、原因なのでは？」

ブレッサル司教は、この指摘に驚いた。

「ずいぶんいろいろと、ご存じのようだ」

「それで、どういう状況で、イランのテントを立ち去られたのです？」

「儂が奴の顎を殴りつけてやると、あの男、気を失って床に倒れおった。口論はそれで終わりとなってしまったので、儂はその場から立ち去った。儂は、あの男を殺してはおりませんぞ」

「口論は、どのようにして始まったのです？」

ブレッサル司教は恥いって項垂《うなだ》れはしたものの、すでに真実を語り始めたからには最後までその態度を貫こうと決めたようだ。

「儂は、イランに、今日の競技への出場を取り消し、ふたたび儂に忠実に仕えて欲しかった。それで、金でもって彼を釣ろうと、あの男のテントを訪れたのですわ」

「あなたがイランに賄賂《わいろ》を贈ろうとしたことを、誰か、知っておりますか？」

「ああ、エンガーラが知っている」

「あなたの調教師の？」そのことについて、彼女はしばらく熟考してみた。

「エンガーラには、お前のオコーン号の調教には不満だと、告げてあった。もしイランに復職を承知させることができたら、お前は別の仕事口を見つけるがいい、とも言ってあった。今年も、これまでに儂の馬が出場した全てのレースで、エンガーラは儂を一度も勝利者にすることができなかったのですからな」

フィデルマは、テントの中に無言で控えている護衛戦士に向きなおった。

「シーローン、今までに述べられたことを、どの程度、確認できますか？」

戦士は驚いて、一瞬、フィデルマを見つめた。それから、話してもよいかと許可を求めるかのように、ちらっとブレッサルを見やった。

司教は、「今朝、何があったか、お話ししろ」と、そっけなく命じた。

シーローンは、フィデルマの前に硬くなって立った。視線を少し先のほうに据えたまま、何かを暗記して読み上げているかのように、表情のない口調で話し始めた。

「自分が競技場に来たのは……」

それを、フィデルマの質問がさえぎった。「司教殿の個人的な護衛戦士としてお仕えして、どのくらいになります？」フィデルマは、前もって準備された発言を嫌った。その気配を感じとると、いつもそれをさえぎって、暗誦者の調子を乱すことにしていた。

今も、「自分は……」と答えながら、戦士は面食らっていた。「一年になります、修道女殿」

「では、先を」

「自分が競技場に来たのは、司教様のテントを張る手伝いのためでして、夜が明けて、それほど経ってはいませんでした」

「その時、イランに会いましたか？」

「もちろんです。もう、大勢の人が来とりました。司教様だの、エンガーラだの。モルカッドとイランも、いました。それどころか、フェイローン王とお妃とターニシュタと……」

フィデルマは、戦士の顔を見てはいなかった。彼女が、考えこむように視線を向けていたのは、護衛戦士の腰の矢筒であった。矢筒の中の一本が、ほかの矢より短いように見える。ほかの矢とともに矢筒に刺してあるのに、その一本だけ、矢羽根のついた先端が、筒の中に沈んでいるようだ。

「矢筒の中の矢を、取り出して！」彼女の命令は、突然だった。

「はあ？」

戦士は、見るからにフィデルマの態度に驚かされた様子で、彼女の顔をまじまじと見つめた。

ブレッサルさえも、頭がおかしくなったのではないかとばかりに、彼女を見つめた。

「その矢筒の矢を取り出して、私の前で、このテーブルの上に広げるのです」とフィデルマは、戦士に指示を与えた。

戦士は、眉を寄せながらも、それ以上ためらうことなく、命令に従った。

フィデルマは、その中の一本を取り上げた。折れた矢だった。矢柄の矢羽根がついたほうが六インチほど、矢筒に残されていたのだ。あの折れた矢の残りの部分を求めて、ほかの矢を調べ続ける必要はないと、フィデルマにはわかっていた。

彼らは、フィデルマが自分の鞄から別の折れた矢を取り出すのを、言葉もなく、魅せられたように見つめた。エブレン修道女がイランの遺体に刺さっているのを見つけた、折れた矢である。目を釘付けにされたように見守っている彼らの前で、フィデルマは注意深く両方をつき合わせてみせた。折られた断面は、ほとんど完全に一本に繋がった。

「大変厄介なことになっているようですね、シーローン」とフィデルマは、ゆっくりと、護衛の戦士に告げた。「この鏃は、イランの体の傷口に刺さっていたものです」

「自分は、そんなこと、していません!」恐怖に襲われて、戦士は喘ぐように訴えた。

「でも、これは、あなたの矢ですね?」とフィデルマは、二つの断片を彼のほうへ差し出した。

「何を言おうとしてなさるのかな?」とブレッサルが、口をはさんだ。

ラズローン修道院長も関心を見せて、前に出てきた。

「矢につけられている印は、同じだな」

シーローンは、頷いた。

「そうです。はっきり言えます、自分の矢の一本であります。これについているのは、司教様にお仕えしとる者が皆使っている印だと、誰だって知っとります」

フィデルマは、ラズローン修道院長を振り向いた。

「恐れ入りますが、私どもがイランのテントで見つけたケナを、テーブルに置いていただけないでしょうか、院長様」

ラズローンは、フィデルマの頼みどおりにした。

フィデルマは、それについている印を指し示した。

「このケナについている印は、矢についているものと同じですから、やはりブレッサル司教殿のお印ですね？」

ブレッサルは、肩をすくめた。

「それが、どうだと言われるのかな？　儂の館に住む者たちは皆、この印をつけていますぞ。これは鞍鞄《サドル・バッグ》だが、私の厩舎で働く者なら誰でも、自由に使うことができますわ」

「エインヴァー号毒殺に用いられた数種類の有毒野草がこの中に入っていたとお聞きになったら、驚かれるでしょうか？」

シーローンもブレッサル司教も、黙りこんだ。

「シーローンが主人のブレッサル司教殿の命令でイランを殺害し、エインヴァー号にも毒を与えた、と考えることも可能ですね」フィデルマは、自分の考えを追いつつ、示唆してみた。

「自分は、やっとりません！」

「儂もだ。この男に、そのような命令など、出してはおらぬ」不安に血の気の失せた顔で、ブレッサル司教も、叫んだ。

フィデルマは、シーローンに、穏やかに話しかけた。「もし司教殿の命令でこれを実行したと告白すれば、あなたが咎《とが》められることは、ほとんどないと思いますよ」

シーローンは、頑なに首を振って、それを否定した。

「そんな命令、受け取っとりません。それに、自分はそんなこと、やっとりません」

次にフィデルマは、ブレッサル司教に向かった。

「ともかく、証拠といっても、全て状況証拠ばかりですわ、司教殿。でも、いくら状況証拠であろうと、あなたにとっては、不利です。この矢と、毒草が入っていたケナという証拠品は、今のところ、動かしがたいものに見えます」

ブレッサル司教も、すっかり動転してきたらしい。彼は、シーローンを振り向いた。

「お前は、自分の判断で、イランを殺したのか？」と彼は、部下に詰め寄った。

シーローンは激しく首を横に振り、すがるような目をフィデルマに向けた。彼女は、戦士の面に無実を読み取った。護衛戦士は、自分や司教に不利な証拠が現れたことに、いちじるしく衝撃を受けている。

「自分には、さっぱり訳がわかりません」と彼は、途方にくれたように答えた。

「聞かせてください、シーローン、午前中ずっと、この矢筒と矢を持ち歩いていたのですか？」

シーローンは、この問いに、じっと考えこんだ。

「午前中ずっとではないです。あちこち、使いに出ていたもので、矢筒は午前の大部分の時間、司教様のテントに置いてありました」

「どのような使いでした？」

「たとえば、モルカッドを見つけてくるとか。モルカッドは、イランのテントのそばで、調教師のエンガーラと話しとりました。ちょうどその時、ターニシュタの奥方のダゴーン様が蒼い顔でテントから出てきなさって、ご自分のテントに走って戻られたんでした。そうだ、エンガーラがそれについて、何か失礼な下卑《げび》たことを言ってました。自分は、エンガーラはそこに残して、モルカッドと一緒に、ここへ戻ってきました」

「すると、矢筒と矢は、司教殿の求めに従ってあなたが騎手を探しに行っていた間、ずっと司教殿のテントに置いてあった、ということですね？」とフィデルマは、シーローンの話を要約した。「司教殿は、その間《かん》ずっと、テントにお一人だったのでしょうか？」

ふたたび、怒りが司教の顔を朱に染めた。

「もし、儂がその矢を手にしてイランを殺しに出向いたと言われるのであるなら……」と、彼は言いかけた。

「でも、その時、司教殿は、このテントにお一人でしたね？」

「ほんのわずかな時間だ」という形で、司教はそれを認めた。「確かに、シーローンは午前中の大部分、自分の武器をここに置いていた。しかし、我々は絶えず出たり入ったりしていた。それに、いろんな人たちが訪ねてきたり立ち去ったりしていたのですぞ。そうだ、フェイローンと妃のムルドナットまで、ちょっと立ち寄ったな」

フィデルマは、驚いた。「どうして王は、ここへいらしたのです？　お二方《ふたかた》は、強い敵対心を互いに抱《いだ》いておられるご関係でしたのに？」

「フェイローンは、自分のエインヴァー号を自慢したいがために、やって来たのですわ」

「それは、司教殿がイランと言い争いをなさる前でしたか、その後だったのでしょうか？」

「前でしたよ」

「妃も、ご一緒だったのですね？」

「いかにも。その後で、エーナもやって来ましたわ」

「どういうご用で？」

「儂とフェイローンの喧嘩に、我が王国は非常に当惑している。だから、オコーン号の出場を取り下げて欲しい、と儂に言いに来たのですわ。全くくだらんことを。エンガーラとモルカッドも、やって来たし……」

「エーナ殿の奥方のダゴーン様も、来訪者のお一人でしたか？」

司教は、首を横に振った。

「いいや。しかし、イラン殺害に使われた矢を持ち去る機会があった人物を探しておられるのであれば、そうさな、そうした人間は、何人もおりますぞ」

「毒草が一杯入ったケナのほうは、どうでしょう？」

「儂に言えることは、たとえそれに儂の紋がついていようと、そのようなものなど、全く知らぬ、ということだけですわ」

フィデルマはかすかな微笑を見せて、ラズローン修道院長を振り向き、「少し、私の散策にお付き合いいただけますか？」と、声をかけた。

ブレッサル司教は、自分のテントを出て行こうとするフィデルマを憤懣《ふんまん》やる方ないといった様子で睨みつけながら、「次は何をなさるおつもりじゃ？」と、彼女の返答を求めた。

フィデルマは、肩越しにちらっと彼を振り返り、「調査は、もうすぐ終了すると考えております、ブレッサル司教殿」と短く答えて、テントの入り口の垂れ布をくぐり、立ち去った。その後に、戸惑い顔のラズローン修道院長が続いた。

テントの外には、ブレッサル司教を囚人として捕えておくために、フェイローン王が精鋭護衛戦士団〈ベイスグナ〉の戦士を数人、監視役として配置していた。

外へ出るや、ラズローンは「どうやら、我らの司教殿がお嫌いのようだな」と、感想を口にした。

フィデルマは、彼女が時おり見せる悪戯っ子めいた微笑を、ラズローンに向けた。

「あの司教殿、好ましいお人柄とは、とても言えませんわ」

「それに、証拠も、いたって彼に不利だしな」とラズローンは、足取りを彼女に合わせながら、先を続けた。「あの証拠は、もう十分に決定的ではないのかな？」

フィデルマは、首を横に振った。

「もしブレッサルかシーローンがイラン殺害にあの矢を使ったのでしたら、犯行を歴然と示す矢の半分を、あのようなすぐに見つかる場所にとっておくことなど、しますまい」

「しかし、筋は通りますぞ。二人とも、あの矢をイランに突き刺すことができた。ところが、矢柄についている印から犯人の身元が判明すると気づいて、矢を折り、犯人を示すことになる印のついたほうを持ち帰った、ということで……」

フィデルマは、静かに笑みを頰に浮かべた。「毒草が入っており、しかも印までついているあの袋を、これ見よがしにイランのテントに残したままで？　いいえ、お師匠様、もし彼らが悧巧であれば、ただ単に矢を始末してしまえばよかったはずです。いろんなものを焼却できる大きな火鉢《ブレイジャー》が、この辺りには、いたるところにありますわ。どうしてその矢を、故意に人目を引きつけようとするかのように、ごく見つかりやすい矢筒の中に戻しておいたのでしょう？　ケナにしても、二人は自分の身辺から遠ざけようとするはずです。それに、お師匠様、夢中になっておしまいになったあまり、お忘れになっておられることが、ほかにもございますよ。ブレッサルもシーローンも、この大事な事実に気づいておりませんでした。このことは、二人の無実を証明しておりますわ」

ラズローン修道院長は、戸惑いを見せた。

「大事な事実？」

「あの矢は、私どもを間違った結論に導くために、イランの死後、遺体の傷に差し込まれたものだった、という事実です。イランは、短剣による一突きで殺害されたのであって、矢で刺し殺されたのではない、という事実です」

ラズローンは、ぴしゃりと自分の頭を叩いた。彼は、ブレッサルとシーローンに対するフィデルマの厳しい追及に魅せられているうちに、もっとも肝要な事実を、つい忘れていたのだった。

「では、ブレッサルを犯人に見せかけようという策が、何かめぐらされているのではと、疑っておられるのだな？」

「そうです」と、フィデルマは認めた。

「では、誰が……？」修道院長は、はっと目を瞠った。「まさか、王を疑っておられるのでは……？　フェイローン王が、ご自分の馬がブレッサルの馬に負けることを懼《おそ》れて、この手の込んだ企みを考え出されたと……？」

フィデルマは、唇をすぼめた。

「仮説としては、お見事です。でも、それを裁きの席に持ち込むには、もっと調査が必要ですわ」

その時、二人の行く手に、エーナが現れて、彼らの歩みをさえぎった。

「ブレッサル司教にお会いになりましたか、修道女殿？」とエーナはフィデルマに声をかけた。

フィデルマが頷くと、彼は冷ややかな笑いを浮かべて、さらに彼女に訊ねた。

「司教は、もう罪を告白しましたか？」

フィデルマは、彼をちょっと見つめた。

「では、司教殿を有罪だと信じておいでなのですか？」

エーナは驚いて、やや身を引いた。

「信じて？　むろん、疑う余地はありますまい？」

「我が国の法律の下では、本人の自白がない場合、有罪であることは、調査によって十分に立証されねばなりません。ブレッサルは全く罪を認めておりませんから、私は、調査を行なって、彼の有罪を立証する必要があるのです」

「それなら、そう難しくはありますまい」

「そう思われますか？」フィデルマの言葉に揶揄《やゆ》を聞き取って、エーナはいささかたじろいだようだ。だがフィデルマは、「この件に関わりある人たち全員を、フェイローン王のテントに呼び集めていただけますか？」と、言葉を続けた。「ブレッサル司教殿、シーローン、エンガーラ、モルカッドたちです。それから、フェイローン王とお妃、それにあなたと奥方様にも、ご列席いただきたいと思います。その場で、私は自分の調査の結果を、申し上げるつもりです」

エーナが急いで立ち去ると、フィデルマはラズローン修道院長を振り向いた。

「王のテントで、お待ちになってください。あまりお待たせしないで済むと思います」

だが、ラズローンがもの問いたげな顔をしているのを見て、彼女は付け加えた。「私の推察を完全なものとするために、見つけたいものがあるのです」


フィデルマの要請によって集まった人々で、ラーハン国王フェイローンのテントは満員だった。

「今回の出来事は、これまでに私が扱いました事件の中でも、とりわけ複雑にからみ合ったものでした」とフィデルマは、王の始めるようにとの合図で、口をきった。「初めは単純だと見えた事態が、次第に不可解となり、不明瞭になってゆくのでした。つい先ほどまで、そのような状態でした」

フィデルマは、集まっている人たちに微笑みかけた。

「それで、今はどうなのじゃ?」と彼女を促したのは、国王フェイローンであった。

「今や、謎のさまざまな断片が、ぴたりと繋がり合いました。先ず初めは、ブレッサル司教殿に不利な証拠が、夥しいばかりに揃っておりました」

これに対して、司教の口から、押し殺した憤慨の喘ぎがもれた。

「それは、嘘だ。儂は、罪を犯してはおらぬぞ」と彼は、憤《いきどお》ろしい抗議の声をあげた。

フィデルマは、片手をあげて、彼に沈黙を求めた。

「私は、司教殿は有罪だなどと、申してはおりませんよ。ただ、不利な証拠がいろいろおありだった、と申し上げているだけです。しかし、司教殿が有罪であるのなら、あるいはシーローンがご主人のためにその犯行を行なったのであれば、二人とも、イランは矢で刺し殺されたのではなく、短剣で殺害されたという事実を、ご存じだったはずです。ただ真犯人と、イランの傷口に短剣を差し込んだ者のみが、このことを知っているのですから。矢は、容疑をブレッサル司教殿へ向けようとの意図で用意された、偽りの臭跡だったのです。したがって、何者かが、私に矢を発見させ、そこから当然の、しかし偽りの結論を引き出させようとしたことは、明白です」

ブレッサル司教は深い吐息をもらし、初めて緊張を和らげた。彼の後ろに控えていたシーローンも、少し警戒をゆるめたようだ。

「私は、初め、いかにも歴然としているように見えていた動機という面から、調査を進めました。誰の胸にもすぐに思い浮かぶのは、イランもエインヴァー号も、今日の競い馬競技への出場を妨げようという企みによって殺されたのだ、という推量でした。これによって、誰が利を得るのでしょう？　そう、司教殿の持ち馬オコーン号と騎手のモルカッドは、イランとエインヴァー号に次いで、もっとも有力な存在でしたから、もちろんブレッサル司教殿です。ところが司教殿は、今述べましたとおり、潔白です。となると、誰なのでしょう？　誰が得をするのでしょう？　自分の勝利に大金を賭けていたモルカッドでしょうか？　今朝、モルカッドが自分の勝ちに大金を賭けているところは、ラズローン修道院長殿が目撃しておいでです」

「法に悖ることじゃありませんぜ！」

モルカッドは腹を立てて顔を真っ赤に染めたが、フィデルマはそれを無視して、先へ進んだ。

「これがモルカッドでないことは、明白です。彼には、動機がありませんから。今日の大レースに、彼はもともと出場することになっていたわけですが、もし彼がこれで優勝すれば、彼としては、ただ多額の配当金を受け取ればいい、というだけのことです。もし彼がイランを殺害しエインヴァー号に毒を与えて、ブレッサル司教殿に疑いがかかるように偽りの痕跡を残すということを行なえば、その手掛かりによってブレッサル司教殿は逮捕され、オコーン号と彼自身はレースに出場できなくなってしまいます。この点は、確かです。そうなると、モルカッドは、自分に賭けておいた賭け金を没収されてしまうだけです」

モルカッドは、そのとおりとフィデルマの解説を理解し、安堵もして、ゆっくりと頷いた。

フィデルマは、歯切れよく、謎の解明を進めた。

「モルカッドでないのであれば、調教師のエンガーラはどうでしょう？　このところ、彼はブレッサル司教殿のために、いい成果をあげておりませんでした。そのため、実は、すでに、司教殿から解雇を言い渡されていたのです。司教殿は、これからイランに会いに行って、フェイローン王に仕えるのは止めて自分の厩舎に戻り、ふたたび自分の騎手となるよう彼を説得するつもりだということを、エンガーラに隠そうともなさらなかったようです。したがってエンガーラは、モルカッドより強い動機を持っていることになります」

エンガーラが、その場に突っ立ったまま、不安げに身じろぎをした。しかしフィデルマは、構わずに話を続けた。

「おわかりですね、動機を競い馬競技についての諍いに限りますと、ブレッサル司教殿に罪を着せることによって得をするという動機を持っている人物は、ほかに一人しかおりません」

彼女は、フェイローン王に向きなおった。彼は驚愕してフィデルマを凝視したが、驚きはすぐに怒りへと変わった。

「お待ちくださいませ」とフィデルマは、抗議しようとする王を押しとどめた。「ですが、このような企みは、あまりにも複雑に錯綜しすぎております。それに、全ての人々は、王のエインヴァー号は、司教殿のオコーン号を遥かに陵駕する力量を持っている、と考えているのです。心配しなければならない競争相手は、全くないのです。そうだとすると、王には動機が全然おありになりません」

彼女はここで言葉をきり、一同の戸惑った顔を見まわした。

「すると、必然的に、イランの殺害は、競技場における対抗心とは完全に無関係な理由によるものだということが、明確になってきました。この犯罪には、それとは別の動機があったのです。しかし、エインヴァー号に毒を盛るという行為のほうも、これと同じ動機からだったのでしょうか?」

今は、誰一人、口を開く者はなく、皆ひたすらフィデルマが先を続けるのを待ち受けた。

「イラン殺害の動機は、時の始まりから変わることなく人の世に続いてきたものでした。報われぬ愛です。イランは若く、美男子で、女性の間での彼の人気のほどは、常に多くの愛人に囲まれていたことが物語っております。女たちをまるで花でも摘み取るかのように手折《たお》り、その情事が色褪せてくるや見向きもしなくなる、といった男だったのです。私は、間違っておりましょうか?」

フェイローン王の顔が蒼白になった。彼は秘かに視線を妃ムルドナットに向けながら、フィデルマに告げた。

「しかし、それは罪ではないぞ、フィデルマ。我々の社会には、第二の妻や夫、あるいは愛人を持っている者(6)も、まだ大勢いるではないか」

「いかにも、そのとおりでございます。でも、イランが摘み取った花の中に、一人、見捨てられることに我慢ならなかった女性がおりました。その女性は、午前中にイランのテントへ行きましたが、言い争いになりました。彼に拒絶され、もう何の関わりも持つ気はないとまで言われた時、彼女は逆上してイランを刺し殺してしまったのです。肋骨の下のほうから、素早く短剣で一突きしさえすればよかったのです」

「もし、そうであったとしても」とエーナが静かに言葉をはさんだ「どうしてその女は、ブレッサル司教に罪を着せるといった面倒なことまで、やらねばならなかったのです？　エインヴァー号に毒を盛ったのも、なぜです？　我々の社会は、情熱ゆえの罪を犯した者には、寛大な扱いをしてくれるというのに」

フィデルマは、頷いた。

「そのような状況の中で女性が致命傷には至らぬ傷害を人に与えても責任を問われることはないという判例も、確かにあります。そうした状況にあって、制御しがたく暴発してしまった激情のことを、我々の法律は認識しておりますから。たとえそれが致命傷であったとしても、そうした女性は、被害者の〈名誉の代価《オナー・プライス》〉の弁償を課せられるだけです。それ以上の処罰は、ありません」

「それなら、なぜその女は、犯した罪を隠そうとしたのです？　犯罪の隠匿には、遙かに重い罰が課せられるのに？」

「なぜなら、そこには、二つの別個の悪事が働いており、一方の悪事が、初めの悪事に便乗していたからです」

「儂には、わけがわからぬ。誰がイランを殺害したのじゃ？」と、ふたたびフェイローン王が、先ほどと同じように妃をちらりと見やりながら、気懸《きがか》りそうに、そう訊ねた。「修道女殿は、

〝女性〟と言われたな。罪を隠そうと試みた場合には、有罪であると判明するや、その女は、いかなる地位にある女性であろうと、グルーエル[7]（薄い粥《かゆ》の一種）の容器と神のご慈悲のみを頼りに、一本の櫂《かい》しか備えられていない舟に乗せられることになろう」

突然、王の声が感情に乱れた。「フィデルマ修道女殿、あなたはムルドナットのことを言っておられるのか？」

フェイローンの妃は、石になったかのように、じっと坐ったままであった。

フィデルマは、それにすぐには答えずに、自分の小型鞄の中から、宝石で飾られた正装用の短剣の鞘が吊り下げられているベルトを取り出した。鞘には、小さな短剣が納まっていた。フィデルマは、それを取り出して、妃に手渡した。

「この短剣は、ご自分のものですね、ムルドナット様？」

「私のですわ」とムルドナットは、暗い顔でそれに答えた。

王は、懼れていた最悪の事態が現実となったかのように、恐ろしげな喘ぎをもらした。

「では……？」と、彼は言いかけた。しかしフィデルマは、首を横に振った。

「違います。イランを殺害したのは、ダゴーンでした」

一座の人々から、驚愕の喘ぎ声が起こり、その目は、顔を紅潮させているエーナの奥方に集まった。ダゴーンは、このように暴露されて、一瞬、呆然と坐っていた。それから、夢の中にいるかのようにゆっくりと立ち上がり、誰かを探そうとするのか、辺りを見まわした。「嘘つき！　裏切り者！」と、かすれた鋭い声が彼女の口から迸《ほとば》しり出た。フィデルマは、ダゴーンが激しく見つめている先に素早く視線を向け、そこに見たものに満足した。

ダゴーンは、今度はフィデルマのほうに向きなおり、彼女を罵《のの》り始めた。それを聞けば、誰であろうと、ダゴーンが有罪であることを確信しないわけにはゆかないほど激しい罵倒であった。エーナは、ただ椅子に倒れこみ、衝撃のあまり、身じろぎもできないでいた。

ダゴーンが臨時の幽閉場所に連れ去られるや、フィデルマはさまざまな質問をいっせいに浴びせられ、両手をあげて皆に静粛を求めねばならなかった。

「ダゴーンは、午前中もかなり早い時刻に競技場に来ていたのを、目撃されております。薬剤担当のエブレン修道女がダゴーンの姿を目にしましたのは、朝食のすぐ後でした。したがって、正午近くに競技場へ来たと言っていたダゴーンの言葉は、偽りだったことになります。この偽りが、私の疑惑をそそったのです。矢は凶器ではない、傷は短剣によるものだと気づくに及んで、私の疑惑はさらに深まりました。私がフェイローン王の御前へ招き入れられました時、妃のムルドナット様は正装用の短剣の鞘をベルトに下げておいででしたが、その中に短剣は入っておりませんでした」

「わかったぞ」と、フェイローン王が言葉をはさんだ。「おそらく、それは、容疑をムルドナットにかけるためだったのだな？」

「白状いたしますと、実は私も、初めのうち、もしかしたらムルドナット様が、という疑惑を抱きました。でも、その一方で、私の目は、ダゴーンの腰の鞘に入っている短剣は、それに具合よく納まるには小さすぎるということを、はっきりと見てとっておりました。ですから、この点も考えてみなければなりませんでした。そして、気づいたのです、ある段階で、ダゴーンは王妃の短剣を自分の鞘に入れたのだと。そうではございませんか?」

王妃は、静かにそれに答えた。

「ダゴーンは、興奮を鎮めるためにリンゴを食べたがり、私に短剣を貸して欲しいと言いました。自分のは、うっかり、どこかに置き忘れたとかで。ダゴーンからまだ短剣を返してもらっていないと私が気づいたのは、たった今のことですわ」

「ダゴーンは」とフィデルマは先を続けた。「ダゴーンは、イランの遺体を発見した時のことを私どもに説明した折に、夫のエーナに知らせるために、真っ直ぐ彼のところへ駆けつけた、と述べておりました。ところが彼女は、イランのテントを出るとすぐに自分のテントへ駆け込みました。シーローンたちが、それを目撃しておりました。私は、たった今、ダゴーンのテントを探索してまいりました。ありがたいことに、ダゴーンは正装用のベルトと鞘を、そこに放置しておりました。それで、この短剣はダゴーン自身のものではなく、ムルドナット王妃のものではないのか、という私の推測が、はっきり確かめられました」

「では、ダゴーン自身の短剣は、どこなのであろう?」と、ラズローン修道院長は興味をそそられて、その答えを聞きたがった。

「多分あそこにあるのではと推測しておりました場所で、私はそれを見つけました。刃には血がついたままの状態で。エンガーラの鞍袋の中にあったのです」

エンガーラが凶暴な叫び声をあげながら、テントの出入り口目指して飛び出した。だが、王の護衛戦士の一人が引き抜いた剣の切っ先を彼の胸元に突きつけて、それを制した。フィデルマは、この騒動に注意をそらされることなく、説明を続けていった。

「エンガーラは、イランを殺してはいませんが、エインヴァー号に毒を与えたのは、彼です。そして、司教の家の印のついた矢とケナを偽の証拠として故意に残しておいて、両方の行為をブレッサル司教殿の仕業に見せかけようといたしました。彼のこの行為のせいで、イランの真の殺害者の姿が不明瞭になってしまったのです。エンガーラは自分が司教殿に解雇されようとしていると承知していたことを、お忘れなく。彼の動機については、すでに申し上げました。司教殿は、エンガーラには暇をとらせるつもりだと、おっしゃっていました。たとえイランが、自分の厩舎に戻ってくるようにとの司教殿のお申し出を拒んだとしましても、エンガーラの調教師としての日々は、もう尽きようとしていたのです。

彼は、この段階で、すでに司教殿に報復しようという計画を胸に抱いていたのではと、私は考えております。初めの計画は、ただオコーン号に毒を盛ってやろう、というものだったのでしょう。その目的のために、彼は、今朝早いうちに、シスター・エブレンの薬剤所のテントから毒草を盗み出していました。ところが、そこで、運命の奇妙な悪戯が絡んできたのです。彼は、ブレッサル司教殿とイランの言い争いを耳にしてしまったのです。でも、まだその時点では、今回の筋書きは、彼の頭に浮かんではいませんでした。

　ダゴーンがイランのテントから走り出てくるのをエンガーラが目撃したのは、その少し後、ちょうどモルカッドやシーローンと一緒にいた時のことでした。彼女の衣服は乱れ、正装用の短剣も失せていました。ダゴーンは自分のテントへ駆けてゆきました。エンガーラは、下卑たことを口にしました。ただの、ふっと口をついて出た言葉でした。その後すぐ、彼と一緒だったモルカッドとシーローンは立ち去りました。おそらく、その前に、すでにエンガーラは考え始めていたのかもしれません。自分が何気なく言ったことは、本当かもしれないぞ。それに、もしかしたら……と？　彼の思いは、ダゴーンが身につけていなかった短剣へと飛びました。

　そこで、イランのテントへ入ってみたのです。ダゴーンの短剣は、イランの胸に突き刺さっていました。彼の疑惑は正しかったのです。エンガーラの胸の中で、思いつきが形をとり始めました。それに従って、彼は短剣を引き抜きました。これで、ブレッサルに仕返しをしてやれるぞ、それだけではない、ダゴーンに仕えて、この先ずっと甘い生活が保証されるぞ、というわけです。彼はダゴーンのテントへ急いで向かい、彼女を意のままにできる切り札として、持ってきた短剣を彼女に見せました。そのうえで、夫を探すのはもう少し待ってからにして、こういう形で報告するようにと、彼女に指示しました――やがて私どもが聞かされることになった、あの報告です。彼女は、自分がイランのテントを訪れたのはエインヴァー号の様子がおかしいことに気がついたからだ、と言っておりましたね。あれはエンガーラによる入れ知恵です。そうしておけば、ダゴーンがなぜイランを訪れたのかという疑惑にとって、もっともな口実になりますし、彼自身の企みにとっても、きわめて重要な布石となりますから。

それから彼は、司教殿のテントへ急ぎ、秘かにシーローンの矢筒から矢を一本取り出し、それを二つに折って、その片方はふたたび矢筒に戻しておきました。そのうえで彼は、矢のもう片方を、毒草が一杯詰まったケナと共に手にして、手早く仕事に取り掛かりました。

先ずエインヴァー号に毒草を与え、それからイランのテントへ行って持ってきた矢の鏃のついたほうの半分を、傷口に突き刺しました。ケナも、すぐ見える場所に置いておきました。偽りの痕跡作りは、これで完了です。

こうして、二つの悪事が重なり合って、一つの大きな犯罪となってゆきました。一体、どちらが、より忌《い》まわしい悪人なのでしょう――愛人に捨てられた、哀れな女ダゴーンでしょうか、それとも復讐心に燃えた、取るに足らない卑しい男エンガーラなのでしょうか？　でも、彼の悪意は、さらに大きな犯罪を引き起こしていたかもしれないのです。フェイローン王、この場で申し上げさせていただきます、ダゴーンが法廷で裁かれます時には、私を弁護人とお定めくださいますよう、お願い申し上げます」

「それにしても、どうしてダゴーンとイランの関係に気づいたのかな？」と、フェイローンはフィデルマに問いかけた。

「ターニシュタ殿ご自身が、奥方とイランの色事を、ちらっとおもらしになっておいででした。エーナ殿、この情事のことは、ご存じだったのでございましょう？」

エーナは椅子に坐ったまま、感情的に疲れきった、赤く充血した目で、フィデルマを見上げた。彼は、ゆっくりと頷いた。

「気づいてはいました。でも、知らなかった、ついにイランに見捨てられた時、彼を繋ぎとめようとして、このような振舞いに及ぶほど、心を彼に奪われていたとは」そして、低い声でフェイローン王に告げた。「フェイローン王、私はあなたのターニシュタという地位をご辞退します。今の私には、その資格はありません」

ラーハン国の王は、眉をしかめた。

「そのことは、後で話そう、エーナ」と王は、かなり当惑した様子で、意識して王妃ムルドナットを見ないようにしながら、ターニシュタに答えた。「儂は、お前の立場に、むしろ同情しておるのだ。この恐ろしい出来事の中で、多くの犠牲が生じたことは、否めないが。それにしても、よくわからないのは、ダゴーンがどうしてこのようなことをしでかしたかだ。彼女は、ターニシュタの、つまりはラーハン王国の王位継承予定者の妻ではないか。一方のイランは、しがない騎手にすぎぬ。イランが新しい愛人に心を移して自分を見捨てたからといって、ダゴーンはどうしてこのように単純な振舞いに出たのであろう？」

この質問は、フィデルマに向けられたものであった。

「人間の感情は、複雑なもの。それに関して、単純なものなど、一つもございませんわ、フェイローン様」と、フィデルマは答えた。「でも、一番の犠牲者は、可哀相な名馬エインヴァー号ではありますまいか。考えてみれば、エインヴァー号は、人間たちの恥ずべき思惑を隠すための手段にされて、死んでいったのですから」


外で、トランペットが高らかに鳴り響いた。

フェイローン王は唇を噛み、溜め息をついた。

「儂が午後の競技の開始を宣する時刻だと告げる、合図のトランペットだ……そのような気分ではないのだが」

彼は立ち上がると、無意識に、手を妃のムルドナットへさしのべた。彼女は、やや躊躇いを見せてから、夫の顔を見上げることなく、その手を取った。二人の仲には、いろいろと修復しなければならぬ問題があるようだと、フィデルマには思えた。次いで王は、自分の司教へ声をかけた。

「ブレッサル、儂らと共に、参らぬか？　儂が競技の開始を告げている間、隣りに立っていてくれ。それを見れば、我々は決して不仲なのではないと、国民にもわかるであろうよ。我々はもう二人とも、自分の馬を出場させることができなくなった。だから、せめて皆に、我々のよき間柄を見せてやろうではないか。今日という日だけでもな」

ブレッサル司教は躊躇したが、それでも、いささか気の進まぬ態《てい》で、王の申し出に同意した。

フェイローン王は、肩越しにフィデルマを振り向き、「報酬は、キルデアにお届けしておく」と告げた。「修道女殿のような賢明なドーリイーがいてくれたことを、儂は神に感謝しておるぞ」

彼らが出て行った後、エーナはゆっくりと立ち上がった。彼は、一瞬、悲しみの浮かぶ視線で、フィデルマとラズローン修道院長を見つめた。

「私は、ダゴーンの情事を知っていた。私は、今ターニシュタの身分を辞退しようとしているが、たとえそうなろうと、彼女を庇《かば》ってやったのに。もしダゴーンがやって来て、そのことを打ち明けても、私は決して離婚したり彼女を疎《うと》んじたりすることはなかったのに。私は、この先もずっと彼女の味方であり続けます」

フィデルマとラズローンは、彼がテントから出て行くのを、無言で見守った。

「悲しいですわね」とフィデルマは、思いを口にした。「悲しみに満ちたものなのですね、人の世というものは」

二人はテントを出ると、大声で騒ぎながら屈託《くったく》なく競技場へと向かう人の流れの中を、ゆっくりと歩き始めた。やがて彼女は、かすかな微笑を浮かべながら、ラズローン修道院長にちらっと視線を投げかけた。

「おっしゃったとおりですわ、お師匠様。競馬は、人間のあらゆる悪しき心を取り除いてくれますのね。人間の攻撃性や貪婪なる欲望を、当人に代わって発散させてくれるようですわね」

ラズローン修道院長は渋い顔になったが、弟子の皮肉な視線を浴びて、賢明にも沈黙を守ることにした。

奇蹟ゆえの死

Murder by Miracle

自然の花崗岩《かこうがん》が形作る舟着き場へ向かってカラハ〔アイルランド西部の伝統的な布舟〕がゆるやかに揺れながら近づいて行くにつれ、舟の上の修道女《シスター》フィデルマの目にも、そこに立っている人影がはっきりと見えてきた。彼女を待ち受けている、たった一人の歓迎団であるようだ。初々しさが残る顔だちの、ごく若い青年だった。おそらく、まだ二十一回の春しか迎えていないであろう。その意志の強そうな顔には、今はかなりはっきりと、苛立ちの色が浮かんでいるようだ。

フィデルマは、水夫の合図に従ってカラハの縁《へり》へそっと身を寄せると、ロープを摑んで縄梯《なわばし》子《ご》に移り、花崗岩の舟着き場へ身軽く登っていった。その若々しい敏捷さは、彼女の慎ましやかな態度や修道女の法衣に、いささかそぐわないようだ。長身で均整のとれた姿、被《かぶ》り物からこぼれ出ている一房の赤い髪、緑色の瞳がきらきらと輝く、若く魅力的な容貌——これは、舟を降りようとする彼女の果敢な動作を見守っていた若者にとって、予想していた人物像とはひどくかけ離れたものだった。彼は、〈ブレホン法〉の法廷に立つ資格を持ったドーリィー〔弁護士〕が来島される、という通達を受け取っていた。しかしこの若い女性は、彼が思い描くエール（アイルランドの古名の一つ）の厳《いか》めしい法律家像は言うに及ばず、修道女像ともあまりにも違っているではないか。

とにかく彼は、抑制のきいた声とゆっくりとした口調で、彼女に問いかけた。

「フィデルマ修道女殿でしょうか？　穏やかな船路でしたか？」礼節からはずれてはいないものの、温かな歓迎とは言いがたい、型どおりの挨拶だ。〝冷ややかな丁重さ〟という言葉がふと胸をかすめて、フィデルマの面《おもて》に皮肉な色がちらっと浮かんだ。しかし、すぐに彼女は、にっこりと彼に微笑みかけた。いささか面白がっているかのような笑みだった。これまた一瞬、若者を戸《と》惑《まど》わせた。悪戯《いたずら》っ子めいた明るい微笑は、どうも弁護士殿に相応《ふさわ》しくない。フィデルマは、身振りで、背後に広がる海原を指し示した。

黄色っぽい波頭を頂きながら、重く荒々しくうねる鈍色《にびいろ》の晩秋の海である。本土からの舟の旅は決して快適なものではなかったが、島の上でも、冷たい疾風が激しく吹きつけては、鋭い笛のような音を響かせている。牙状の大岩とでも形容したい小島だ。まるで平地にぽつんと一つだけ盛り上がっている小山の頂《いただき》のように、怒り狂う大西洋の海面に突き出ている。本土では、仲間の峰々が丘陵となって連なりあっているのだが、その先端が陰鬱《いんうつ》な海水によって切り離された、といった感じの島である。舟の上から眺めた時、黒々とした岩がそこここに突き出している島影《しまかげ》は、フィデルマに闘鶏の鶏冠《とさか》を連想させたものだ。このような荒蕪《こうぶ》の岩山で、一体どうやって島民は暮らしの糧《かて》を掻き集めて生きのびているのかと思わせるほどの眺めだった。

島に着くまでに水夫が聞かせてくれた話によると、島の住民はわずか百六十人。岩礁の海を巧みに漕ぎ渡ることのできるカラハでさえ冬季には接岸困難で、島は数ヶ月も本土との交通を絶たれてしまうことすらあるという。島民はほとんどが漁師で、互いに固い絆《きずな》で結ばれ、寄り添うようにして生きているようだ。不審な死亡事件など、記憶される限り一度も起こったことのない土地だ、とも聞かされた。

つまり、今回までは。

出迎えの若者は、フィデルマが何も言わないようなので、かすかに眉をひそめたものの、ふたたび言葉を続けた。

「この件のために、お出向きになる必要はありませんでしたよ、修道女殿。きわめてはっきりとしている事態です。わざわざ本土から来られるまでもなかったのです」

フィデルマは、かすかに微笑みながら、相手を見つめた。

彼が苛立ちを覚えていることは、はっきりと見てとれる。修道女フィデルマは、彼の司法権に介入しようとする他所者《よそもの》なのだ。

「この島のボー・アーラ〔代官〕とお見受けしますが？」

彼は、若いながらも、権威者然と胸を張った。

「そうです」隠しきれない誇りが覗く返事だった。ボー・アーラというのは、領地は持っていないものの、牝牛をれっきとした財産と認められるだけの頭数所有している族長のことで、〝牝牛持ちの族長〟を意味する言葉である。この地位は、一種の地方代官であり、沿岸の島々のような小さな共同体は、大体において、こうしたボー・アーラが治めており、そのボー・アーラ自身は、通常、さらに強力な本土の族長に臣従している。

「私がちょうど〝ゴルコ・ドゥイヴニャ（アイルランド南西部の大族長領）のファーン〟殿の許に滞在しておりました時に、この事件の知らせが届いたのです」とフィデルマは、穏やかな口調で、彼に説明した。

〝ゴルコ・ドゥイヴニャのファーン〟はこの地方の島々の上位の統治者である。若い代官は、落ち着かなげな様子で、身じろぎをした。だがフィデルマは、そのまま話を続けた。

「ファーン大族長殿は、私に、ご当地へ赴き、あなたの調査の手助けをして欲しいと、お求めになりました」ファーンが言った言葉をそのまま伝えるよりも、こういうやんわりとした表現を用いたほうが、この自尊心過多と見える若い代官に近づく手順として賢明だろうと、フィデルマは見てとったのである。ファーンは、この島の代官が任命されたばかりであることも、今回の事件には経験を積んだ者の判断が必要であることも、承知していたのだが。フィデルマは、「私は、不審死に関する調査にある程度経験を重ねておりますので」と一言、付け加えるに留めた。

若者は、不機嫌な顔で、唇を噛んだ。

「しかし、今回の死亡事件には、何ら疑わしい点はありませんよ。あの女性は、ただ足を滑らせて崖から転落しただけです。三百フィートもある断崖ですからね。ひとたまりもなかったのです」

「そうでしたか。では、事故だったと確信しておいでなのですね？」

フィデルマ修道女は、自分たちが、鞭《むち》のように吹きつける風にさらされ波の飛沫《しぶき》に服を濡らしながら、まだ舟着き場に立ったままであることに気がついた。本土のアン・フースの埠頭《ふとう》からの船路に備えて、毛織りの重い外套をまとってこの島へやってきたのだが、それでも体が濡れてきた。

「どこか、風を避けられそうな場所はありませんか？　もう少し快適に話し合えるようなところがあるといいのですが？」相手が最初の質問に答える前に、フィデルマは二つ目の問いかけをしていた。

若い代官は、言葉にはされていない非難に気づき、顔を赤らめた。

「私のボハーン〔小家屋〕は、この道のすぐ上です、修道女殿。こちらへどうぞ」

彼は振り向いて、フィデルマを案内し始めた。

その途中で、ボー・アーラに会釈をしたり、修道女フィデルマへ好奇の視線を向けたりする者に、一人、二人、出会った。おそらく、彼女の到着は島中に知れわたっているのだろう。フイデルマは、そっと溜め息をついた。島の暮らしは、夏にはごく牧歌的に見えよう。しかしフィデルマには、たとえそれが快適な季節であろうと、本土の生活のほうが好ましそうに思える。島では、夏といえど、風が唸《うな》りをあげ、海は飛沫を吹きつけてくるに違いない。

灰色の石造りのボー・アーラの小さな住まいは、こぎれいだった。炉の泥炭《ピート》の火が、部屋をある程度暖めていた。それでも、かなり湿っぽい。ボー・アーラの家事を見ている娘が、陶器の水差しを運んできた。中の蜂蜜酒《ミード》は、炉の火で熱した鉄の棒を差し込んで、温めてあった。この飲み物のお蔭《かげ》で体が温かくなり、フィデルマは元気を回復することができた。

彼女は蜂蜜酒をすすりながら、「お名前は?」と問いかけた。

「フォガータックです」客に当然すべき自己紹介を怠《おこた》っていた失礼に、この時気がついたのである。ボー・アーラは、硬い声で、そう答えた。

フィデルマは、この高慢に構えている若者に、今ここで、彼の立場をはっきり認識させておくべきだと判断した。

「ところで、この地方の代官として、法律に関しては、どのような資格をお持ちです?」

若者は、いかにも誇らしげに、きりっと首筋を伸ばした。

「私は、ダンガン・フースで、四年間学びました。もちろん、〈ブレハネメッド〉、つまりさまざまな権利に関する法律についても知っていますし、法律家の中のドス〈第五位の資格〉も持っています」

修道女フィデルマは、彼の自惚《うぬぼ》れに、穏やかな微笑で答えた。

「私は、上位弁護士、法律家の第二位の資格アンルーの位を授かっております」彼女はさらに続けて、静かに告げた。「タラにおいでのブレホンのモラン師から、八年間、お教えを受けておりましたのでね」

ボー・アーラは、赤くなった。アイルランド五王国において、最高位に次ぐ第二位の肩書きを持った、自分より遙かに高位にある人物の前で自慢げな口をきいたことに、恥じいったのであろう。もうこれ以上、言う必要はあるまい。フィデルマは、きわめて物柔らかなやり方で、ボー・アーラよりも上に立つ自分の権威を、確立してのけたようである。

「しかし、いたって単純明快な事態です」なおも一言付け加えたフォガータックの声には、いささか不満の響きが、まだ聞き取れた。「あれは、事故でした。あの女は足を踏み外して、崖から滑り落ちたのです」

「では、私たちの調査も、さして時間はかかりますまい」とフィデルマは、にこやかに微笑みながら、彼に答えた。

「調査？　私は、ここに、報告書を持っております」

若い代官は、眉をひそめながら、一綴《つづ》りの書類へ目を向けた。

「フォガータック」フィデルマは言葉に気をつけながら、ゆっくりと話しかけた。「〝コルコ・ドゥイヴニャのファーン〟大族長殿は、全てがあなたの言うように明快であるのか、大変気にしておられます。あの女人《にょにん》がどういう人物だったのか、あなたはよくわかっておいでなのでしょうか？」

「修道女でしたよ。あなたと同じように」

「修道女？　ただの修道女ではないのですよ、フォガータック。大王の王女ケヴニーです」

若者は、眉根を寄せた。

「ケヴニーという名前は知っていましたし、なにやら威厳ある態度の人だとは、見ていました。でも、まさか大王のお身内であるとは、気づきませんでした」

修道女フィデルマは、困りましたね、というように渋い顔をしてみせた。

「あの方がアード・マハ（現アーマー）の女子修道院長ケヴニーであり、アイルランド全土の教会組織の頂点におられる人物の個人的な使節を務める方であることにも、気づいていなかったのでしょうね？」

若い代官の面が、面目を失った悔しさに赤く染まった。彼は無言で頷《うなず》いた。

「これでおわかりでしょう、フォガータック」と、フィデルマは続けた。「どうしてコルコ・ドゥイヴニャの大族長殿が、ケヴニー修道院長殿の死に関して、いかなる疑念も生じることのないようにと細心の注意を払っておいでかが。あの方は重要な人物であり、その死は、アード・マハのみならず、大王都のタラにまで波紋を呼びかねない方なのです」

若いボー・アーラは、自分の対応を正当化する道をなんとか見つけようとして、唇を噛んだ。

「修道女殿、この風に吹きさらされている岩の塊《かたまり》のような小島では、地位だの特権だのというものは、あまり意味を持っていないのです」と彼は、そっけなく答えた。

フィデルマの目が、大きくなった。

「でも、そうしたことは、〝コルコ・ドゥイヴニャのファーン〟殿には、大きな意味を持っています。なぜなら彼は、この件で、キャシェル（国の都《モアン王》）の王に対して責任を負っており、キャシェルの王は、アイルランド全土を統《す》べたもう大王とアード・マハの大司教に責任を負っているからです。だからこそ、ファーン大族長殿は私をこの地へ派遣なさったのです」彼女は、今や断乎とした態度をもって彼に現実を突きつけねばならない、と心を決めた。

彼女は、若者に事態を熟慮する時間を与えてやったうえで、先を続けた。

「では、この件に関してご存じのことを、全て聞かせてもらいましょう、フォガータック」

ボー・アーラは椅子の背に身をもたせると、一瞬唇を噛んで落ち着かなげな様子を見せたものの、すぐに彼女の権威の前に屈した。

「あの女《にょ》……そのう、ケヴニー修道院長殿は、四日前に来島されました。滞在されたのは、ベイ・バルが営んでいるブルーデン〔旅籠《はたご》〕でした。この女は、地元の漁師〝鷹の眼《まなこ》のスリーヴアン〟の女房で、島の宿の面倒もみているのです。旅籠といっても、客がよく泊るわけではありません。我々の島を訪れようとする者は、ほとんどおりませんからね」

「ケヴニー修道院長殿は、この島で、何をしていらしたのです？」

フォガータックは、肩をすくめた。

「何も言われませんでした。そもそも、修道院長だということも、知りませんでした。しばらく静かな時間を持ちたいと思ってここへやって来た、どこかの修道院の尼僧だろうと思っていただけでしたから。ご存じでしょう、そういう尼さんたちがいることを。そうした尼僧たち、瞑想《レトリート》に耽るために、よく人里離れた場所へやって来ますからね。あの修道院長殿がここへやって来られた理由も、それ以外に何があります？」

「本当に、何があるでしょうね？」フィデルマはそう呟《つぶや》くと、若者に先を続けるよう、身振りで伝えた。

「昨日、院長殿は、アン・フースから昼頃にやって来るキーアガという男の小舟で島を離れる、とベイ・バルに告げられました。そして、朝食のあと、身の回りの品を鞄にまとめておいて、一人で散歩に出られたのです。しかし、正午になっても帰ってこられないもので、キーアガの舟は院長を乗せずに戻っていきました。そこで、ベイ・バルが私のところへやって来て、尼僧様を探してくれと届け出たのです。ここは、道に迷うほど大きな島ではありませんからね。ところが、昼食のすぐ後、ブーカルラが駆け込んできて……」

「誰なのです、そのブーカルラというのは？」

「男の子です。島民の息子でして」

「先を」

「ケヴニー修道院長殿の遺体を発見した、と言うのです。島の北のほうの、アル・トゥーアという崖の下でした。私は、二人の男と医師を呼び出して……」

「医師？　この島には、医師が住んでいるのですか？」フィデルマは驚いて、思わず質問をはさんだ。

「コークランという人物です。以前は、ロッホ・レイン小王国のオーガナハト王家お抱えの医師だったのですが、引退して、この島に住みたいと望まれたのです。夫人を亡くされてからは、ここでひっそりと暮らそうとしておられました。しかし、我々の中によく溶けこまれて、今ではご自分の医術を島民のために役立ててくださっています」

「そこで、あなたは、島の男たち二人とその医師を伴い、ブーカルラという少年に案内させて、出向いたのですね？」

「我々は、崖の下に、ケヴニー院長殿の亡骸《なきがら》を発見しました」

「どうやって、下りていったのです？」

「難しいことではありません。崖の下は岩だらけの磯になっているのですが、下りて行きやすい小径《こみち》があるのです。院長が転落された箇所から半マイルほど離れたところに出る小径です。院長が足を滑らされた場所は、たまたま崖が一番高くなっている地点でして、我々が遺体を発見したのは、その真下でした」

「コークランは、ご遺体を調べたのですか？」

「ええ、調べました。もう息は絶えておられたので、我々は遺体を医師の家へ運びました。コークランはさらに調べてみて……」

フィデルマは、片手をあげた。

「医師には、この後すぐに、会ってみます。どういうことを見てとったかは、彼が直接聞かせてくれるでしょう。その周辺の調査は、されたのでしょうね？」

「調査？」

フィデルマは、胸の内で、秘かに溜め息をついた。

「遺体を発見したあと、どうしました？」

「何が起こったかは、明白でした。ケヴニー院長殿は、崖の縁を歩いていて足を滑らせ、転落されたのです。先ほど言いましたように、そこは三百フィートもありますからね」

「では、崖の上や転落なさった辺りを調べることは、しなかったのですね？」

フォガータックは、かすかに笑いを浮かべた。

「所持品の類《たぐい》は、宿屋のベイ・バルの処《ところ》に置いてありましたからね。小さな鞄以外には、何も持っておられませんでした。ご存じのはずです、尼僧がたは、旅行するにも、ほんのわずかな荷物しか持ち歩かれません。ですから、それ以外の物を探し回る必要はありませんでした。ほかの荷物は、私がここに保管しています。遺体は、すでに埋葬しました」

フィデルマは、この若者の愚かしい慢心によってかき立てられる苛立ちを、口許をぐっと引き締めることによって、なんとか抑えこんだ。

「どこへ行けば、医師のコークランに会えるでしょう？」

「ご案内します」と、ボー・アーラは立ち上がった。

「どちらへ向かって行けばよいかを、教えてくださるだけで結構です」彼女は、少し皮肉っぽく付け加えた。「ご心配なく。私は道に迷ったりしませんから」

若いボー・アーラは、腹立たしげな表情が顔に出るのを、抑えきれなかったようだ。フィデルマは、少し意地悪い笑みを、秘かに頬に浮かべた。ボー・アーラの思い上がった態度は、おそらく彼が、フィデルマをドーリィー[1]という地位に相応しくないと考えているからに違いない。それも、彼女が女性だから、という理由で。島暮らしの人々の中には、こういうおかしな考え方に凝り固まっている人間がいることを、フィデルマは承知していた。


石造りの民家がゆったりと間隔をあけながら一列に連なって島の斜面に建ち並んでいる様は、ロザリオの玉《ビーズ》を思わせた。コークランの小住宅もその中の一軒で、ボー・アーラの住まいからわずか二百ヤードほど行ったところだった。海岸から始まる斜面は、上へ延びて、やがて無数の岩が鶏冠状に突出している頂へ至る。この岩山が島の背景をなして、小さな集落を烈風から庇《かば》ってくれているようだ。

コークランは、やや浅黒い肌をした、六十近い男だった。ほっそりとした体つきでありながら、今もまだ活力に満ちた人物であることが感じとれる。灰色の目にも、生きいきとした輝きがあった。

「ほう、ではあなたが、噂の女性ブレホンなのですな？」

フィデルマも、親しみのこもった、率直な微笑を返していた。

「いえ、ブレホンではありません。ブレホン法廷に立つ弁護士にすぎませんわ、医師殿。実は、少しお訊ねしたいことがあって、お伺いしました。ケヴニー修道院長殿は、普通の修道女ではありませんでした。大王の妹御であり、アード・マハの大司教の代理を務める方でもありました。コルコ・ドゥイヴニャの大族長ファーン殿が、この件には一切不審な点はないと確信しておきたいと望まれるのも、そのせいなのです。おわかりいただけると思いますが、大王都タラと、大司教座のアード・マハに納得のゆく報告を提出しないと、ケヴニー修道院長殿のお身内の方々や宗門のお仲間がたが、さまざまな推測をなさる事態になりかねませんから」

コークランは、頷いた。驚きをなんとか押し隠したようである。

「医師の資格をお持ちなのですね？」

「ロッホ・レイン小王国で、オーガナハト王家の小王がたの医師であり、主席医師でもありました」彼の返答には、傲慢《ごうまん》や虚栄心はなく、ただ事実を淡々と述べたものだった。

「ケヴニー修道院長殿の死因は、なんだったのでしょう？」

老医師は、溜め息をついた。「遺体には、無数の骨折や裂傷が見られましたが、いずれも三百フィートの花崗岩の崖から転落したらつくであろう傷と、矛盾する点はありませんでしたよ。これらの傷のどれ一つをとっても、死因と言っていいでしょうな」

「わかりました。院長殿は足を踏み外して、崖から転落された、とお考えなのですね？」

「院長は、崖から転落されたのです」

修道女フィデルマは、医師の言い回しに、眉をひそめた。

「どういうことでしょう？」

「私は、透視者ではありませんよ、修道女殿。院長は足を踏み外されたとも、どのようにして崖から落下されたとも、私には申し上げられませんな。私に言えるのは、院長の傷は全て、そのような落下と矛盾しない、ということだけです」

フィデルマは、医師の顔をじっくりと眺めた。ここにいるのは、自分の仕事を十分に知り、事実の中に自分の臆測が入り込まぬよう、慎重に気をつけている男だ。

「他には、何か？」と、フィデルマは促《うなが》した。

コークランは、唇を噛んだ。しばし、視線は伏せたままだった。

「私は、静かな島での隠遁生活、という生き方を選んだ人間です、修道女殿。妻が亡くなると、私はオーガナハト王家の医師の地位を辞し、外の世界で行なわれていたことは全て忘れて鄙《ひな》びた小さな世界で静かに暮らそうと、この島へ移り住んだのです」

フィデルマは、その先をじっと待った。

「ここで受け入れてもらえるまでに、たっぷり一年はかかりました。私は、島の人たちの敵意を招きたくはないのです」

「ということは、ケヴニー修道院長殿の亡くなられた状況に、何か気になる点がおありになる、ということでしょうか？　それについて、ボー・アーラにお話しになりましたか？」

「フォガータックに、ですか？　とんでもない、話しませんでしたよ。彼は、この土地の人間です。それに、遺体がここに運ばれてきて検死を始めるまでは、あなたのおっしゃる〝何か〟に、私は気づいてもいませんでしたので」

「その〝何か〟とは？」

「実は、〝何か〟は、二つありました。しかし、そのいずれからも、明確なものは何一つ、引き出せませんよ」

フィデルマは、考えをまとめようとしている医師を、じっと待った。「第一の不審は、固く握りしめられた院長の右手にありました。銀の鎖の一部でした」

「鎖？」と、彼女は問い返した。

「そうです。細い銀の鎖でした」そう言うと、医師は振り向いて、小さな木箱を取り出し、蓋を開けた。

中にあったのは、明らかに何かから引きちぎられたらしい鎖の切れ端だった。二インチもない、短いものだ。フィデルマはそれをつまみ上げて、目を凝らした。れっきとした銀細工師の手になった品であることを示す印は、どこにもついてない。自分の職業に過大な誇りなど抱《いだ》いていない、地方の職人の粗末な作品だ。

「ケヴニー院長殿は、このような装飾品を身につけていらしたのでしょうか？　たとえば、磔刑像十字架《クルシフィックス》はどうでした？」

「院長自身の磔刑像十字架は、ボー・アーラに渡しておきましたが、これより遙かに高価なものでしたよ。金と象牙で作られたものでした。高貴な方が細工師に注文なさった作品のようでしたな」

「ところが、院長殿が転落された時握りしめていらしたのは、粗末な銀鎖の切れ端だった、と？」

「そう、それが事実です」

「〝何か〟は二つあった、とおっしゃいましたね？　もう一つは？」

コークランは、それを修道女フィデルマに明かそうと決心するかのように、唇を噛んだ。

「院長のように転落した場合、当然、かなりの擦《す》り傷や打撲傷が生じるもので……」

「これまでに、何件か、転落死を遂げた死体の検分をしたことがあります」とフィデルマは、冷静な口調で、それに応じた。

「実は、遺体を検分してみて、首や肩に、と言うか、項《うなじ》の辺りの柔らかな箇所に、圧迫痕があることに気づいたのです。痣《あざ》は少し歪《いびつ》で、落下の際に岩にぶつかったら生じるであろう傷ではありませんでした」

「そうした痣から、どういうことを読み取られたのでしょう？」

「ケヴニー修道院長は、ある時点で、力の強い手をした何者かに、後ろから摑まれたかのようでした」

フィデルマの緑の目が、大きく瞠《みは》られた。

「何を示唆しておいでなのです？」

「いや、何も。そのようなことは、私のすべきことではありませんからな。首や肩の辺りの圧迫痕がどのようにしてついたのかということさえ、私には言えません。私は、ただ見たことを報告しているだけです。痣も、院長の体のほかの損傷と矛盾はしないと見ることだって、できましょうな。ただ、私自身は、完全に納得はできんのです」

フィデルマは、銀の鎖の切れ端を、常に腰に下げている小さな鞄に収めた。

「よくわかりました、コークラン。ボー・アーラに提出なさる公式の報告書は、もう用意なさったのですか？」

「本土から法律家が来島されると聞いたもので、彼と……そのう、彼女と、話してからにしようと、考えていました」

フィデルマは、医師が慌てて言いなおすのを、気にとめもしなかった。

「ケヴニー院長殿が転落なさった場所を、見たいのですが」

「ご案内しましょう。そう遠くはありませんから」

医師はリンボクの杖に手を伸ばしたが、修道女フィデルマのサンダルを見て、手を止め、眉をひそめた。

「もっと歩きやすい履物は、持っておられませんかな？　その薄手の靴だと、泥濘《ぬかるみ》の道で台無しになりますぞ」

フィデルマは、首を横に振った。

医師は考えこみ、「少し大きめの足をしておいでのようだ」と呟くと、戸棚のほうへ行き、鞣《なめ》していない皮で作った、爪先の丸い頑丈な靴を持って、戻ってきた。踵《かかと》の部分が、三枚重ねの皮でできている、島人たちがよく履いている靴だった。「ほれ、これを上に履きなさるといい。その上品な靴を、島の泥濘道から守ってくれましょうて」

ほどなくフィデルマは、コークランの後について、崖へ向かっていた。漁師用の生皮の重い靴はいささか歩きにくいが、お蔭で足を濡らさないで済む。

「事件の前に、ケヴニー院長殿とお会いになったことは？」坂道を登る元気な案内人の軽快な足取りに遅れまいと、やや息をはずませながら、フィデルマは問いかけた。

「小さな島ですからな。ええ、一度ならず出会って、話をしましたよ」

「院長殿がなぜこの島を訪れられたのか、ご存じですか？　ボー・アーラは、あの方が修道院長だったことさえ、知りませんでしたわ。心乱されることなく黙想に耽るため当地に瞑想の場を求めてやって来た修道女としか、考えていなかったようです」

「そういう印象ではありませんでしたがなあ。第一、私には、この島に関わるある事実を探索しているのだと言っておられましたよ。そういえば、一度、なにやら妙なことを……」

医師は記憶をまさぐろうとして、眉をしかめた。

「アン・フースの司教についてでしたな。アータガーン司教との賭けに勝ちたいものだとか」

フィデルマは、驚いて目を瞠った。

「賭けですって？　どういうことか、説明なさいましたか？」

「いや。院長の探索とは、この賭けに関わることではないか、と想像はしていましたがね」

「でも、何についての探索だったのかは、ご存じないのですね？」

コークランは、頷いた。

「ケヴニー院長は、大体において、ご自分から進んで打ち解けるような方ではありませんでしたからな。ボー・アーラがあの方の身分を知らなかったというのも、わかりますよ。私だって、知りませんでしたから。普通の修道女ではないと感じてはいましたがね」

「探索とおっしゃいましたね？」とフィデルマは、コークランの考察に話を戻した。

医師は、頷いた。「もっとも、この島に探索するほどのものが果たしてあるものやら、私にはわかりかねますが」

「ところで、ケヴニー院長殿は、この島の住人の中の誰かと、特に話したがっておられなかったでしょうか?」

医師は、ふたたび眉を寄せて、少し考えこんだ。

「そういえば、コンガルを探しておられましたな」

「コンガル? どういう人物でしょう?」

「漁師として暮らしています。だが、地元のシャナヒー、つまり、この島の歴史の伝承者であり、語り部でもある男です」

「ほかには?」

「パトリック神父にも、会いに行かれましたよ」

「誰ですって?」

「ファーザー・パトリック。この島の神父です」

二人は、ちょうど、崖の縁へやって来ていた。修道女フィデルマは、気持ちを引き締めた。強風が吹きつける荒々しい断崖の縁に立つことを思うと、ぞっとしてくる。

「我々が院長を見つけたのは、この真下でした」と、コークランがそちらを指し示した。

「どうして、それほど正確に指摘することがおできになるのです?」

「あの突き出ている岩が、いい目印になりますからね」と医師は、リンボクの杖で、その岩をさした。

フィデルマは屈みこんで、辺りの地面を注意深く見まわした。

「何を見つけようとしておいでですかな?」

「多分、あの鎖の残りの部分でしょうか。自分でも、はっきりわかっていないのです」

辺りの泥濘の中に、枝の折れたハリエニシダの茂みや、踏みにじられた跡を留める雑草が見られた。靴跡も、残っていた。柔らかな泥に深く残された靴の跡は、小雨によって消し去られることなく、まだはっきりしていた。複数の人間がこの地点にやって来ていた、と示す痕跡だ。だが、それ以上は、何もわからなかった。

「では、この地点が、院長殿の転落現場と見ていいのですね?」

コークランは、肯定のしるしに頷いた。

フィデルマは、唇を嚙んだ。泥濘に残っている跡は、一人以上の人間が、ここで小径から踏み出し、二ヤードも離れている断崖の縁までやって来ていた、ということを示すものだ。しかし、その事実以上に重要なことを、これは示している。つまり、小径を歩いていた散歩中の院長が不注意にも足を滑らせて崖から転落した、という事故説はありえない、ということだ。小径から崖までは、二ヤードもあるのだから。転落するためには、院長は小径から意図的に踏み出して、灌木や棘《とげ》だらけのハリエニシダの茂みを苦労しながら踏み越え、断崖の縁ぎりぎりの危うげな地点に立っている必要がある。しかし、もし事故でないとすると……一体、どういうことなのか?

断崖の縁には、ほかにも何か、あるはず。しかし彼女は、間近まで近づきたくなかった。囲いになるものが何一つない、空中にむき出しにさらされているような高所に対して、フィデルマは恐怖を覚えるのだ。

「ここには、下の磯へ下りてゆく方法はないのですか?」彼女は、ふと、コークランにも訊ねてみた。

「修道女殿が山地の山羊なら別ですが、ありませんね。あまりにも、危険です。絶対に不可能だ、と言っているわけではありませんよ。こういう近寄りがたい箇所を上り下りする知識を持っている者なら、可能かもしれない。この断崖の壁面には、二つ、三つ、洞窟が口を開けていましてね。前に、洞窟まで下りてゆき中を調べたいと考えて、本土からやって来た連中がいましたよ」

「この地点で?」

「いや、ここより三百ヤードほど先の箇所でした。しかし、ボー・アーラが、きわめて危険だと言って、追い返してしまった。去年のことです」

灰色の空に覆われていることの多いこの島では、ほとんど絶え間なく小雨が降っている。それに備えてフィデルマは、丈の短い毛織りの外套をまとってきていた。今、それを脱いで崖の縁に敷くと、フィデルマはその上に先《ま》ずひざをつき、それから腹這いになって、そっと体を前に進め、崖下を見下ろした。医師の言ったとおりだ。よほど岩壁を上下する技術を身につけているか、山地の山羊でもない限り、ここから下りてゆくことなど、とても無理だろう。フィデルマは身震いをしながらも、三百フィート下の荒磯を、じっと見つめた。

やがて彼女は立ち上がり、外套についた塵《ちり》を払い落とすと、コークランに訊ねた。「そのコンガルという人物に、どこへ行けば会えるでしょう?」

コンガルは、大男だった。魚と家鴨《あひる》の茹で玉子を山盛りにした大皿を前に、坐っていた。食卓についているのに、漁師の作業着のままだ。自分の小屋に帰ってきても、着替えなどする気はないらしい。しかし、この服装のせいで、彼の筋肉質の大きな体格はいっそう堂々として見える。

塗料を塗っていない松材の机をはさんで自分の前に坐り、もてなしに出した甘い蜂蜜酒の椀《ボウル》を味わっているフィデルマに、コンガルは唸るような声で、「全く、悲しいことで」と話しかけた。「この先には、まだまだよい日々が続きなさったろうになあ。だけど、あそこは、地形をよく知らぬお人が散歩しなさるには、えらく危ない場所ですわ」

「あの方は、この辺りで探索をしていらしたそうですが?」

大男は、顔をしかめた。

「探索?」

「あなたといく度か話をなさった、とも聞いています」

「儂《わし》と話しなさるのは、当然でさあ。儂は、この地方のシャナヒーですわ。いろんな伝説やこの島についての物語を、知っとりますでな」その声には、かなりの誇らしさがうかがえた。こうした誇りは、島人たち皆が抱いているものだと、フィデルマは気づいた。彼らは、ごく貧しい。しかし自分たちが持っているものに、強い誇りを抱いている人たちなのだ。

「あの方が興味を持っていらしたのは、それだったのですか？　古代の物語への興味だったのですか？」

「そのとおりで」

「特に興味を抱いていらしたこととか物語というのは？」

コンガルは、まるで何かを避けようとするかのように身じろぎをしたものの、彼女の問いには、「さあ、覚えとりませんなあ」と答えただけだった。

「それから、どうなりました？」

「昔のいろんな話を、お聞かせしましたわい。イーアムーマ王国（現マンスター地方の西部に位置した古代王国の一つ）のドゥルイドたちが、キリスト教の神父さんがたを狩り立てて殺しなさった話なんかをな。尊《たつと》いパトリックがエールの岸辺にやって来なさるよりか前の、大昔[2]の話ですわ」

「そうした話をいくつか、あの方にお聞かせしたのですね？」

コンガルは、頷いた。

「いかにも。その異教徒の時代、大勢のキリスト教の神父さんたちが、この島に避難して来なさった。神父さんたちが逃げなさった後、イーアムーマ王の手下どもは本土の教会や修道院を焼き払っちまった、ということも」

修道女フィデルマは、溜め息をついた。こうした伝承は、ケヴニー修道院長を小島の調査に駆り立てる類の物語とは、思えない。ケヴニーは、フィデルマも知っているように、アード・マハの大司教の代理人として、アイルランド全土のキリスト教徒が統一された戒律の下で信仰を守ってゆくよう見守るという、重大な責任を担っておられる人物ではないか。

「特に興味をお示しになった話は、何もなかったのですね？」

「ああ、何も」

コンガルの返事は、あまりにきっぱりとしすぎているのでは？　修道女フィデルマは、項《うなじ》の辺りに、ちりちりするような感覚を覚えた。何かがおかしい時、あるいは誰かが全てを正直に告げていない時に、いつもフィデルマは、首筋が鳥肌だつような奇妙な感触を感じるのだ。


フィデルマは、ボー・アーラの住まいに戻るとすぐ、亡くなった修道院長が持ち物を詰めていた革鞄の中を調べてみた。今や悲しみの思いで見つめねばならないこうした品々を検分するには、気持ちを引き締める必要があった。院長の個人的な所持品の中には、二、三の化粧品や香水の瓶もあった。院長にも、いささかの虚栄心があったようだ。ロザリオと磔刑像十字架は、見事な細工の象牙と黄金製で、〈清貧の誓い〉をたてている修道女というより、大王の妹君という身分のほうを主張しているようだ。たとえば、ロザリオの玉は象牙製で、異国から輸入されたものである。旅行用の衣類も、何枚かある。こうした品々は全て、この肩掛け式の革鞄に入っていた。修道士や修道女が旅や巡礼に出る折には、皆、この種の鞄を携えるのである。二度も、鞄を徹底的に調べてみて、やっとフィデルマは、何が自分の気持ちに引っかかっているのかに気がついた。彼女は、苛々しているボー・アーラを振り向いた。

「フォガータック、ケヴニー修道院長殿の所持品は、確かにこれで全部ですか？」

若い代官は、はっきりと頷いた。

修道女フィデルマは、溜め息をもらした。もしケヴニー修道院長が何らかの調査か探索を行なおうとしてこの島を訪れたのであれば、それを記録するための道具も携えてきたはずではないか。第一、小型祈禱書はどこなのだろう？　いかなる地位の聖職者であれ、ほとんど全員、それを持参しているはずだ。百年以上も前、アイルランドの僧や尼僧は布教のため世界の隅々にまで出かけていったが、彼らは必ずと言っていいほど礼拝式や戒律などに関する小冊子を持ち歩いたものだ。したがって、そうした書籍はティアグ・ルーウァー〔書籍収納鞄〕(3)と呼ばれる革鞄に収めやすいように、小型である必要があった。そこで、書籍の写しを作ることを専門とする書写修道士や修道女たちは、小ぶりの写本を作り始めた。今では、学識を備えた聖職者たちは、ほとんど全員、こうした小型書籍を持っている。修道院長が、この種のものを何一つ、祈禱書さえも、所持していなかったとしたら、奇妙である。

フィデルマは、しばらく指先で机の上をとんとんと叩いていた。この難問が島で解明できないとなると、その答えは本土のアン・フースの司教アータガーンとの賭けの中に見つかるのではあるまいか。彼女は心を決めると、期待の色を浮かべているボー・アーラを振り向いた。

「カラハを用意してください。すぐに本土のアン・フースへ行かねばなりません」

若いボー・アーラは、驚きに、口を大きく開けた。

「もう、ここでの仕事はお済みなのですか、修道女殿？」

「いえ、まだです。でも、ただちにアン・フースである人に会って、訊ねたいことがあるのです。カラハを待たせておいてもらえれば、午後にはここに戻ってくることができます」

アータガーン司教は、アン・フースの修道院の自室にいた。彼は案内の修道士の堅苦しい先導の声に続いてフィデルマが入ってくるのを見て、驚いて立ち上がった。彼はこの部屋から、コルコ・ドゥイヴニャの全聖職者に目を配っているのである。

「少々、お訊ねしたいことがあるのです、司教殿」挨拶が済むや、フィデルマはすぐに本題に入った。

「ブレホン法廷のドーリィーとして、何なりと遠慮なくお訊ねなされ」と、司教はそれに応じてくれた。神経質そうではあるが、皮膚がたるんだ顔をしている。年齢をはっきり見てとれない人物だ。彼はフィデルマを炉の前の椅子に導いて、先ずは温めた蜂蜜酒でもてなしてくれた。

「ケヴニー修道院長殿が……」と、フィデルマは口をきった。

「その悲しい出来事のことは、もう耳にしておりますよ」と司教は、彼女の言葉をさえぎった。「転落して亡くなられたそうですな」

「そのとおりです。でも、あの方は島に渡られる前に、この修道院に滞在なさったのでは？」

「島へ渡ろうとされて、海が凪《な》ぐのを、ここで二晩待っておられましたよ」とアータガーンは、それに頷いた。

「あの島も、司教殿の管轄下にあるのですね？」

「いかにも」

「ケヴニー修道院長殿は、どうしてあの島を訪ねられたのでしょう？　島への訪問の結果、あちらで何を発見されるかについて、お二人で賭けをなさったという話もあるようですが？」

アータガーンは、うんざりしたように、顔をしかめた。

「院長は、野鴨を追いかけて、つまりありもしないことを追いかけておられたのですわ」と司教は、あっさりと答えた。「賭けは、私のほうが有利でしょうな」

フィデルマは戸惑って、眉を寄せた。

「説明していただけますか？」

「ケヴニー修道院長は、強い性格の方でしたよ。いかにも、大王の妹御ですな……でしたな。優れた才能を持った方でもあった。これまた、当然ですかな。なにしろ、アード・マハの大司教殿が、全エールの修道院や教会において聖なる儀式や聖務が統一された形で行なわれているかどうかを監督なさるために、ご自分の代理人とお定めになった方ですからね。私はケヴニー院長殿とは、二度お会いしただけだった。一度は、キャシェルで開催された宗教公会議で、二度目が、今回あの島に渡られる前、当修道院に滞在された時だったわけですが、院長はある見解を持っておられた。あのご仁は、何かを論じ合う相手として、なかなか難しかった」

「どういうふうに、でしょう？」

「福者《ブレッシド》パラディウス(4)の聖遺骨についての伝承を、聞かれたことはおありですかな？」

「どうか、お聞かせください」彼女は戸惑いを押し隠しながら、司教を促した。

「ご存じのとおり、二百五十年ほど前には、アイルランドのキリスト教の信徒たちは、ごくわずかだった。しかし主《しゅ》のみ心によって、キリストのみ言葉を受け入れようとする人々は次第に増えてゆき、聖パラディウスの頃には、アイルランドにも司教を遣わしていただきたいとローマに請願するほどの集団となっておったのです。時の教皇は、ケレスティーヌスでした。このお名で聖ペテロの玉座（教皇の座）に就かれた最初の教皇ですわ。教皇ケレスティーヌス一世は、神の示される道につき従おうとするアイルランドの信徒たちの願いに応えて、彼らを導く司教として、聖パラディウスを任命なされたのです」

アータガーン司教は、ここでちょっと言葉をきったが、すぐに、話し続けた。

「実は、それには、二説ありましてな。一つは、聖パラディウスはアイルランドに向かう途中、ゴールの地で亡くなられた、というもの。もう一つは、聖パラディウスは我が国の岸辺に到達され、アイルランドのキリスト教会の指揮をお執りになったが、やがてイーアムーマ王に雇われた不埒なるドゥルイドたちによって、殺害されてしまわれた、というものです」

「その話は、私も聞いております」と、修道女フィデルマは頷いた。「その頃、ゴールで学んでおいでになった聖なるパトリックは、聖パラディウスが亡くなられた後、その後任としてアイルランドの司教に任命され、かつてご自分が人質として捕らえられていたこのエールの地に、戻っていらしたのでしたね？」

「そのとおり」と、アータガーンはフィデルマの言葉を認めた。「しかし、聖パラディウスの没後、この神聖なる聖者の遺骨は、横十二インチ、縦六インチ、深さ五インチほどの大きさで屋根形の蓋を持った聖遺骨箱に納められた、という噂が生まれたのです。聖遺骨箱は、普通木製で、よく使われる木材は櫟《いちい》の木だった。聖パラディウスの聖遺骨箱の内側には、鉛の内張りが施され、外側は金泥《きんでい》だの銅の合金だの金箔だので美しく仕上げられていたそうだ。さらに琥《こ》珀《はく》やガラスの飾りも嵌《は》めこまれていたとか。さぞかし美しい品だったでしょうな」

アイルランド各地の大修道院でこうした聖遺骨箱をいくつも見ているフィデルマにとっては、もどかしい思いが募る。それでも彼女は、司教の言葉に大人しく頷いた。

「伝説によると、聖パラディウスの聖遺骨は、かつては、モアン王国のオーガナハト王統の代代の玉座の地であるキャシェルに祀《まつ》られていたそうですわ。しかし、今から二百年ほど前に、イーアムーマ小王国で、異教徒であるドゥルイドたちの勢力がふたたび強力となり、イーアムーマ王は古《いにしえ》の異教の信仰を復活させたのです。ここに、キリスト教社会への迫害が始まり、キャシェルの都も襲撃された。しかし、聖パラディウスの聖遺骨は難を避けるために秘かに都から持ち出され、転々と逃避行を続けて、ついにあの島に持ち込まれた。そして、そこで消え失せてしまった、というのです」

司教が口をつぐんだので、フィデルマは「どうぞ、先を」と促した。

「そう、考えてもご覧なされ。これほどの歳月の果てに、もし我々がアイルランドの最初の司教の聖遺骨を発見したら、どういうことになるでしょうな！　聖遺骨の静かな安住の地は、押し寄せる巡礼たちの目的地となり、大きな修道院が建立され、世界中の注目の的となって……」

フィデルマは、うんざりと、顔をしかめた。

「ケヴニー修道院長殿は、聖パラディウスの聖遺骨を探そうとして、あの島に渡られた、とおっしゃるのですか？」

アータガーン司教は、頷いた。

「院長は、その聖遺骨箱がコルコ・ドゥイヴニャ大族長領の沖の小島に運ばれたと示唆している古写本を、アード・マハの大図書館で、たまたま発見されたそうですわ。その写本を私に見せることは拒まれたが、その島がどこにあるかを示す、その当時に書かれた覚書《おぼえが》きがその古文献の中にはさまっていた、と主張しておられましたよ。アード・マハの大修道院図書館の古写本の中に、その覚書きはずっと眠っていたのだ、と。確かに、イーアムーマ王による迫害の時代に、こうした島々に逃れた僧侶たちに関する伝説は、ありますよ。しかし、もし本当に聖遺骨箱があの島に運ばれてきていたのであれば、そのことは当然我々も知っているはずではありませんかな？」

アータガーン司教は、論外だとばかりに、鼻を鳴らした。

「では、聖遺骨箱があの島にあるはずだというケヴニー修道院長殿のお考えには、賛成なさらなかったのですね？」

「しませんでしたとも。私自身、あの時代については、いささか学究でしてな。パラディウスは、ゴールで亡くなられたのです。そのことは、はっきりしている。多くの文献に記されておりますからな」

「そこで、ケヴニー修道院長殿は〝野鴨を追いかけておられた〟とおっしゃったのですね？」

「いかにも。そのとおりですわ。聖パラディウスの聖遺骨は、あの苦難の時代を無事にやり過ごすことはできなかったのです。万一、無事だったとしたら、それがあるのは、ゴールですよ。こちらではない。だが、ケヴニー修道院長にそれを納得させることは、難しかった。前にも言いましたが、頑固な方でしたからな」

司教は、突然、眉をひそめた。

「しかし、このことが、院長の死に関する修道女殿の調査と、どう関わっておるのですかな？」

修道女フィデルマは、穏やかな笑みを浮かべて、立ち上がった。

「私は、院長殿があの島をお訪ねになった目的が何であったのかについて、得心したいだけですの」

荒々しく三角波を立てている灰色の海を、カラハは上下に揺られつつ、島へ引き返そうとしていた。その中に坐ってフィデルマは、眉を寄せて考えこんでいた。ケヴニー修道院長は、聖パラディウスの聖遺骨について、当然、シャナヒーのコンガルと話したはずだ。ところが彼は、そのことをフィデルマに率直に話してはくれなかった。なぜだろう？　あの大柄な漁師は、何を隠そうとしたのだろう？　しかし、コンガルのことはしばらくこのままにしておいて、島に戻ったら先ずパトリック神父と話すことにしようと、フィデルマは決心した。パトリック神父は、ケヴニー院長がこの島で特に会いたいと関心を持った、第二の人物なのだから。

パトリック神父は、老人だった。八十代半ばか、あるいは後半に違いない。この島の激しい風によく吹き飛ばされないものだとフィデルマに思わせるほど、小柄な老人だった。肉の落ちた体は、まるで骨だけでできているかのようで、関節のみが大きく目立っている。その骨格を羊皮紙のような皮膚が貼りついたように覆っており、わずかな白髪が貧弱な房となって垂れ下がっている。眼窩の上に張り出している額の下から、何色とも見定めがたい色の目が、フィデルマを睨《にら》みつけていた。

パトリック神父は、今にも壊れそうな細い体に厚手の毛織りの肩掛けをまとい、それを案山子《かかし》のような痩《や》せた首のまわりにブローチでしっかりとめて、炉辺の椅子に腰掛けていた。だが、その脆《もろ》そうな体と高齢にもかかわらず、自分が強靭な、内に活力を漲《みなぎ》らせた人物を前にしているのだと、フィデルマは感じていた。

フィデルマは、前置きもなく、単刀直入に、「聖パラディウスの聖遺骨について、お聞かせください」と、質問を放った。大胆な当て推量だった。しかし彼女は、それが報いられたことを見てとった。

神父の表情は、動かなかった。一瞬の瞬《まばた》きが、唯一の驚きの表れであった。だがフィデルマの静かな視線は、その無意識の反応を見逃さなかった。

「その古い伝説に関して、何を聞いていなさるのじゃ？」

彼の震えをおびた、軋《きし》るような声の中に、何らかの感情を聞き取ろうと、彼女は必死に神経を研ぎすませた。何かが、あった……何かを護ろうとするらしい気配が。

「伝説《い》なのでしょうか、神父様？」フィデルマは、その単語を強調して訊ねた。

「我が娘よ、ここには、古い伝説が数多《あまた》残っておるでな」

「実は、ケヴニー修道院長殿は、この伝説が真実であることを自分は知っている、とお考えでした。この島を訪れる直前に、コルコ・ドゥイヴニャの司教殿に、これから聖遺骨箱を探しに行くのだと、告げておられたのです」

「そして、亡くなられた」年老いた神父の答えは、ほとんど溜め息のように、かすかだった。

ふたたび、水のように淡い色の目が瞬《またた》いた。「み魂《たま》の安からんことを」

修道女フィデルマは、待った。神父は黙《もだ》したままだった。

「その聖遺骨箱ですが……」とフィデルマは、つい老神父を促していた。

「島人たちにとって、これは伝説の一つにすぎない。この先も、そうであろう」

この言葉をどう解釈すべきなのか、フィデルマは眉をしかめながら、考えてみた。

「では、この島には、ないと？」

「それを見た島の人間など、誰もおらぬ」

もどかしい思いを抑えようと、フィデルマはきゅっと唇を引き締めた。彼女には、感じられた。パトリック神父は、私の問いを躱《かわ》して、韜晦《とうかい》しようとしているのだと。もう一突き、してみなければ。

「ケヴニー修道院長殿は、二度ほど、こちらに話しに来られましたね？　神父様は、あの方に何を話されたのです？」

「我々は、この島の民話について、話しましたわい」

「聖遺骨箱についての？」

神父は、わずかに間《ま》をおいた。「聖遺骨箱についての伝説もな」

「でも、院長殿は、それがここに、この島に存在しているはずと信じていらした、違いますか?」

「院長殿は、そう信じておられた」

「でも、島にはないと、おっしゃるのですか?」

「島人の誰にでも、聖遺骨箱を見た者がいるか、あるいはその在り処《か》を知っている者がいるか、訊ねてみなさるがよかろう」

フィデルマは、ふたたびもどかしさに溜め息をついた。またもや彼女の質問は、微妙な言葉で躱されてしまった。見事に、こちらの質問をすり抜けたものだ。パトリック神父は、老練な弁護士になれたであろう。

「結構です、神父様。時間をお割《さ》きくださり、ありがとうございました」

神父の小屋から出て行こうとした時、入り口の石段のところで、医師のコークランに出会った。

「パトリック神父様のお加減は、いかがなのですか?」と彼女は、彼に率直に問いかけた。

「弱々しいご老人ですからな」と、コークランはそれに答えた。「我々とともに、この冬を越されることは難しいのではと、懸念しています。すでに二度、心臓の発作を起こしておられる。神父の心臓は、悪くなる一方です」

「どのくらい、お悪いのでしょう?」

「すでに二度、鼓動が止まりかけた。三度目は、命取りになりましょうな」

フィデルマは、口許をすぼめた。

「司教は、そのようなご老人を隠退させておやりになれるでしょうに。本土のどこか快適な修道院で静養おさせになればよろしいのに」

「そのとおりですわ、この島を離れるようにと、もし誰かに神父を説得することができれば、の話です。神父は、若い頃ここへやって来られて、それから六十年、一度も島から出ていない。全く頑固なご老体でしてな。この島を、自分が面倒をみるべき領分と考え、島の住人の一人一人に責任を感じておられるのです」


フィデルマは、ふたたびコンガルを訪れた。シャナヒーは、今度は警戒心を見せて、彼女を迎えた。

「ケヴニー修道院長殿は、聖パラディウスの聖遺骨に関して、何を知りたがっておられたのです？」とフィデルマは、前置きなしに、彼に質問をぶつけた。

予期していなかった質問に、大男は口を開けたまま、彼女を見つめた。

「院長殿は、それがこの島にあることをご存じだった。そうですね？」とフィデルマは、この男に考える暇《いとま》を与えず、そう畳みかけた。

コンガルは、口を固く閉ざしたままだ。

だが、やっと、フィデルマに答えた。「そう考えていなさったんですわ」

「なぜ、秘密にするのです？」

「秘密に？」

「もしそれがこの島にあるのでしたら、どうしてそのことを秘密にしてきたのです？」

大男は、落ち着かなげに、足を踏みかえた。

「パトリック神父様と話しなすったんですな？」彼はむっつりと、そう訊ね返した。

「ええ」

コンガルは、見るからに惨《みじ》めそうになった。その後、またもや黙りこんだが、やがて肩を張って、フィデルマに向かった。

「もしパトリック神父様がもう話しなさったんなら、尼僧様はご存じなんでしょうが」

パトリック神父が実のところ何も話してくれなかったことは、この語り部には伏せておこう。

彼女は、今の質問をただ繰り返した。

「聖遺骨箱がこの島にあることを、どうして秘密にしておくのです？」

「それが、聖パラディウスの聖骨だからでさ。キリストの教えを信じるアイルランド人のために任命された最初の司教様だから、儂らアイルランド人を暗闇からキリストの光の中へと連れ出してくださった、尊い聖者パラディウスというお方の聖なる遺骨箱だからですわ。フィデルマ修道女様、考えてもみなされ、あの方の聖遺骨がこの島にあると広く知れわたったら、どういうことになるかを。どっと流れ込んでくる巡礼のことを、この島に建てられるだろう大きな修道院や教会のことを。そうしたことに続く、諸々のことを。世界中から大勢の人間が押しかけてきて、儂らの平和は壊されてしまおう。儂らの世界はそれに呑みこまれ、散り散りになって消えてしまう。だから、聖遺骨のことは、誰にも知られぬほうがよいのじゃ。そうとも、儂さえも、見たことはない。どこに隠されているかも、知らぬ。ただ、パトリック神父様が……」

コンガルは、修道女フィデルマの顔を見て、そこに浮かんでいるのが驚きの表情であることを、読み取ったに違いない。

急に、疑惑の色が彼の顔に広がった。「神父様は、話されたのでは……？　神父様は、なんと言いなさったのかね？」と言いつつ、彼は激しく彼女に詰め寄ろうとした。

その時、突然、入り口の扉が強く叩かれ、コンガルがそれに応えるのも待たず、戸口に若いボー・アーラの頭が現れた。顔には、気遣わしげな表情が浮かんでいた。

「ああ、修道女殿、医師のコークランが、パトリック神父様の小屋まで戻っていただきたいと言っています。神父様の容態が悪化したのですが、どうしてもあなたに会いたいと、言い張っておられるようです」

コークランが、パトリック神父の小屋の戸口で、フィデルマを待ちうけていた。

「もう、長くはないと思いますな」と、彼は静かに彼女に告げた。「修道女殿が帰られて間もなく、私が警告していた三度目の心臓発作が起こりましてな。しかし、神父は言い張られたのです、どうしても修道女殿と二人だけで会わねばならんと。私は、扉の外に控えておりましょう。私が必要となるかもしれませんからな」

老神父は、寝台に寝ていた。顔はやつれていたが、肌には奇妙な赤みがさしていた。神父の目が開いた。何色ともはっきり言えない、あの淡い瞳が、きらっと光った。

「もう、わかっていなさるな。そうであろう、我が娘よ」

フィデルマは、偽るまいと、心を決めた。

「推察は、しております」と彼女は、神父の言葉を訂正した。

「さて、儂は、神のみ前に、心安らかに立ちたい。自分の名前に疑惑の影を落としたままこの世を去るよりは、あなたに真実を知ってもらうほうがよいようだ」

長い沈黙が続いた。

「聖遺骨箱は、この島にある。二百年あまり前に、イームーマ王の兵士から逃れてこの島へやって来た修道士たちが、奉じてきたのじゃ。彼らは、安全に保管しようと、それをある洞窟の中に隠した。それから幾世代もの間、この島を司牧する神父が、自分の後継者にのみ、その隠し場所を明かしてきた。神父の座が空席になることも、時にはあったが、そうした折には、次の世代への伝承が途切れないように、この秘密は島人の中の一人にのみ、明かされてきた。儂が若い神父としてこの島へやって来たのは六十年前だったが、儂はその時に先任者の老神父からこの秘密を伝えられたのじゃ」

　老人は話を中断し、いく度か深く息を吸った。

「そして、ケヴニー修道院長が、島に現れた。実に、聡明な女性《にょしょう》よ。すでに証拠を見つけておられた。そのうえで、コンガルのところを訪れ、さまざまな伝説を調べられた。コンガルは、多くのことを知っておる。知らないのは、それがどこに隠されているか、ということだけだった。コンガルは、嘘はつかなかったものの、真実も告げなかった。そうすることによって、院長がそれ以上深入りすることを、なんとか止めようとしたのじゃ。すると院長は、儂のところへやって来られた。儂は、愕然《がくぜん》とした。院長は、羊皮紙の切れ端を持っておられたのだ。あれこれと書きとめられた覚書きだった。なんと、尊い聖パトリックご自身の手で、記されたものじゃった。聖パトリックは、聖パラディウスが亡くなられた時、彼に代わってアイルランドの司教となるよう法王に命じられて、この国においでになったのだが、その羊皮紙には、聖遺骨箱の隠し場所へはどう行けばよいのかを示す地図や指示のようなものまで、記載しておられた。自分が何を探しておるのか、そのためにはどこを探すべきか、といったことをある程度承知しておる者にこそ重要な手掛かりとなるが、それ以外の人間には何の意味もない紙切れとしか見えなかったであろうが。

　だが、ケヴニー修道院長は、明敏なお人だった。すでに、この伝説のことを耳にしておられた。そのケヴニー修道院長が、アード・マハの大図書館の聖なるパトリックのご蔵書の古写本の中に挟み込まれていた、その羊皮紙を発見されたのよ。院長は、その学識をもって推察なさり、それに確信を持たれるに至ったのだ、我が娘よ」

「そこで神父様は、探索をお続けにならないようにと、院長殿を説得なさったのですね？」

「儂は、伝説は必ずしも真実ではないと説いて、なんとか院長にそう信じてもらおうと必死に努めた。だが院長は、自分の考えを変えるご仁ではなかった」

「それで？」

「それで儂は、正直に打ち明けた。そして、懇願した。この島に聖パラディウスの聖遺骨が隠されていると公《おおやけ》にされるや、この島がどういうことになってしまうかを、指摘した。フィデルマ修道女殿、あなたは、想像力を持った女性だ。私には、それがわかる。どうか想像してくだされ、この平和な島に、この幸せな小さな世界に、何が起こるかを」

「聖遺骨箱を、この島から移してしまうことは、できなかったのですか？」と、フィデルマは訊ねた。「この国の王都キャシェルか、アイルランド・キリスト教の最高権威の地アード・マハへ移すことにすればよかったのでは？」

「それでは、聖人パラディウスの遺骨を納めた聖遺骨箱が存在しておるためにこそこの島に授かっていた神の恩寵を、失うことになろう。いや、聖遺骨箱は、主のみ旨《むね》をもって、この島に運ばれてきたのであるから、この島に留めおかれねばならぬのじゃ」

老神父の声が、急に鋭くなった。その後しばらく、沈黙が続いた。やがて、彼は言葉を継いだ。

「儂は、それがいかばかりの不幸をもたらすかを、ケヴニー修道院長にわかってもらおうと、必死に努めた。我々は、聖遺骨が発見されたり奇蹟が起こったりした土地が、周囲に大修道院や大礼拝堂が建立されたりして無惨な姿へと変貌してしまった例を、数多く見ておる。それまでの小さな修道院やその周辺の世界は踏みにじられ、敬虔《けいけん》な慎ましい巡礼の地は、がさつな金儲けの計画に組み込まれていった。想像もつかぬばかりの荒廃に見舞われてしまった。これらは、我らが救世主のもっとも忌《い》みたもうたことばかりだ。主は、神殿の境内から、金貸しや商人を追い払われた（『マタイ伝』第二十一章十二～十三節。『マルコ伝』第十一章十五～十七節）ではないか？ 今、ご自分の教えを金儲けの手段にしようとしておる輩《やから》に対して、主はいかに激しい怒りをお向けになることだろう。駄目だ。儂は、我々のこの小さな島を、そのような目にあわせたくはない。そのような事態は、我々の生活を破壊し、我々の魂の有り様《よう》をも破滅させてしまおう！」

老いた神父の声は、激しかった。

「ケヴニー修道院長殿がその説得を拒否なさった時、どうなさいました？」とフィデルマは、静かに促した。

「儂は、ケヴニー修道院長には、羊皮紙に記されている聖遺骨箱へと導く手掛かりの解明など、できないだろうと期待した。ところが、院長は、それをやってのけられたのだ。院長がこの島を立ち去られることになっていた日の、午前中のことだった……」

言葉が途切れた。苦痛の色が顔をよぎり、息を吸おうと、神父は喘《あえ》いだ。フィデルマは、医師を呼ぼうとした。だが神父は、首を振った。

フィデルマは、大人しく待った。やがて、神父は話を続け始めた。

「その朝、儂は、北側の断崖アル・トゥーアへ向かおうとされるケヴニー院長の姿に、運良く気がついた。儂は、はかない望みを胸に、その後をつけた。だが、望みは叶わぬようだった。院長は、どこへ向かうべきかを、すでに、はっきり知っておられたのだ」

「聖遺骨箱が隠されている場所のことですね?」と、フィデルマは訊ねた。「アル・トゥーアの岩壁の上のほうにある洞窟の一つですね?」

神父は、諦めたように、頷いた。

「院長は、崖を下り始められた。たやすく下りてゆけると考えられたのであろう。儂は、止めようとした。危険だと、警告しようとした」

神父は、ふたたび言葉をきった。水のように淡い色をした瞳が、強い感情に揺れていた。

「我が娘よ、儂は間もなく主のみ前に立とうとしておる。だが、この島には、最後の告解を聴いてもらおうにも、聴罪してくださるべき神父は、ほかにはおられぬ。それで儂は、あなたによって、我が魂の安らぎを得たいのじゃ。これから語ることは、一種の告解として、お聴きくだされ。わかっていただけるかな?」

修道女フィデルマには、即答はできなかった。ブレホン法廷に立つ弁護士としての役目と、告解を重んじなければならない、宗門の一員としての役目の間で、フィデルマは躊躇《ちゅうちょ》した。やがて、彼女は頷いた。

「わかりました、神父様。その時、何が起こったのでしょうか？」

「院長は、洞窟の入り口を目指して、崖を下りてゆかれた。儂は、院長に向かって、もしどうしても下りてゆこうとなさるのなら、十分に気をつけてくだされと、大声で呼びかけた。そして、絶壁の縁へと近づき、屈んで覗きこんだ。院長が足を滑らされたのは、ちょうどその時だった。院長は片手をさし伸ばし、儂が銀の鎖で首から吊るしていた磔刑像十字架を摑まれた。鎖はぷつりと切れた。その時、儂は院長の肩を、特に項《うなじ》の辺りを、しっかり摑んでいた。だが、それも一瞬のことだった。

ああ、儂は貧相な体の年寄りだ。儂は、院長を必死に摑んでいた。だが、院長は、儂の手をすり抜け、崖下の岩場へと落ちてゆかれた」

神父は言葉を切り、胸を喘がせた。

フィデルマは、唇を嚙みしめた。

「それから？」と、彼女は促した。

「儂は、下を覗いてみた。もう息絶えておられることは、そこからでも見てとれた。儂はひざまずき、祈った。死者の罪の浄《きよ》められんことをと、祈った。儂が知っている院長の罪は傲慢と我意の強さというものだけであったが、彼女のその罪が神に赦されんことを祈った。そして、ふと思った。その思いが胸に湧いてきて、儂の心に安らぎを与えてくれた。我々は皆、主のみ手の中にいるのだ。これは、主のみ心だったのだ。院長をお救いになることもおできになったはず。だが、そうはなさらなかった。こういう結果になったのは、主のみ旨だったのだ。聖遺骨箱が発見されることを防ぐための奇蹟だったのだ。この一つの死は、島で営んでおる我我の世界の破壊という大いなる禍《わざわい》を防ぐためのものだったのだ。そう考えて、我が娘よ、儂は心の安らぎを得ることができたのじゃ。そこで儂は、ちぎれた磔刑像十字架を拾いあげ、それから崖の下の磯へ下りていって、院長の身の回りの品を探した。祈禱書が見つかった。その中に、院長に手掛かりを与えることになった羊皮紙が、聖パトリックご自身が記された羊皮紙の覚書きが、はさまれていた。儂は、その二つを持って、ここへ戻ってきた。愚かであったよ。羊皮紙だけを取って、祈禱書はそのままにしておくべきだったな。訓練された人物の目にかかっては、祈禱書があの場に見当たらない点が不審に見えようと気づいたのは、後になってからだった。しかし、儂はひどく疲れていた。体の具合も、良くなかった。ともかく、聖遺骨箱は安全だった……少なくとも、儂はそう考えたのだ」

フィデルマは、深く、困惑の吐息をついた。

「その覚書きは、どうなさったのです？」

「神よ、赦し給え。聖なるパトリックご自身がお書きになったものであったにもかかわらず、儂はそれをこの世から消し去った。この炉の火で、燃やしてしまったのじゃ」

「祈祷書のほうは？」

「そこの机の上だ。院長のお身内の方に、送ってくださらんか？」

「それで全てですか？」

「これで、全てじゃ、我が娘よ。しかし、儂の良心は疼《うず》いた。今度は、儂のほうが、傲慢の罪を犯しているのだろうか？　主が人の命を奪われた、と考えるとは……たとえ、このような篤《あつ》い信仰が然《しか》らしめたことであったにせよ。ただちにボー・アーラの許に出頭し、事の次第を報告しなかったのは、儂の嘆かわしい罪じゃ。それは、確かだ。だが、儂が何よりも大事にしなければならなかったのは、聖遺骨箱の秘密を守り抜くことだったのよ。しかし今、儂は死を目前にしている。儂は、聖遺骨箱の秘密を、誰かに伝えておかねばならぬ。おそらく神は、この島には縁も所縁《ゆかり》もない他所者であり、にもかかわらず事の一端をすでに知っておられるあなたに、真実の全てを託したいとお望みになっておられるに違いない。古いラテン語の六歩格詩《ヘクサメター》がありましたな？――その中に、〝グイス、クイド、ウビ、クイブス、アウクシリウス、クル、クオモド、クアンド〟という言葉が出てこなかったかな？」

修道女フィデルマは、老人に向かって、静かに頬笑みかけた。

「〝誰が、どのような犯罪を、どこで、どういう手段で、誰と、なぜ、どういうふうに、いつ〟ですね？」

「そのとおりじゃ、我が娘よ。そして今、あなたは、これら全てをお知りになった。あなたは、初め、コンガルか儂が、暗い罪を犯したのでは、と疑われた。だが、犯罪など、なかったのじゃよ。もし、あれが犯罪であったとすれば、奇蹟が起こした犯罪じゃ。儂は、あなたに打ち明け、あなたの手に、この島とその住民たちの運命を委《ゆだ》ねるほかない、と感じた。我が娘よ、これがどういうことか、おわかりだろうな？」

フィデルマは、ゆっくりと頷いた。

「わかっております、神父様」

「では、儂は、もっと早くにやっておくべきだったことを、これで果たせたことになる」

神父の小屋の外に集まっていた大勢の島民たちは、好奇心から敵意までのさまざまな表情で、出てきた修道女フィデルマを見つめた。コークランも、もの問いたげな視線を向けてよこしたが、フィデルマはその無言の質問にも答えようとはせず、コンガルを探しに行き、彼にアル・トゥーアの洞窟のことを告げた。これは、彼女が重荷とするよりも、コンガルが責任を持つべき秘密である。

鴎《かもめ》の群れが、灰色の花崗岩の磯に設けられている島の舟着き場の上を、鳴きながら、掠《かす》めるように飛んでいた。荒い潮風に捉えられると、一瞬、空中に停止するかと見えるが、すぐに羽ばたいて、ふたたび気流に乗り、滑空を続けている。海面は波立ち、濃い灰色の靄《もや》に覆われていた。その中から、アン・フースの埠頭からやってきたキーアガのカラハが、うねりを乗り越え、上下に大きく揺れつつ現れて、島の舟着き場へと近づいてくる。本土へ戻ってゆく帰りの船路は、快適とは言えまい。フィデルマは、やってくるカラハを眺めながら、溜め息をついた。

カラハは、パトリック神父の後任者となる若い神父を乗せてきたに違いない。老神父は、フィデルマと話し合った数時間後に、安らかな眠りに入り、そのまま死を迎えたのだった。

フィデルマの選択は、難しいものであった。彼女は、老神父と話した後、ボー・アーラの住まいに戻り、今や全てを知ったうえでの新しい観点から、若いボー・アーラが作成した公式報告書を読みなおし、考えこみながら夜を明かしたのだった。

そして今、この島から彼女を連れ戻すカラハの到着を、舟着き場で待っているのである。傍《かたわ》らには、若々しい顔をしたボー・アーラのフォガータックが、落ち着かなげに立っている。

小舟は、慎重に近づいてきた。太いロープが投げられ、それが岸で受け止められると、二、三人の旅人が古びた縄梯子を登って上陸してきた。最初に登ってきたのは、すっきりとした顔だちの、あまりにも若々しく見える若者だった。まるで自分の公的立場を示す徽章《きしょう》であるかのように、法衣をまとっていた。舟着き場の先端で待っていたコンガルとコークランが、彼に歓迎の挨拶をしている。

フィデルマは、彼の若さに驚いて、頭を振った。髭の剃り方も、まだ知らないのでは、とさえ見える。それなのに、百六十人の島人の〈魂の父《ファーザー》〉とは。フィデルマは、若いボー・アーラを振り返ると、ごく自然に手を差し伸べながら、微笑みかけた。

「あなたのもてなしと助力、感謝しています、フォガータック。コルコ・ドゥイヴニャの大族長ファーン殿と首席ブレホンに、この件について、ご報告しておきます。そのあと、途中で途切れていた私自身の旅をふたたび続けて、目的地であるキルデアの大修道院へと、心嬉しく戻ってゆくつもりです」

若いボー・アーラは、不安そうな目でフィデルマを見つめながら、必要よりわずかに長く握手の手を離さなかった。

「それで、修道女殿、私の報告書は？」

フィデルマは彼の握手から手を抜き取って、小舟へと下りてゆきかけた。だが、縄梯子の最初の横木へ下りかけた足を、一瞬、止めた。傲慢な態度を見せた男ではあるが、それも若さゆえだ。猫と鼠《ねずみ》のように彼をいたぶるのは、可哀相だ。

「あなたが言っていらしたように、何ら不審な点はありませんでしたよ、フォガータック。ケヴニー修道院長殿は、足を滑らせて転落なさったのです。傷ましい事故でした」

若いボー・アーラの顔に浮かんでいた緊張が、ほぐれた。彼は初めて笑顔を見せ、片手をあげて、フィデルマに別れの挨拶を送った。

「あなたのお蔭で、少し叡智《えいち》を学びました、ブレホン法廷のアンルー殿」と彼は、いささか硬くなって、挨拶の言葉を述べた。「目的地への修道女殿の旅路を、主がお守りくださいますように！」

修道女フィデルマも笑みを返し、彼へ向かって片手をあげた。

「全ての目的地は、次なる旅の戸口ですわ、フォガータック」ちらっと悪戯っ子を思わせる微笑を後に残して、フィデルマは、下で穏やかに揺れながら自分を待っているカラハの後部へと、ひらりと飛び下りた。

晩禱《ばんとう》の毒人参《ヘムロック》

Hemlock at Vespers

修道女《シスター》フィデルマは、刻限に遅れそうになっていた。修道院の門までやって来た時には、灰色の石造りの建物には、すでに夕闇が漂っていた。宗規で祈りの時間と定められている第六時(1)を告げる晩禱《ばんとう》の鐘も、鳴り終わっている。礼拝式は終わり、修道女たちは夕食のため、列を作って大食堂へ向かおうとしているところだった。フィデルマは手早く旅の埃を払い落とすと、法衣の袖の陰で両手を組み、面《おもて》を伏せて、従順な態度で自分の席へと急いだ。

慎ましく俯《うつむ》いてはいるものの、修道女フィデルマの物腰には、従順だけとは言いがたいものがうかがえると、鋭い観察眼を持つ者なら見てとることができよう。たとえ尼僧のゆるやかな長い法衣をまとっていようと、均整がとれた長身のすらりとした姿態を隠しおおすことはできず、生きる喜びに溢《あふ》れた活動的な生き方に憧れる気質を、十分にうかがわせている。修道女から連想されるであろう厳《おごそ》かで厳格な規律に温和《おとな》しく従う人柄とは、いささか違っているようだ。この印象をさらに強めるかのように、尼僧の被《かぶ》り物からこぼれ出た言うことをきかない一房の赤毛が、白く冴えた若々しい顔色と深く見通すような、それでいて溌剌《はつらつ》とした活気と諧謔《かいぎやく》がきらめく緑の瞳を、いっそう引き立てている。

大食堂は、ちりちりとかすかな音をたてて燃えている無数のオイル・ランプで照らされていた。やや鼻をつくその臭いが、上座の壁面の大きな炉で燻《くす》ぶるように燃えている泥炭《ピート》のやや重たげな芳香と、一つに混ざり合っている。ランプの炎と暖炉の火は、春の夕べの寒気を幾分か和らげる役にも立っているのだ。

修道院長は、食前の祈り《グラティアス》をラテン語で唱《とな》え始めていた。すでに席についていた修道女たちは、それぞれの人柄を反映しながら、あるいは意地悪い目付きで、あるいは面白がっているらしい視線で、秘かにフィデルマを見ているようだ。だがフィデルマはそれを無視して、いくつも並んでいる長テーブルの一つへと進んだ。その端が彼女の席と定められているのである。彼女は、いかにも急いでやってまいりましたとばかりに少し息をはずませてみせながら、軽く膝を折って十字を切り、着座した。

「〝我らを祝し給へ、我らが主《しゆ》なる神よ、
また惜しみなき御恵みによるこれらの食べ物を調へし者らをも、
祝し給へ、我らの……〟」

突然、苦悶の叫びが響きわたった。そのあと数秒間、衝撃のあまり、広間は静寂に包まれた。ふたたび、叫び声があがった。男性の絞《しぼ》りだすような声だった。そして、何かが倒れ、物が壊れる音が続いた。陶器の食器が割れた音だ。この予想もしなかった中断に、修道女フィデルマは目を瞠《みは》って、頭《こうべ》を起こした。彼女だけではない。大食堂に集《つど》っていた修道女たちは全員、同じ反応を見せ、興奮して囁《ささや》き合いながら、辺りを見まわした。

人々の凝視は、すぐに大食堂の端のほう、つまり、このキルデアの聖ブリジッド(2)修道院を訪《おとな》う外来者の席となっているテーブルのほうへと、集まった。そのテーブルの周辺が、なにやら騒がしい。やがて、その中の修道女の一人が、食堂全体を威圧するように一段高く設けられている高壇のほうへと急ぎ始めたことに、修道女フィデルマは気づいた。壇上は、修道院長をはじめ聖ブリジッド女子修道院の主だった修道女たちの席となっているのだが、今、彼女たちは全員、椅子から立ち上がっていた。

高壇へ急いだ修道女は、修道院の薬剤担当者のシスター・ポティガールであった。フィデルマが見ていると、彼女は修道院長の耳許へ屈みこみ、興奮した様子で何事か囁いた。院長の平静な表情は、変わらなかった。彼女は、ただ軽く頷《うなず》いて、報告者を立ち去らせた。

もうこの時には、晩禱の礼拝のあと夕食を共にしようと集まっていた百人ほどの修道女たちの囁き声は、大きく高まっていた。

修道院長は、自分のマグ（取っ手付きの陶器のカップ）でテーブルを叩き一同の静粛を求めると、食前の祈りを決然と唱え終えた。

「〝……我らの主イエス・キリストによりて、願ひ奉る、アーメン〟」

フィデルマは、大食堂の端のほうで、二人の修道女が一人の男性を運び出そうとしているのに気づいた。修道院の来客棟で男性宿泊者の世話係を務めているフォラマンという赤ら顔の大柄な男が入ってきて、二人の修道女たちの仕事を手伝い始めた。

「アーメン」と、幾人かが院長の祈りに唱和した。しかしそれ以外、大食堂は静まりかえっていた。百人近い修道女たちは、音もなく椅子に腰を下ろした。いつもであれば、ここでパンが食卓に回され食事が始まるのだが、院長は片手をあげて、食事を取り仕切る修道女たちが料理を配り始めるのを差し止めた。

全員、次に起こることを、ひっそりと待ち受けた。院長が、咳払いをして話し始めた。

「我が子たちよ、私どもは、食事を少し先へ延ばさねばなりません。私どもの客人のお一人が具合を悪くされましたので、薬剤担当のシスターの報告を待つ必要があります。客人は何か体に悪いものを口にされたようだと、担当のシスターは見ているのです」

ふたたび高まろうとする興奮したざわめきを、院長はほっそりとした白い手を鋭く打ち振って、黙らせた。

「報告が届くまでの間、あなた方はお祈りをしておいでなさい。シスター・ムーゴーンに、その先導をしてもらいましょう……」

それ以上、何も説明することなく、院長は高壇から下りて、さっと出ていった。ムーゴーン修道女の甲高い声が、先《ま》ずラテン語、続いてアイルランド語という形で、祈りの言葉を唱え始めた。

「〝王者の中の王者よ、
我らは祈り奉る、
洪水の日に、
ノアを護り給ひし神に〟」

フィデルマは、隣りの席の大柄で無骨なリアン修道女のほうへ身を傾けた。

「運び出されていった人、誰なのです?」

修道女フィデルマは、アイルランド五王国を統給《すべ》う大王《ハイ・キング》の玉座のある都タラへ出かけていて、その二週間の旅から、たった今帰院したばかりなのであった。

リアン修道女は、フィデルマに答える前に、ムーゴーン修道女の軋《きし》るようなラテン語の詠唱が一区切りするのを待った。

「〝全てを知ろしめす王者の中の王者よ、
主の日（主の再臨の日）は近づけり……〟」

「来客棟に泊っておいでのお客人です。シローンというお名前で、キルマンタンからお見えです」

アイルランド全土の修道院は、旅人を泊めたり大事な客をもてなしたりするための施設、チヤハ・イラド〔テック・イラド、来客棟〕を備えていた。

「そのシローンという方、どういうお人なのかしら？」とフィデルマは、さらに問いかけた。

横柄な手が、フィデルマの肩を押さえた。フィデルマは、はっとした。祈りの最中に囁き合っていたことを叱られるのだと思って、そっと見上げた。薄い唇を固く結んで咎《とが》めるように見下ろしていたのは、エフナ修道女の鷹のような顔だった。肉薄《にくうす》の、やつれたような顔だちをした初老のエフナ修道女は、若手の尼僧たちに怖がられていた。感情を覗かせない色の薄い彼女の瞳に見つめられると、誰でも、全てを見透かされているかに感じてしまうのだ。彼女は、本当は大層な高齢であり、百年ほど前にこの地を訪れた聖ブリジッドがオークの大樹の陰にこのアイルランド最初の女子修道院を建立された時には、すでにキリストの教えに帰依《きえ》して尼僧になっていたという噂も、秘かに囁かれている。実は、この修道院が〝キルデアの修道院〟と称されるのは、この言伝えに由来している。〝オークの木の教会〟を意味するアイルランド語なのである。このキルデアの修道院のバナティー〔執事〕として修道院内部の一切の問題を取り仕切り修道院生活を軌道に乗せている人物が、このエフナ修道女なのだ。

「院長様が、すぐに院長室へ来るようにと、お呼びです」彼女はフィデルマにそう告げて、鼻を鳴らした。これが、彼女の癖《くせ》だった。自分の言葉の区切れ目ごとに鼻を鳴らさないことには、話ができないようだ。

修道女フィデルマは訝《いぶか》りながら立ち上がると、修道女たち全員が頭を下げて敬虔《けいけん》に詠唱を続けつつも好奇の目で自分を追っていることを意識しつつ、初老の尼僧に従って、大食堂を後にした。

キルデアの修道院長イータは、院長の書斎とされている部屋で、長いオーク材のテーブルを前に、坐っていた。彼女の顔つきは、硬かった。そこには、決然とした表情が浮かんでいた。五十代であるが、イータは今も美しく威厳を備えた女性で、その琥珀《こはく》色の瞳には、いつもなら穏やかな陽気さがきらめいているはずだ。しかし今は、室内を照らしている二本の長い蜜蠟《みつろう》の蠟燭《ろうそく》がちかちかと映って不自然なきらめきを見せているため、表情を読み取ることは難しい。野生のヒヤシンスと黄水仙の甘い香りが混ざり合って、室内に快い香気を漂わせていた。

「お入りなさい、シスター・フィデルマ。タラへの旅は、順調でしたか?」

「はい、院長様」と答えながら、フィデルマは部屋の中へと入っていったが、エフナ修道女も続いて入ってきて、扉を閉め、両手を法衣の袖の中で組んで、その前に立ったことに気づいた。

フィデルマは、考えをまとめようとしているらしい院長の様子を、静かに見守った。院長の視線が、突然、テーブルに載っている五、六個の小石の上にとまった。彼女は立ち上がると、フィデルマに謝るような素振りを見せながら、小石をさっと容器の中に掻き入れた。それからフィデルマを振り返って、弁解気味の笑みを浮かべて、椅子に戻った。

「小さな石庭を作ろうと、少し小石を集めていたのです」院長は、その必要を感じたかのように、そう説明を加えた。「でも、物が散乱しているのは嫌いでしてね」そのあと、イータ修道院長は口許をぐっと引き結んだまま、何かためらっている気配を見せた。だが、すぐに肩をすくめると、突然、本題に取り掛かった。

「大食堂には、居合わせていましたか？」

「はい、おりました。タラから戻ったばかりの時でした」

「私どもの修道院に重大な影響を及ぼす事件が、起こりました。私どもの客人、〝ギルマンタンのシローン〟が、死亡したのです。修道院の薬剤担当者が言いますには、毒死だそうです」

フィデルマは、驚愕の表情を面に出すまいと努めた。

「毒死ですか？　事故だったのでしょうか？」

「それは、まだわかっておりません。薬剤担当の修道女が、今、大食堂の料理を調べているところです。私が皆の食事を差し止めたのも、そのためです」

修道女フィデルマは、眉を寄せた。

「このシローンという人は、院長様の食前の祈りが終わる前に、もう食べ始めていたということでしょうか、院長様?」と、フィデルマは訊ねた。「覚えておいでかと思いますが、あの人は、院長様のお祈りが終わる前に、苦悶の叫びをあげ、床に倒れましたわ」

院長はちょっと目を瞠ったが、すぐに頷き、フィデルマの指摘に同意した。

「今の観察、謎の解明者としてのあなたの名声の正しさを証《あか》していますね、フィデルマ。このような事態についても〈ブレホン法〉に関しても通暁している人物がこの修道院にいてくれるとは、私どもにとって、ありがたいことです。実際、私がシスター・エフナにあなたを連れてくるよう命じたのも、そのためでした。旅から戻ったばかりであることも、疲れているであろうことも、承知しています。でも、これは重大な事態なのです。あなたに、シローンの死に関する調査に、即刻取り掛かってもらいたいのです。できる限り迅速なる事態の解明が、ぜひとも必要なのです」

「どうして、そのように急がねばならないのでしょう、院長様?」

「シローンは、重要な人物でしてね。〝ラー・イムゴーンのイー・ファルギ〟小王から依頼を受けて、この地に滞在しておられたのです」

フィデルマにも、その意味はわかった。

このキルデアの修道院が建っているのはイー・ファルギ小王国の領内である。歴代のイー・

ファルギ小王は、要塞ラー・イムゴーンを王家の住まいとしておられるが、これはエイリーン沼沢地として知られる荒野にほど近く、キルデアのすぐ西方に当たる。いくつかの疑問がフィデルマの胸に湧き上がってきた。しかし今は、口を閉ざしておこう。後で訊ねてみればいいことだ。修道院長が、単にイー・ファルギと呼ばれることもあるこの地域の小王コンガルの不興を買いたくないと望んでいることは、明らかだ。なぜなら、〈ブレホン法〉の下でキルデアの修道院に敷地を貸与しているのは、小王コンガルと彼の一族であり、彼らの機嫌を損ねれば、修道院はいとも簡単にこの地から追い立てられてしまうのだ。寺院や修道院の敷地は、全てその地方を治めているクラン〔氏族〕から、彼らの集会の決定によって貸し与えられているにすぎないからだ。それというのも、古代アイルランドでは、土地の純粋な個人所有は認められておらず、土地は全て公《おおやけ》のもので、王国や部族の意思決定を行なう彼らの集会の判断によって、配分され、割り当てられていたからである。

「院長様、このシローンというのは、どういう人物だったのでしょう?」と、フィデルマは訊ねてみた。「イー・ファルギ小王国を代表して、こちらに見えていたのですか?」

それについて、一区切りごとに鼻を鳴らしながらも進んで情報を授けてくれたのは、エフナ修道女だった。

「シローンは、キルマンタンの鉱山で仕事をしていたアハダン〔技術者〕だったとか。来客棟でお世話をしていたフォラマンから、そう聞きました」

「そのような人が、この地で何をしていたのでしょう？」

院長が、エフナ修道女にちらっと警告の目配せをしたような気がする。だが、フィデルマの目が捉えたのは、エフナ修道女が思わず院長を見やった、そのわずかな気配だけだった。フィデルマは院長へ目を転じたが、その顔は静かで、何の感情もうかがわせてはいなかった。フィデルマは、そっと溜め息をもらした。

「わかりました、院長様。調査は、お引き受けいたします。私が会いたいと考える人たち全員から聴き取りが行なえますよう、そのための完全な権限を、お授けくださいますか？」

「我が子よ、あなたはブレホン法廷のドーリィー〔弁護士〕です」と院長は、かすかな笑みを浮かべてフィデルマに答えた。「それも、アンルー〔上位弁護士〕という高い資格を持った弁護士ですよ。法律に関して、私の権威は、必要ありますまい。ブレホンの権威を、お持ちなのですから」

「それでも、この修道院の長《おさ》としての院長様のお許しと祝福を頂きたいのです」

「では、それを授けましょう。この仕事のために、修道院の大図書室をお使いなさい。何か報告すべきことが見つかりましたら、ただちに私に知らせてください。主と共に、お進みなさい」さらに院長は、ラテン語で、「〝恩寵与え給う主を、称へん〟」と付け加えた。

修道女フィデルマは敬虔に膝を屈めて、院長の祈りの言葉を受けた。

そして、習慣的に、その先を同じくラテン語で続けた。「〝その全ての御業《みわざ》の、聖なるかな〟」

暗い陰に包まれている大図書室の照明として、灯芯を注ぎ口で支える形をした粗い素焼きのランプを二個、エフナ修道女が調えてくれた。聖ブリジッド修道院の全書籍や宝物を収蔵している、修道院付属大図書室である。いつもなら、ここに収められている諸々の偉大なる作品を見守るルーウァー・カマダッハ〔司書〕が坐っているはずのテーブルの前に、修道女フィデルマは腰を下ろした。広々とした大図書室の壁には、見事な細工が施されている革製のティアグ・ルーウァー〔書籍収納鞄〕に収められた羊皮紙の貴重書が幾列もの掛け釘に吊るされて、収蔵されていた。また、キルデアの大図書室は、多数の〈詩人の木簡〉[3]の蒐集でも、その名を馳せていた。これは、榛《はしばみ》やアスペン（ポプラ、ハコヤナギの類）の小枝にオガム[4]を刻みつけたもので、ラテン文字が用いられるようになるまでの久しい歳月、アイルランドでは、この方法で自分たちの学問・文芸を記録していたのである。

ずらりと並び吊るされている書物が湿気によって損なわれるのを防ぐために、図書室の暖炉には常時火が入っているのだが、それにもかかわらず、内部は冷えきっていた。

エフナ修道女は、フィデルマが聴取したいと考える人たちを探して連れてくるという役目を、修道院執事として、自ら買って出てくれていた。彼女は、ランプの火が燻《いぶ》って獣脂《じゅうし》蠟燭の臭いが図書室に立ちこめることがないようにと、鼻を鳴らしながらではあるが、灯芯の調節も見てくれた。

エフナ修道女が自分の任務の一つと決めているらしいランプの調整という仕事を終えたのを

見て、フィデルマは、「先《ま》ず、シローンの死因を確認することから始めましょう」と彼女に告げ、さらに一瞬考えたうえで、言葉を続けた。「薬剤担当の修道女に、こちらへ来るよう、頼んでいただけますか?」

ポティガール修道女は、一見、神経質そうな尼僧だった。神経を張りつめながらひょこひょこと歩くところや、時々、まるで頭を首の先から前へ投げ飛ばそうとするかのように、長い首を急に突き出すところなど、ついフィデルマに鶴を連想させた。しかしフィデルマは、この修道院に入った時から、彼女を知っている。彼女のいかにも心配性らしい見かけの下に、こと植物学や化学に関する限り、きわめて鋭く分析力に富んだ知性が潜んでいることを、フィデルマは承知していた。

「〝キルマンタンのシローン〟の死因は、なんなのでしょう?」

ポティガール修道女は、頭をさっと突き出して、またすぐにすっと引っ込めながら、一瞬、口許をすぼめた。

「コニウム・マクアトゥムです」ポティガール修道女は、喘《あえ》ぐように、そう答えた。

「毒人参《ヘムロック》ですって!」修道女フィデルマは、眉を寄せた。

「はっきりと、痙攣《けいれん》と麻痺《まひ》が見てとれました。そして、私どもが大食堂から運び出そうとしている間に、もう息を引きとられたのです。それに……」と、彼女は言いよどんだ。

「それに……?」と、フィデルマが励ますように、彼女に先を促《うなが》した。

ポティガール修道女は、ほんの一瞬、下唇を噛んだが、すぐに肩をすくめた。

「今日、午後もまだ早い時間でしたが、水に浸して入れてあった、この薬草の壺が薬剤室から持ち出されていることに気づきました。今朝は、ちゃんとあったのですよ。でも、晩禱の二時間前には、失せていました。礼拝式が終わったら院長様にこのことを報告しなければと、考えていたところでした」

「でも、どうして、このような毒草を薬剤室に備えていらしたのです？」

「適量を用いれば、鎮静剤や鎮痛剤として、役立つ薬草なのです。ほとんどの発作的な症状に、よく効きます。私どもは、薬剤室に常備しているだけでなく、修道院の庭でも、栽培していますよ。私とフォラマンで、ほかにも多くの薬草を育てています。その中でも、毒人参はさまざまな病気を治すことができる薬草です」

「でも、人を殺すこともできますわね。古代ギリシャでは、処刑方法として、これを用いたそうですし、ユダヤ人は石子詰めの刑を受ける者の苦痛を和らげてやるために、使っていたとか。十字架にかけられた主イエスにも、お苦しみを減じるために、酢と没薬《ミルラ》と毒人参が与えられた、という説を聞いたことがあります」

ポティガール修道女は、ぎくしゃくとした動作で、小刻みに頷いた。

フィデルマは一、二分待ってみたうえで、彼女に訊ねた。

「その毒は、大食堂で出された食事の中に入れられていたのですか？」

「いいえ」

「確信がおありのようですね？」フィデルマは少し興味をそそられて、ポティガール修道女をじっと見つめた。

「ええ、確信しています。この毒は、即効性ではありませんから。それに、夕食として大食堂で出される料理は前もって私が点検するのですが、毒が混入されていた形跡は、全くありませんでした」

「では、毒は、シローンが大食堂に入ってゆかれる前に服用されていた、とおっしゃるのですか？」

「そのとおりです」

「シローンは、自分で毒を飲まれたのでしょうか？」

ポティガール修道女は、肩をすくめてみせた。

「そこまでは、私にはわかりません。でも、そんなことはありそうにないと、申し上げられますね」

「どうして？」

「毒人参の毒による死は、大変苦しいものです。自分が間《ま》もなく踠《もが》きながら死ぬと知っている人間が、大食堂に夕食を摂《と》りに行くでしょうか？」

フィデルマも、これは理屈に合っていると、納得した。

「水に浸した毒人参の葉が入っていた壺を、シローンの部屋や来客棟で探されましたか？」

ポティガール修道女は、神経質な動作で、素早く頭を横に振った。

「では、それがあなたにやっていただく、次の、それも緊急の仕事です。見つかりましたら、すぐに私にお知らせください」


フィデルマは、次にフォラマンに会うことを求めた。大柄で、がっしりとした体格の男だった。彼は修道士ではなく、来客棟の宿泊施設の世話をするために修道院に雇われている平信徒だった。どこの修道院も、来客棟の世話係として、召使いを雇っているのが常である。この修道院におけるフォラマンの役目も、男性宿泊者の求めに応えて用を足したり、修道女たちには無理な仕事を引き受けたり、庭仕事できつい作業を手伝ったりすることであった。

肩幅が広く、髪は狐の毛のような赤毛だった。赤ら顔で、水のように淡い色の瞳をしている。それに、顔には、まるで通りかかった荷車に泥をはねかけられたように雀斑《そばかす》が散っていた。年の頃は、四十代の半ばだろうか。彼には、大人の狡《ずる》さめいたものが全くなかった。むしろ男の子がそのまま大きくなったといった男で、若者が持つ無邪気な感受性を、今も留めていた。一言で言えば、ごく純朴な男だった。

「ここで何が起こったかは、知っていますね、フォラマン？」

フォラマンが口を開いた。口許に覗いている歯は、黒ずんでいた。どうやら〝身体の清潔〟

（諺の〝清潔は、敬神に次ぐ美徳〟への言及）には無関心な男らしいと、修道女フィデルマは、いささか辟易《へきえき》としながらそれを眺めた。

フォラマンは、無言で頷いた。

「シローンについて、知っていることを話してください」

男は、ぼんやりと頭を掻きながら答えた。

「ここのお客人でしたわ」

「それから？」と、フィデルマは促した。「キルデアに到着されたのは、いつです？」

フォラマンの顔が、ほっとしたように明るくなった。彼には、ごく直接的に質問したほうがいいらしい。フォラマンは、彼女がこれまでに会った人間の中で、ごく頭の回転が速い男とは、とても言えないようだ。彼には、明敏な理解力は乏しく、ものを考えるにも、時間がかかるのであろう。

「八日前の晩に、来なさったです、キャラッハ」フォラマンは、修道女たちを皆、キャラッハという肩書きで呼んでいた。キャラッハとは、ヴェイルを意味するアイルランド語のカエラから来た単語で、〝ヴェイルを被る者〟のことであり、一般の人々は修道女のことを、こう呼んでいるのだ。

「あの客人がどういう方であったか、知っていますか？」

「そのことなら、誰でも知ってまさあ、キャラッハ」

「聞かせてください。私はこの二週間、キルデアを離れていましたのでね」

「ああ、そうでしたな」大男はそう相槌を打ちながら、フィデルマの質問について考えこんだ。

「ええーと、キャラッハ、あのお人は、キルマンタンの山地の鉱山の精錬技師だって言ってなさったです」

「それ、何の鉱山でしょうね、フォラマン？」

「ああ、金の鉱山でさ、キャラッハ。金鉱山で働いてなさったそうで」

フィデルマは、危うく目を大きく瞠りそうになった。

「でも、そのシローンが、どうしてキルデアに来ておられたのでしょう？　この辺りには、金鉱脈など、ないのに」

「イー・ファルギの王様が、そうお命じになったようですわ」

「本当ですか？　どうしてなのか、知っていますか？」

フォラマンは、赤毛の頭を振った。

「いいや、キャラッハ、知りませんな。あのお人は、来客棟には、あんまりいなさらんでしたから。夜が明けるとすぐ出かけなさって、帰ってきなさるのは夕飯の時間でしたんで」

「見当がつきますか、シローンが、今日の午後、どこへ行っていらしたかについて？」

大男は、頭を掻きながら、考えこんだ。

「今日だけは、早くに帰ってきなさって、来客棟の自分の部屋にこもってなさったです」

「午後は、ずっと？」

フォラマンは、ためらった。「帰ってきなさってすぐ、院長様に会いに行かれたです。少しして、怒った顔をして出てきなさった。そして、自分の部屋に引っこもりなさった」

「どうして腹を立てているのか、わけを話されましたか？」

「いいや、キャラッ八。儂《わし》は、〝何か要《い》るものはありませんかね〟って、お訊ねしたです。儂の務めですからな」

「それで、飲み物を求められたのですね？」

「はあ、ただ水を……いや、違った、蜂蜜酒《ミード》でしたわ。ほかには、何も」

「蜂蜜酒は、届けたのですね？」

「はあ、厨房から、陶器の水差しに入ったやつを」

「それは、今、どこにあります？」

「来客棟の部屋の掃除は、まだやっとりません。今も、あそこにあるんじゃないですかな」

「毒人参がどういう毒草か、知っていますか？」

「危ない草でさ。そのことは、知っとります」

「どのような見かけをしているかも、知っていますか？　この草の形や色などを？」

「儂は、ただの、しがねえ召使いでさあ、キャラッ八。そんなこと、知らねえです。シスター・ポティガールなら、知ってなさるだろうが」

「では、シローンが蜂蜜酒を所望したので、それを届けた、ということですね。シローンは、それをすぐに飲まれましたか、それとも、蜂蜜酒の水差しはお渡ししただけだったのですか？」

「儂は、水差しをお渡ししてきました」

「誰かに、それに触れる機会がありましたか？」

フォラマンは懸命に思い出そうとして、顔をしかめた。

「わかりませんわ、キャラッハ。誰か、そうすることができたかもしれんです」

フィデルマは、微笑んだ。「気にしないで、フォラマン。それより、教えてください、シローンは、その後はずっと、晩禱の時刻まで、確かに自分の部屋にこもっていらしたのですか？」

フォラマンは眉をしかめていたが、やがて頭をゆっくりと振った。

「そのことは、儂には、はっきりとはわかんねえです。ただ、そうじゃねえかなって気がしただけでさ。それに、〝明日《あす》、夜が明け次第、修道院を発つ〟って言いなさって、荷造りをしとられましたからな。鞄に身の回りの品を詰め始めてなさったし、儂にも、〝明日の朝、俺の栗毛の馬に鞍《くら》をつけて、すぐ出発できるようにしとけ〟って、言いつけなさっとりましたからな」フォラマンは、ここで口ごもったが、またすぐに、おどおどした様子を覗かせながら、先を続けた。「その時、儂を厩《うまや》に連れてゆきなさったです。ああ、そうでしたわ、やっぱしシローンは、来客棟の外に出て行きなさってますな、キャラッハ」

「どうしてシローンは、厩までついてこられたのでしょう？」とフィデルマは、戸惑《とまど》いに眉を寄せながら、フォラマンに訊ねた。

「そりゃあ、儂にご自分の馬を教えなさるためでさ。厩には、何頭もの馬がいますが、儂にとっちゃ、どの馬も同じだもんで」

フィデルマは、唇を嚙んだ。そうだった、フォラマンは色の区別がつかないのだった。彼女は頷き、安心させるように、大男に微笑みかけた。

「わかりました。でも、シローンは、自分が何について怒っているのか、どうして修道院から出立しようとしているのかについては、何も言われなかったのですね？」

「そうでさ、キャラッハ。ただ、〝ラー・イムゴーンへ行く〟って言いなさっただけでしたわ」

扉が開き、ポティガール修道女が戻ってきた。フィデルマがちらっと視線を向けると、薬剤担当の修道女は、鳥のような動作で、素早く頷いた。

フォラマンは戸惑ったように、一人からもう一人へと目を移した。

「もう、いいですかね、キャラッハ？」

フィデルマは、安心させるように、彼に笑いかけた。

「今のところは、これで結構ですよ、フォラマン」

大男は、図書室から出て行った。フィデルマは椅子の背にもたれて、眉をしかめながら、オークの扉を見つめた。胸の奥で、何か気になる鐘の音が、遠くから聞こえてくる。彼女は、しばらく眉間《みけん》を押さえていたが、いっこう考えが鮮明に見えてこない。彼女は苛立たしげに吐息をついて立ち上がると、気懸《きが》りそうなポティガール修道女を振り向き、問いかけるように彼女を見つめた。

ポティガール修道女が、それに応えてくれた。「シローンが使っていた部屋で、蜂蜜酒の入った水差しが見つかりました。毒人参の嫌な臭いは蜂蜜酒でごまかされていましたけど、それでも毒人参の痕跡を見分けることができましたよ。一口飲めば、大の男でも殺せるほどの毒でした。でも、薬剤室から持ち出された、毒人参の葉が浸してあった壺のほうは、見つかりませんでした」

「ありがとうございました、シスター・ポティガール」とフィデルマは頷いた。彼女が出て行くのを待って、フィデルマはふたたび椅子の背に身をもたせかけると、深い溜め息をついた。

エフナ修道女は、困惑の面持ちで、フィデルマを見守った。

「今度は、なんでしょう、シスター？　聴き取りはもうお済みですか？」

修道女フィデルマは、首を横に振った。

「いいえ、まだ終わってはいません、シスター・エフナ。それには、まだほど遠いようです。実のところ、ここでは不可解なことが起こっています。シローンは、殺害されました。その点は、確かです。でも、なぜでしょう？」

その時、突然、門の辺りから、騒々しい物音が聞こえてきた。修道院の門は、いつも晩禱が終わるとすぐに閉じられ、夜が明けるまで開かれることはない。エフナ修道女は、彼女の威厳が許す限りの素早さで、図書室の窓辺へ急いだ。

「馬に乗った人たちが五、六人、到着しています」と彼女は、咎めるように鼻を鳴らした。「でも、王家の旗を掲げていますわ。私はお出迎えに行かないと」

修道女フィデルマは、上の空で、彼女に頷いた。フィデルマがふとあることに思い当たったのは、エフナ修道女が修道院執事としての責任を果たそうと慌てて出て行ってからだった。フィデルマは窓に近づき、中庭を見下ろした。

松明《たいまつ》の揺らめく光の中に、数人の騎者たちが馬から下りようとしているのが見てとれた。フォラマンがすでに進み出て、それを手伝っていた。松明の明かりは、彼らが戦士たちであり、中の一人がラー・イムゴーンのイー・ファルギ小王の国王旗を掲げ、別の一人がリハンダール〔王家の灯り〕をかざしていることを見てとるに十分なほど、明るかった。王侯やそのターニシュタ〔次期継承者〕の夜間の外出の際に道を照らすことになっているのが、このリハンダールである。今到着した一行は、普通の来訪者ではないのだ。フィデルマは、日ごろのたしなみを忘れ、口許をすぼめて、音のない口笛を吹いてしまった。

それからわずか数分後に、図書室の扉が無作法にさっと押し開かれ、頑強な体格の若者が入ってきた。後ろに一人、男がつき従い、さらにその後ろから心配そうな顔をしたエフナ修道女もついてきた。フィデルマは窓の前から振り返り、侵入者たちを静かに見守った。

頑強な若者が、一歩前へ踏み出した。旅路の埃が、豪華な装飾を施した衣服から、まだふるい落とされてもいない。その鋼《はがね》色の目は刺し通すように鋭く、何一つ見逃しはしないだろう。美男子で、いかにも傲慢《ごうまん》そうだ。その態度が、地位ある男であることを物語っていた。

「こちらが、シスター・フィデルマでございます」戸口からおどおどしながらも前へ急いで出てきたエフナ修道女が、若者の横に立って、上ずった声で、彼にそう告げた。鼻を鳴らすことは、忘れてしまったらしい。

フィデルマは動こうとはせず、ただ若者をじっと見つめた。

「〝ギルマンタンのシローン〟が死んだと聞かされたぞ。それも、毒殺だという。その件の調査を、その方が行なっていると聞いたが？」これは質問ではなく、言明であった。

修道女フィデルマは、この若者の横柄な態度に、答えてやる必要を認めなかった。

彼女の機敏な緑色の目が、彼の顔をさっと見まわした。その顔は、彼女が答えようとしないのを見て、険《けわ》しくなった。だがフィデルマは、視線をしばらく相手の顔に留めたあと、それを彼の傍《かたわ》らに立つ屈強な戦士へ移し、さらに見るからにおろおろしているエフナ修道女へと向けた。フィデルマの眉が、問いかけるようにわずかに吊り上がった。

「こちらは、イー・ファルギ小王のターニシュタ、ティラハーン様でいらっしゃいます」エフナ修道女が喘ぐような声で、それに答えた。

ターニシュタとは、王や族長が薨《こう》じられたり廃位させられたりした際に後継者争いが生じることを避けるために、彼らの在位中に選出されている次期継承者のことである。

フィデルマは自分の椅子に戻り、ティラハーンにテーブルをはさんだ向かい側の席につくよう身振りで示しながら、腰を下ろした。

若い公子の顔に、彼女の態度への驚きが浮かんだ。次いで、頬が怒りに赤く染まった。

「私は、シスター・フィデルマです」彼の激した言葉が口からほとばしり出ようとする機先を制して、フィデルマはそう名乗った。「ブレホン法廷に立つドーリィーで、アンルーの資格も持っております」

ティラハーンは口まで出かかっていた言葉を呑みこみ、敬意を混じえた諒解の色を面に浮かべた。ブレホン法廷のドーリィーは、とりわけアンルーの資格を備えたドーリィーともなると、〈上位の王〉や小王（大族長）と同等の地位にある者とみなされ、彼らに直接会うことができる。さらにその上に位する大王その人とさえ、自由に話をすることができるのだ。アンルーの上に位置するのは、最高位の智者、オラヴだけであり、オラヴの言葉には、大王でさえも従わなければならないのである。ティラハーンは、そのような権威を持つ人物にしてはあまりにも魅力的で若々しいフィデルマ修道女に驚かされて、畏怖《いふ》さえ覗く視線で彼女を見つめた。彼は歩み寄り、彼女に向かい合った席に腰を下ろした。

「どうか失礼をお許しください、修道女殿。シローンの死を調査しておられる方だとだけ聞かされて、あなたの資格について知らせてくれる者がいなかったのです」

フィデルマは、この謝罪の言葉にはわざわざ答えるまでもないと、聞き流した。ターニシュタの護衛戦士は扉を閉じて、その前に腕を組んで立った。エフナ修道女は、フィデルマ修道女を適切な形で紹介することを怠《おこた》った自分の失策に気づいて、心配そうな表情を浮かべ、唇を固く結んで、その場所にまだ立ち尽くしていた。

「多分、このシローンという人物を、よくご存じだったのでしょうね？」

「彼について、聞き知ってはいます」とイー・ファルギ小王の次期継承者は、フィデルマの言葉を訂正した。

「こちらへは、シローンに会いにいらしたのですか？」

「そうです」

「どういう目的で？」

ティラハーンは口ごもり、目を伏せた。

「私の主君であるイー・ファルギの用件ですので……」

ふたたび彼がためらいを見せたので、フィデルマはかすかに微笑んだ。主君の私的な用向きを口にすることには、躊躇《ちゆうちよ》があるようだ。

「私のほうで、言ってさしあげましょうか？」ふとある考えが閃《ひらめ》いて、彼女はそう助け舟を出してみた。そう、この推論は確かだろう。

「シローンは、キルマンタンから来た男です。そこは、確か、丘陵地帯に金鉱山が数多く存在する土地でしたね？　私ども、あの地方を、よく〝黄金のキルマンタン〟と呼んでいるくらいですから。そして、シローンは、資格を持った熟練技師だった。なぜ、ラー・イムゴーンを本拠となさるイー・ファルギの王が、他国のそのような人物に、ご自分の領内のキルデアに来るよう、お求めになったのでしょう？」

ティラハーンは、フィデルマの面白がっているような、それでいて深く見通すように鋭い視線を浴びて、落ち着かなげに身じろぎをした。それから、ほとんど不機嫌に居直ったような態度で、フィデルマに答えた。

「これからお話しすることを、外へおもらしにはならないでしょうな？」

「私は、ブレホン法廷のドーリィーです」と、修道女フィデルマは静かに答えた。これ以上言葉を添えて咎めだてるのは、控えるとしよう。

若い公子の顔が、紅潮した。しかし、彼のほうも、弁解する必要はないかのように、ふたたび話を続けた。

「ミレシアン[5]の血を引く第二十六代の大王、高貴なるティーガーンマス[6]がアイルランドで初めて金鉱の採掘を試みられて以来、黄金は国中で探し求められてきました。その後、北はデリーからアントリムまで、東はキルマンタンの山地やカーマンの海岸にいたるまでのアイルランド全土で、金は採掘されてきました。しかし、我々の宮廷を繁栄させ交易を盛んにするために、黄金の需要は増大するばかりです。我々は、新たな金鉱を探す必要があるのです」

「そこで、イー・ファルギ小王は、黄金を探させるために、シローンにキルデアへ赴くよう、お求めになった、というわけですね？」と、フィデルマは事態を解釈した。

「黄金の需要に、供給が追いつかないのです、シスター・フィデルマ。我々は、イベリアを始めとする遙か遠方の諸国から、金を輸入せねばならぬ有様です。黄金の必要は、切実です。グレンダナッハのオーガナハト一族が、現在、〝柊《ひいらぎ》の森の国〟のキローンにある金鉱の所有権をめぐって、オー・フィジェンティ小王国（アイルランド西部にあった小王国）と戦火を交えていることは、ご存じでありましょう？」

「それにしても、イー・ファルギの小王は、どうしてキルデアに黄金があるとお考えになったのです？」とフィデルマは、突然、疑問を投げかけた。

「それは、ある老人が思い出したからです、かつてキルデアの地に、金鉱が一つあったと。しかし、この知識は、久しく人々の記憶から消え失せていました。老人のこの思い出話を耳にされて、イー・ファルギはシローンを探されたのです。金鉱脈の探索に関して、この男の才能はキルマンタンの山地の人々の間で伝説と言ってもいいほどですので、王はシローンに、キルデアへ赴き、失われた金鉱脈を発見してくれと、依頼されたのです」

「それで、シローンは、それを発見できたのですか？」

さっと、怒りの色がターニシュタの面を染めた。

「それを知ろうと、こちらへやって来たのです。すると、彼は殺されたというではありませんか。毒でもって。一体、どういうことなのです?」

フィデルマは、眉間に皺《しわ》を寄せた。

「私は、それを明らかにしようと、調査をしているところです、イー・ファルギのターニシュタ殿」

フィデルマは背をもたせて深く坐りなおし、考えこむような目で、若いターニシュタをじっと見つめた。

「ここで、誰がシローンの使命のことを知っているのでしょう?」

「このことを知っているのは、シローン、イー・ファルギ小王、次期継承者としての私、それに我が国のブレホンの長、それだけです。ほかには、知っている者はいません。金鉱の所在地についての知識は、人の心を掻き乱し、悪心へと走らせます。そのような知識は、人々の心が惑わされたりしないよう、伏せておくに越したことはありません」

フィデルマは、ややほかのことに気を取られている様子で、彼の言葉に頷いた。

「では、もし黄金が発見されれば、イー・ファルギ小王にとって、喜ばしいことになるのですね?」

「それに、イー・ファルギ小王国の領民にとっても、です。それは、諸王国相手の我が国の交易に、威信と繁栄をもたらしてくれます」

「でも、シローンはキルマンタンの人間、つまりイー・マイル小王国の領民ですよ。彼は、自分の主君にこの発見のことをもらさないでしょうか？」

「彼には、高額な報酬が払われています」ティラハーンは、顔をしかめつつも、そう答えた。だがその顔は、彼もそれを懸念していると、物語っていた。

「でも、イー・マイルが、あるいは北東のイー・フェイローン小王国さえもが、キルデアに金鉱山があると知れば、その所有権をめぐって、確実に、紛争を起こすのでは？　今、的確にお述べになったように、現に、オー・フィジェンティ小王国とグレンダナッハのオーガナハト一族は、キローンの金鉱をめぐって紛争中です」

ターニシュタは、苛立たしげに溜め息をついた。

「キルデアは、我がイー・ファルギ小王国の領内にあります。もし近隣の小王や族長たちがキルデアに侵入すれば、非は連中のほうにあるのですから、そうした侵攻を阻止するのが、我々の務めです」

「でも、私がお訊ねしているのは、そのことではありません。これは、敵意と戦乱へ突き進みかねない発見なのではないか、ということです」

「だからこそ、シローンの使命は、極秘でなければならないのです。シローンがキルデアにいた理由は、当人以外の誰にも知られてはならなかったのです」

「そして今、シローンは死んでしまった」と、修道女フィデルマは考えこんだ。「シローンが、明日ここを発ってラー・イムゴーンに戻ろうとしていたことを、ご存じでしたか?」

ターニシュタの顔に、驚きの色が浮かんだ。続いて、別の表情がそれにとって代わった。隠しきれない興奮の色だった。

「それは、もちろん、シローンが金鉱を発見した、ということです!」

フィデルマは、彼の論理を追いながら、かすかな笑みを浮かべた。

「どうして、その結論になるのです、ターニシュタ・ティラハーン?」

「シローンは、この地に来て、まだ八日です。彼がイー・ファルギに帰る理由は、任務の成功を報告するためとしか考えられませんよ」

「大まかな推論ですね。もしかしたら、キルデアの金鉱伝説の調査は無駄なものとわかったからかもしれませんよ」

ターニシュタは、彼女の考察を取り上げようともしなかった。

「彼が明日キルデアを発とうとしていたことは、確かなのですか?」

「シローンは、私どもの召使いのフォラマンに、そのつもりだと告げていました」とフィデルマは、その点ははっきりと肯定した。

ターニシュタは顔を興奮で染め、指を鳴らした。

「いや、そうですよ。金鉱は、発見されたのです。シローンが、こうも短期日のうちに探索を諦めるはずはない。でも、どこで？　どこで見つけたのだろう？　金鉱は、どこにあったのだろう？」

修道女フィデルマは、ゆっくりと首を横に振った。

「それよりも、シローンがどうして死に襲われることになったのか、その解明のほうが、より大事な問題です」

「ありがたいことに、それは私の仕事ではありませんでね、シスター・フィデルマ」若い公子の返事は、好都合と言わんばかりの口調だった。「しかし、私の主君イー・ファルギは、シローンが発見したに違いない金鉱山の所在地を、ぜひとも把握《はあく》される必要があります」

修道女フィデルマは立ち上がり、ティラハーンにも、そう促した。

「あなたも部下の方々も、今夜は私どもの来客棟にお泊りになることと思います。もう、そちらへいらして、旅の埃をさっぱり落としたいとお思いのことでしょう、ティラハーン。この先、お知りになるべき情報は、常にご報告するよう、計《はか》らいます」

ターニシュタは、まだ話があるといった様子であったが、立ち上がり、護衛戦士に身振りで図書室の扉を開けるよう、指示を与えた。しかし扉のところで躊躇し、振り返った。フィデルマに、もう少し迫りたいかのようであった。

「〝恩寵に充《み》てる主の祝福がありますように〟」とフィデルマは、きっぱりとラテン語の挨拶の言葉を告げて、彼を立ち去らせた。彼は溜め息をつき、眉をひそめつつ、去っていった。

彼が立ち去ると、フィデルマはふたたび腰を下ろし、両手の掌《てのひら》を伏せてテーブルの上に伸ばした。この姿勢で、彼女はしばらく深い物思いに沈んでいた。エフナ修道女のことは、すっかり忘れていた。とうとう修道院の女性執事のエフナ修道女は、空咳でもってフィデルマの注意を物思いの底から引き戻そうとした。

「もう、これで、お済みですか?」彼女の問いには、期待の色が濃かった。

修道女フィデルマは、ふたたび立ち上がり、頭を振った。

「とんでもない。今度は、来客棟のシローンの部屋を見たいと思います。このランプを一つ、持参してくださいますか?」

来客棟の客室は、修道院の尼僧たちの個室と、大して変わらないものだった。灰色の石造りの暗い小部屋で、窓はごく小さな細いものが一つあるだけだ。それには、冷たい夜気を防ごうと、重い羊毛の織物がかけられていた。片隅には、藁布団《わらぶとん》と毛織りの毛布が載っている小さな松材の寝台が見える。家具としては、ほかに腰掛けとテーブルが一つずつ備えられている。テーブルには、照明具が一個だけ、置かれていた。来客棟には、ごくつましい照明しか備えられていないのだ。それも、表皮を剝《は》いで獣脂に浸した灯芯草《とうしんそう》一本である。頼りない明かりだ。しかも、たちまち燃え尽きてしまう。フィデルマがオイル・ランプを一個携えるほうがいいと判断したのも、このためであった。

修道女フィデルマは部屋の入り口で立ち止まり、エフナ修道女がランプをテーブルの上に置くまで、室内を注意深く観察していた。

シローンは、明らかに旅支度をしていた。重い肩掛け鞄が一個、もう少し小型の革製の道具入れと並べて、寝台の上の足許のほうに置いてあった。

フィデルマは寝台に近寄り、革の道具鞄を取り上げてみた。ずっしりと、重かった。中を覗いてみると、道具類が入っている。シローンの専門に関わる道具であろうと、推測がつく。彼女はそれを脇に置き、次に肩掛け鞄のほうを覗いてみた。中は、シローンの身の回りの品々だった。

やっと、フィデルマはエフナ修道女を振り返った。

「ここでの私の調べは、もうすぐ終わりましょう。院長様のところへ行って、私が一時間以内に院長室でお目にかかりたがっていると、伝えていただけませんか？　院長様と二人きりで、お目にかかりたいのです」

エフナ修道女は鼻を鳴らし、口を開いて何か言いかけたが、思い直したらしく、頭をこっくりと頷かせて出て行った。

フィデルマはシローンの身の回り品の入っている肩掛け鞄へ向きなおり、中の品物を一つ一つ取り出しては、丹念に調べていった。全て取り出し終えると、鞄に手を差し入れた。彼女は指先で内部を探《さぐ》り、片手でランプをかざしながら、指についた埃を調べてみた。そして、眉を吊り上げた。

そのあと、ふたたび道具鞄に注意を戻し、道具や器具類も入念に調べてみた。肩掛け鞄と同様、この道具鞄の底にも指先を走らせ、ランプの光を当てながら、指についた埃も注意深く調べてみた。

彼女がそれらの品を全て元通りに入れなおしたのは、慎重な観察が終了してからであった。次いでフィデルマは膝をつき、床をゆっくりと、一インチ、また一インチと、調べだした。小さな岩のかけらと見えるものが手に触れたのは、彼女が木の寝台の下を探っていた時だった。それを指先ではさむように摑み取ると、フィデルマはあとじさりをして寝台の陰から離れ、握っている何かに、ランプの光を当ててみた。

一瞥《いちべつ》した限りでは、荒っぽく割られた岩の小片としか、見えなかった。しかし彼女は、それを床の敷石に擦《こす》りつけてから、もう一度、ランプの光を当ててみた。

岩の一部が、ちょうど彼女が敷石で擦った箇所が、きらりと黄色く光った。

満足の表情が、フィデルマの面に広がった。


イータ修道院長は、背筋をきりっと伸ばした姿勢で、坐っていた。だが、その静かな落ち着いた顔に浮かんでいる表情には、全く自然なものと言うには、やや構えた気配が感じられる。院長の姿勢は、先ほどフィデルマが会った時以来一度も椅子から立つことがなかったかのように見える。イータ院長は、頭上で円を描いて旋回している鷹を見守る黒貂《くろてん》のように用心深く、その琥珀色の目で修道女フィデルマを見つめていた。

「坐っても結構ですよ、シスター」と、院長が口をきった。異例の許可だ。これは、一修道女に対するものではなく、修道女フィデルマの法律家としての地位への敬意を示す許可なのだ。

「ありがとうございます、院長様」と答えながら、フィデルマはイータ院長に向かい合う椅子に、腰を下ろした。

「夜もかなり遅くなっていますが、調査のほうは、捗《はかど》っていますか?」

修道女フィデルマは、仄《ほの》かな笑みを頬に浮かべた。

「結論へ向かいつつあります」と、彼女はそれに答えた。「でも私は、もう少し情報を必要としております」

イータ院長は、先を促すように片手を振った。手首から先だけの動きだった。

「今日の午後、シローンが、院長様にお目にかかりに、こちらへ来ておりますが、彼がひどく腹を立てましたのは、どういうお話が出たからでしょう?」

イータ院長は、目を瞬《しばた》いた。いきなり核心を突くこの質問に、院長が驚いたことを示す唯一の反応が、これであった。

「シローンが私に会いに来た、ですと?」院長は時間を稼ごうとするかのように、即答を避けた。

修道女フィデルマは、きっぱりと頷いてみせた。

「はい、来ております。院長様もご存じのように」

イータ院長は、長い溜め息をもらした。

「愚かでした、あなたから真実を隠そうとするなんて。長いこと、あなたを知っていますのにね。常々、感じておりましたよ、一生を修道女として過ごすより、もっと現実社会の事柄を追求する道を、なぜ選ばれなかったのかと。ほかの者にはない、直感と理性を持っておいでなのですから」

フィデルマは、この賛辞は受け流して、自分の質問に対する院長の返答を待った。

「シローンは、報告をしにやって来たのです、彼が発見したあることについて……」

「忘れられていたキルデアの金鉱を、発見したのですね？」

今度は、イータ院長も、驚きがかすかな小波《さざなみ》のように顔の筋肉に伝わるのを、隠しおおすことができなかった。数秒間、懸命に平静を取り戻そうと努めたうえで、彼女はほとんど苦しげな笑みを頬に浮かべた。

「そのとおりです。この件について、イー・ファルギのターニシュタから聞かれたのでしょうね。彼が、今夜の宿りを求めて、たった今到着された、という報告を受けています。あなたは、シローンが鉱山に関して優れた技倆を持つ専門家であることも、大昔の金鉱を発見しその可能性を調べるようにと、イー・ファルギの王から命じられて当地にやって来たということも、もちろん、知っておいでのようですね？」

「存じております。でも、この使命のことは、シローンと、イー・ファルギ王およびターニシユタのティラハーン、そしてブレホンの長の四人しか、知らないことです。院長様は、どうしてこの件をご存じなのでしょう？」

「シローンがやって来て、私に告げたのです。今日の午後のことでした」

「それ以前では、ないと？」

「それ以前では、ありません」と、院長は断言した。

「そのあと何があったのか、どうかお聞かせください」

「シローンが会いに来たのは、午後でした。昼のアンジェラス[7]の時間はとうに過ぎていました。彼は、自分がキルデアで何をしていたかを、私に明かしました。実を言えば、私はそのことについて、うすうす気づいていたのです。彼は、八日前に、イー・ファルギ王の信任状を持って、当地に到着しました。キルマンタンの男がイー・ファルギ王の承認のもと、ここで何をするのだろう？　ああ、失われたキルデアの金鉱のことを、聞いたことがある――そこで、私は推測したのです」

院長は、一瞬、間《ま》をおいた。

「それで？」とフィデルマは、先を促した。

「彼は、やって来ると、何世紀か前に採掘されていた古い金鉱を発見し、そこへ入ってゆく通路も見つけた、と私に告げました。さらに彼は、金鉱脈の痕跡は今も存在しており、今でも採掘できる状態にある、とも言っていました。そして、イー・ファルギ王にこの発見を報告するために、明日、キルデアを発つことにする、と私に告げました」

「でも、院長様、なぜシローンはイー・ファルギ王との秘密を、院長様に打ち明けたのでしょう?」

イータ院長は、顔を歪めた。

「〝キルマンタンのシローン〟は、私どもの修道院に敬意を抱《いだ》いており、それで警告しに来てくれたのです。きわめて単純明快な話です。いいですか、シスター、この修道院は、その昔の、採掘場の真上に建っているのです。このことが一度《ひとたび》明らかとなるや、イー・ファルギ王が私どもに、この土地から、聖なるブリジッドがオークの大樹の陰で信徒を集めてキリストの教えを説かれ女子修道院を建立なされた、まさにその土地から退去せよと命じられることは、火を見るよりも明らかです。たとえその退去先がごく近くであろうと、私どもは聖ブリジッドとその後継者がたが葬られておいでになる土地を、手放さねばならなくなります。その方々の遺骨が土と一つに混じり合って、ここは聖なる土地となっております。その土地を、諦めねばならなくなるのです」

修道女フィデルマは、考えこんだ表情で、院長の苦悩に満ちた顔を見つめていた。その声に潜む抑えこまれた感情に、耳を傾けていた。

「では、院長様、シローンがこのことを院長様にお話しした目的は、修道院に警告するためだったのですか？」

「シローンは敬虔な人物でしたから、自分が何を発見したかを私どもに知らせなければ不公平だ、と考えたのです。私どもの修道院に、避けがたい事態に備える時間を与えてやりたいとのみ、念じてのことだったのです」

「では、彼が立腹したのは、なぜでしょう？」

イータ院長は、一瞬、口を固く閉ざしたが、ふたたび話し始めた時、その声はよく自制されて、しっかりとしたものだった。

「私は、彼に理を説こうとしました。失われた金鉱に関するこの秘密は、どうかそっとしておいてもらいたいと、頼みました。初めは、私どもが信じる共通の信仰のために、聖ブリジッドの思い出のために、信仰と私どもの修道院の未来のためにと、懇願しました。でも彼は、私の願いを丁重に、でもきっぱりと、拒みました。イー・ファルギ王に報告することは、自分が名誉にかけて誓った使命なのだ、と言って。

次に私は、それがもたらす重大な意味を指摘しようと試みました。金鉱の発見が広く知れわたるや、キローンの場合と同様に、戦乱が起こるであろうと」

フィデルマは、自分の考えを決然と語るイータ院長に、ゆっくりと頷いた。

「私も、キローンの鉱山をめぐって生じている流血事のことを、考えておりました、院長様」

「では、キルデアがイー・ファルギの領内ではありながら、北東のイー・フェイローンからはごく近距離、東南のイー・マイルから身を守るものは荒涼たるエイリーン沼沢地があるだけ、という地点に位置していることは、おわかりでしょう。〝黄金《とも》〟という言葉は、それがもたらすであろう権力を貪欲に求める王や族長たちの胸に、火を点すことになります。今は平和で心地よいこの愛おしい緑なす地は、兵士たちの血で、それにキルデアの緑の平野や丘辺《おかべ》と調和しながら生きてきた人々の血で、汚されることでしょう。私どもの修道院は、脱穀される小麦の籾殻《もみがら》のように、吹き飛ばされてしまうのです」

「でも、シローンは、どうして立腹したのでしょうか？」とフィデルマは、もう一度、問いかけた。

イータ院長の面に、苦渋の色が広がった。

「私がこのように説いても、彼は、この発見をイー・ファルギ王に告げることは、自分の義務だと言い張りました。そこで私は、それに続いて起こるであろうこと全てについて、彼は責任を問われるであろうと、告げました。彼に、言ってやったのです、この地の平和を壊した者として、神の呪いが彼を追い続けるであろう。彼はこの世でのみならず来世においても、忌《い》まわしい者とされることだろう。シローンの名は、キルデアの聖なるブリジッドの寺院の破壊者を意味する言葉となるのだと」

「それから、どうなりました？」

「シローンは怒りに顔を赤く染め、明日の朝、夜が明け次第、ここを出立する、と言い張りながら、部屋から飛び出してゆきました」

「次にシローンをご覧になったのは、いつでしょう?」

「晩禱の時まで、会っていません」

フィデルマは考えこみつつ、イータ院長の目をじっと覗きこんだ。

フィデルマの探るような視線を見返す院長の琥珀色の目が、暗く燃えた。

「あなたは、まさか……?」目の前の、自分より若い修道女の目に疑惑を読み取って、イータ院長は囁くように言いかけた。

フィデルマは、視線を伏せようとはしなかった。

「私は、ここに、ドーリィーとして立っております、イータ院長様。あなたの修道院の修道女としてではありません。私が関心を持っているのは、真実です。礼節ではございません。一人の男が、この修道院で亡くなったのです。毒によってでした。状況から見て、自分で服用したとは、考えられません。では、誰が、何のために? 久しく失われていた金鉱についての秘密が、イー・ファルギ王に報告されるのを妨げるためでしょうか? これは、理に適《かな》った推論と見えます。では、この情報を差し止めることによって何か得るところがあるのは、誰でしょう? そう、この修道院以外には、誰もおりません、院長様」

「それと、この周辺の人々も、です!」イータ院長は、腹立たしげに、ぴしりと言い返した。

「あなたの推論の中で、そのことを忘れてもらっては困ります、シスター・フィデルマ。この先の数年間に流されかねない流血の惨事が救えるかもしれないということも、忘れないで欲しいものです」

「正義を悪によって護ることがあってはならない——それが法律です。私は、何が法に適っているかを、判断しなければならないのです。私は、この修道院の一修道女としての立場を離れ、ブレホンの法廷に立つ法律家として、法に仕える身です。そのことを知っていらっしゃりながら、どうして私にこの件を調査するよう、お求めになったのです？　院長様ご自身が取調べを行なわれることも、おできでしたのに。どうして、私に？」

「このように重大な事柄に関しては、ブレホン法廷のドーリィーからの報告のほうが、イー・ファルギ王に対して、遙かに重みを持ちましょうからね」

「それでは、私が金鉱の存在を発見できないであろうと、期待なさっていらしたのですか？」と、修道女フィデルマは眉をひそめた。

イータ修道院長は動揺して、椅子からさっと立ち上がった。フィデルマも、それにつれて立ち上がった。フィデルマの視線が、心乱れた院長の視線と水平になった。

「率直におっしゃってください、院長様。イー・ファルギ王に報告が出されることを防ごうと、院長様がご自身で、シローンを毒殺なさったのでしょうか？　あるいは、そうなるようにと、何らかの手段を講じられたのでしょうか？」

しばらく、氷のような沈黙が続いた。大地の爆発に先立つかのような静けさだった。やがて、院長の面から怒りの色が薄れ、悲しみの表情がその顔を過《よぎ》った。彼女のほうが、年下の修道女より先に、激しい視線をそらした。

「シローンに毒薬を飲ませたのは、私の手ではありません。でも、白状しましょう、彼の毒死の知らせを受けて、胸に重くのしかかっていた私の悩みは、軽くなりました」

自分の小さな個室の静寂の中で、修道女フィデルマは、法衣を着たまま、両手を頭の下に組んで寝台に横たわり、じっと闇を見つめていた。蠟燭の明かりを消し、じっと闇の中を凝視しながら、はっきりと意識することなしに、シローンの謎に包まれた死についてのさまざまな事実を胸の内で思いかえし続けた。

何かが、彼女を真っ向から見つめている。あまりにも明白なので、かえって見逃している手掛かりだ。フィデルマは、自分の中に、その存在を感じていた。すぐそこに、この胸の中に、それはあるのに。ああ、それを引き出すことさえできれば。

シローンは、殺害されたのだ。彼が持っている情報のせいで。彼女は、心の中では、それを確信していた。

だが一方で、修道女フィデルマは、この情報が押し隠されることを容認する気持ちが自分の中にあることも、感じていた。

でも、それは法の求めるものではない。彼女がブレホン法廷のドーリィーとして遵守することを誓っている法は、そのようなものを目指してはいない。とは言え、法とは、人間の間で結ばれた契約にすぎないのだ。あまりにも厳しい法の掟《おきて》は、より大いなる不法となりかねない。法は、公平無私を貫くために、盲目であるべきだ。しかし、理想的な社会なら、法には、不運なる者と邪悪なる者とを見分けるに必要なだけの時間、自分の目を覆っている目隠しをはずことが許されてもいいのではないのか。

胸の内で、善悪の判断に関するこの矛盾を繰り返し考えているうちに、フィデルマはいつしか眠りに引き込まれていた。

フィデルマが先ず気づいたのは、誰かが腕を引っ張っているということだった。次いで、低く響くアンジェラスの鐘の音に気がついた。

彼女は目を瞬き、焦点を合わせようとした。まだぼんやりしている彼女の目の前に、エフナ修道女の蒼白く鷹のような顔が見えてきた。

「急いで、シスター、急いでください。また死者が出たのです」

フィデルマはぱっと身を起こし、信じかねる思いで、エフナ修道女を見つめた。夜明けにはまだ一時間ある時刻だが、修道院執事はすでにフィデルマの部屋の蠟燭に火を灯していた。

「また死者が？　誰です？」

「フォラマンです」

「どういう死に方を？」寝台から急いで下りながら、フィデルマは問いかけた。

「同じやり方です、シスター。毒薬です。急いで、来客棟にいらしてください」

修道院の召使いのフォラマンは、苦痛に歪んだ顔をして、仰向けに倒れていた。片手は無造作に投げ出されている。その二度と動くことのない指の延長線上に、何かが割れて床に散乱していた。フィデルマは、それへ目を向けた。元は、素焼きの高杯《ゴブレット》だったようだ。こぼれた液体が、敷石の床に黒っぽい染みを作っていた。

薬剤担当のポティガール修道女は、フィデルマより早く呼び寄せられて、すでに部屋に来ており、遺体を調べ始めていた。

フィデルマがそちらへ向かうと、ポティガール修道女はすぐに彼女に会釈をして、「ゴブレットの中に、毒人参が認められました」と、知らせてくれた。「シローンと同じようなやり方で、飲まされたのです。でも、フォラマンの場合は夜間でしたので、彼の最後の悲鳴を聞いた者は、誰もおりません」

修道女フィデルマは厳しい面持ちで室内をさっと見まわすと、エフナ修道女を振り向いた。

「私は、これから院長様を、お訪ねします。しばらくの間、誰も邪魔をしないよう、計らってください」

イータ修道院長は、自室の窓辺に立って、赤、金、オレンジに染まった明け方の空を見つめていた。

フィデルマが入っていくと、彼女はそれが誰かを確かめようと半ば振り返ったが、すぐに開いている窓へと姿勢を戻した。黎明《れいめい》の鮮やかな色合いが、室内を快い金色の霊気で満たしていた。

「いいえ、フィデルマ」院長は、フィデルマが何か言う前に、そう告げた。「私は、フォラマンを毒殺してはいませんよ」

「そのことは、存じております、院長様」

イータ修道院長は、それに驚いたように眉をひそめて振り向き、フィデルマをじっと見つめた。それから、腰掛けるようにと身振りで示して、自分も椅子に坐った。院長の顔は蒼ざめ、緊張していた。あまり眠ってはいないようだ。

「では、犯人が誰か、すでにわかっておいでなのですか？　シローンとフォラマンがどのように死んだのか、わかったのですか？」

修道女フィデルマは、頷いた。

「院長様、昨夜、私は、ドーリィーとして法律の目指す正義に仕えるべきか、それとも人間としての正義を求めるべきかと、悩み続けておりました」

「それは同じことではないのですか、フィデルマ？」

フィデルマは、静かに微笑んだ。

「時には、同じものです。時には、違います。たとえば、今回の事件がそうです。二つは、異なります」

「と言うと？」

「シローンが法の許さぬ形で殺害されたことは、はっきりしております。この神聖なる修道院の幾棟もの建物の下に金鉱脈が存在するという知識がシローンによって公にされるのを妨げるために、彼は殺されたのです。では、殺害者が彼を殺したのは、正しいことだったのか、非道なる行為であったのか？　どういう規範をもって、我々はそれを判断すべきなのでしょう？　人の命を奪うことは、我々の法では、悪です。でも、シローンが自分の知識を公にすることによって、私どもの修道院がこの地から退去させられるのであれば、あるいはこの土地を我が物としたいと望む人々の間に戦乱をもたらすのであれば、シローンの殺害者の行為は、正義となるのでしょうか？　こうしたこと全てを判定する、人間としての倫理的な正義というものが、あるのでしょうか？」

「あなたの言おうとしていること、私にもわかります、フィデルマ」と、院長は答えた。「一人の無辜《むこ》なる者の死が、無数の人々の死を防ぐこともありましょうね」

「たとえそうであっても、私どもに、それを選ぶ権利があるのでしょうか？　それは、神のみ手にお委《ゆだ》ねすべきことではないのでしょうか？」

「時には、神は、そのみ心が行なわれるよう、私どもにそのための手段をお委ねになることもあるのだ、とも言えましょう」

フィデルマは、イータ院長の顔をじっと見つめた。

「二人の人間のみが、シローンの発見を知っております」

「二人？」

「私が、知っております、院長様。そして、あなたも、ご存じです」

院長は、眉をひそめた。

「でも、フォラマンを毒殺した人間も、そのことを知っているのでは？」

「知っておりました」と、フィデルマは静かに訂正した。

「説明を」

「死をもたらす毒人参をシローンに与えたのは、フォラマンでした」

院長は、唇を噛んだ。

「でも、どうしてフォラマンが、そのようなことをするのです？」

「今、私どもが論じてきたのと同じ理由からです。シローンがイー・ファルギ小王に黄金について報告するのを妨げるためでした」

「なるほど。でも、フォラマンが……？　彼は、ごく単純な男ですよ」

「単純で、忠誠心篤《あつ》い男でした。フォラマンは、少年の頃から、来客棟の世話係として、この修道院で働いてきたのではありませんか？　彼は、ここを、我々修道女に劣らず、愛しておりました。修道士でこそありませんでしたが、我々と同じように、彼もこの修道院の一員でした」

「フォラマンは、どうやってこのことを知ったのです？」

「院長様とシローンの言い争いを耳にしたのです。おそらく、はっきり意図して、お二人の話を盗み聞きしたのでしょう。彼は、シローンが何の専門家であるかを、知っていました。あるいは、推察しておりました。シローンの探索行に、秘かについて行くことさえしたのかもしれません。でも、彼がそのような尾行をしたかどうかは、問題ではありません。きっと、昨日の午後、シローンが帰ってきた時、何か発見があったらしいと察したのではありますまいか。なぜなら、シローンに、明日の朝ここを発ってラー・イムゴーンへ赴く、と告げられましたから。おそらく彼は、院長室へ行くシローンの後をつけ、お二人の間で交わされた話を、漏れ聞いたのです。

院長様には、人間界の法、神の法のいずれにも、背くことはおできになりません。そこで、彼は彼なりのやり方で、〝人としての正義〟に従ったのです。フォラマンは薬剤室から水に浸した毒人参の入っている壷を持ち出し、シローンが飲み物を求めた時、それを水差しの蜂蜜酒に混ぜて届けたのです。しかし、彼には、適量がわかりませんでした。そこで、晩禱の後、夕食のために皆を大食堂へ呼び集める鐘が鳴る時刻まで、毒は効力を十分に発揮しなかったのです」

イータ修道院長は、修道女フィデルマの説明を、注意深く辿った。

「それから?」

「それから、私の調査が始まりました。さらに、シローンに会いに、あるいは彼の死についての説明を求めに、イー・ファルギの次期継承者ティラハーンが到着されました」

「でも、誰がフォラマンを殺害したのです?」

「フォラマンは悟ったのです、遅かれ早かれ、自分のやったことは暴かれるだろうと。でも、彼の正直な心に、それ以上に重くのしかかったのは、一人の人間の命を奪った、という罪の意識でした。フォラマンは、単純な男でした。彼は、罰を受けようと決心したのです。死を償《つぐな》うための〈名誉の代価《オナー・プライス》〉を払おうと、心に決めたのです。シローンの命に対する〈名誉の代価〉として、自分の命をもって償うほかに、よりよき代価があるだろうか、と。こうして、彼もまた、毒人参を飲んだのでした」

しばらく、沈黙が二人を包んだ。

「もっともな説明ですね、フィデルマ。でも、どうやって、それを実証するのです?」

「先ず、第一の証明となるのは、私が聴き取りをした時に、彼はシローンの専門について、よく知っていた、ということです。第二の証明となるのは、彼が犯した二つの失敗です。一つは、私に、シローンが院長様の部屋から怒りの形相で出てくるのを目撃した、と告げたことです。院長室があるのは、修道院の中でも、来客棟からかなり離れた場所です。つまり、フォラマンは、その時院長室の戸口近くに来ていた、ということです。でも、それよりさらに決定的な失敗は、毒人参はどのような外見をしているのかと訊ねた私に、知らないと答えたことです」

「それが、どうして決定的なのです？」

「なぜなら、フォラマンの仕事の一つは、修道院の薬草園の仕事の手伝いです。シスター・ポティガールは、薬草園では、治療のために毒人参も育てている、と私に教えてくれました。つまり、薬剤室で使用する薬草は、修道院の庭で育てているのです。シスター・ポティガールは、その作業をフォラマンに手伝わせている、とも言っていました。ですから、彼は、毒人参の外見を知っていたはずです。では、どうして私に嘘をついたのでしょう？」

イータ院長は、深い吐息をついた。

「わかりました。あなたが言っておられるのは、フォラマンは私どもを、すなわちこのキルデアの修道院を、守ろうとしたのだ、ということですね？」

「そうです。フォラマンは、単純素朴な人間でした。彼には、ほかの道は見つけられなかったのです」

院長は、苦悩のにじむ微笑を浮かべた。

「そうでしょうね。このような結果を得る手段がほかにあるかどうか、自分の知識の全てをもって考えてみたところで、私にも見つからなかったでしょう。それで、フィデルマ、これから、どうすべきだと提案なさるのです？」

「正義《ジャスティス》こそ、人類の最大の安心の基《もとい》ですのに、時として、法が不当なる結果《インジャスティス》を導き出してしまうこともあります。そこで問題は、正義をとるか、それとも法の厳守を貫くか、ということになります」修道女フィデルマは、逡巡し、苦しげに顔を歪めた。「私ども、〝法の正義〟ではなく、〝人としての正義〟をとることにいたしましょう。私は、公式には、調査の結果シローンの死は事故であったと判明した、フォラマンもまた然《しか》り、と報告することにいたします。水差しの中の毒人参が混入していた水は、フォラマンが修道院地下室の害虫駆除のために用意していたもので、それが何らかの手違いで来客棟の蜂蜜酒に混じってしまった。そのことは、フォラマンが死亡するまで、誰にも気づかれなかったのだ、ということにいたします」

イータ修道院長は、修道女フィデルマを、推し量るような目で見つめた。

「それで、金鉱のことは、イー・ファルギ小王の後継者殿に、どう告げればいいでしょう？」

「シローンは、キルデアの金鉱は単なる伝説であり、それ以外の何ものでもないと悟り、ラー・イムゴーンに戻ることに決めていた、と」

「結構です」修道院長は、満足げな笑みを面に浮かべた。「もしあなたがそのように報告なさるおつもりなら、私もこの修道院の長としての権威で、それを保証しましょう。この対処によって、私どもの修道院は救われ、この先幾世代も、存続することができます。偽りの報告を提出することによってあなたが負う全ての重荷と罪に、私は赦《ゆる》しを与えます」

自分が下した決断について、フィデルマの胸に翳《かげ》りを投げかけたのは、院長のこの笑みであった。フィデルマは、〝人としての正義〟のために、真相について口を閉ざそうと決心したのだった。しかし、イータ修道院長が今見せた、ほっとしたような自己満足の表情に、なぜかフィデルマの胸は急に掻き乱された。だが、よく自分の気持ちを分析してみると、あの笑みを見るより前から、謎の事件の解明者としての名声を博している自分の誇りは、かすかな痛みを覚えていたのでは？

フィデルマはゆっくりと法衣の陰に手を差し入れて、シローンが使っていた個室の床から拾いあげた小さな岩のかけらを取り出し、それをテーブルの上に転がした。院長は、それを凝視した。

「シローンが金鉱を発見したことを示す、証拠の一部です。ほかの金鉱石と一緒に安全に保管なさるほうが、よろしいでしょう。フォラマンがあの金鉱石を院長様にお渡ししたのは、シローンを殺害した後のことでしたね……院長様のご指示に従っての殺害でした」

イータ修道院長の顔がさっと灰色に変わり、琥珀色の瞳のまわりに白目が現れんばかりに大きく目が見開かれた。

「どうして、そのような……？」院長の声が、詰まった。

修道女フィデルマは、苦い笑みを浮かべた。

「ご心配なく、院長様。全ては、私が今申し上げたとおり、ということにしておきます。院長様の秘密を暴くことなど、いたしませんから、ご安心を。私のこの行為は、私どもの修道院のため、キルデアの聖ブリジッド修道院の将来のため、そしてその修道院の壁の中で心静かに暮らしている人々のためです。院長様を裁くのは、私の仕事ではありません。院長様がなさったことに関しては、神に向かって、そしてシローンとフォラマンの魂に向かって、ご自身がお答えにならねばならぬことです」

イータ修道院長の唇が、震えた。

「でも、どうして、そのような……」と彼女は、ふたたび囁いた。

修道女フィデルマは、それに答えた。「私は、フォラマンは単純な人間だと、いく度も強調いたしました。この単純な彼に、たとえシローンの発見が修道院やそれを取り巻く世界にどのような影響を及ぼすかを理解できるだけの知恵があったとしても、はたして毒人参を見分け、それを毒薬として用いる知恵まで、あったでしょうか？」

「でも、シスター・フィデルマ、フォラマンにはそれができたと、あなたが、あなた自身が、論証したではありませんか。シスター・ポティガールは、あなたに告げていたのでしょう、彼は薬草園で彼女を手伝って薬草の手入れをしていたと？　それに、毒人参がどういう外見をしているかを彼は知っていると言ったのも、あなたでしたよ」

「フォラマンは、毒人参の外見は、知っていました。おっしゃるとおりです。でも、潰したり刻んだりした毒人参となると、彼にはわからなかったのです。毒人参を見分けるには、色を識別できなければなりません。ところが、潰されたり刻まれたりしている毒人参の葉ですと、いくら紫色の小さな斑点や白い葉先(8)が残っていても、フォラマンにはそれを識別できず、毒人参が浸されている水差しを選ぶことはできなかったのです。そうです、ずっと私の顔を真っ向から見つめていたのは、この簡単な事実でした。フォラマンには、色彩の区別がつかなかったのです。誰かが、使用すべき毒薬を、彼に与えてやる必要があったはずです」

　イータ修道院長の唇が、細い線となって、固く引き結ばれた。

「でも、私は、フォラマンを殺してはおりません」と、彼女は激しい口調で言い切った。「たとえ私がフォラマンに、シローンを亡き者にすることは修道院への最善の奉仕になると示唆したことを認めたとしても、あるいは、その手段を彼に示したことを認めたとしても、フォラマンを殺したのは、誰なのです？　殺したのは、私では、ありませんよ！」

「あなたでは、ありません」と、フィデルマは答えた。「先ほど申し上げたようなことが、起こったのです。院長様のご指示で、フォラマンはシローンに毒を飲ませました。なぜなら、そうすることが神のご意志だと、院長様が彼におっしゃったからでした。あなたは、彼を道具としてお使いになった。でも、フォラマンは単純な人間でした。彼は、人の命を奪ったという罪悪感に耐えられませんでした。そこでフォラマンは、自らの命をもって、それを償ったのです。彼は、毒人参を全部シローンに与えてはいませんでした。その一部を自分の部屋にしまっておいたのです。昨夜、フォラマンは、自分の行為への償いとして、それを呷《あお》りました。これは、彼が自分に課した罪の償いでした。でも、あなたの行為は、犯罪です、院長様」

修道院長は、表情のない顔で、じっとフィデルマを見つめた。

「私は、どうすればよいのです?」そう問いかける彼女の声は、かすれていた。

「院長様、私が今日、午前中に、このキルデアの修道院から去りますことを、お許しください。私は、先ず、イー・ファルギのターニシュタに、報告いたします。ご心配なさいますな。この修道院の幸せこそ、私が心の中でもっとも大切に思っていることなのですから。それを、法の定めより大切に思っているのですから。でも、偽りの報告をする自分の罪を償うために、私はアード・マハの聖パトリックの寺院へ、贖罪《しょくざい》の巡礼をいたします」

修道女フィデルマは、言葉をきり、イータ修道院長の苦悩に満ちた琥珀色の目を、じっと見つめた。

「院長様、私には、あなたの罪に赦しを与えてさしあげることはできません。どなたか、同情的な聴聞司祭様に告解を聴いておもらいになるよう、お奨《すす》めいたします」

訳 註

毒殺への誘《いざな》い

1 アイルランド五王国＝七世紀のアイルランドは、四つの強大な王国、モアン（マンスター）、ラーハン（レンスター）、ウラー（アルスター）、コナハトの四王国と、大王《ハイ・キング》が政《まつりごと》を行なう都タラがある大王領ミースの五王国に分かれていた。〝アイルランド五王国〟、〝エール（アイルランドの古名の一つ）五王国〟、〝大王領ミースと四王国〟等は、アイルランド全土をさす時によく使われる表現。

2 〈ブレホン法〉＝古代アイルランドの法典。ブレホンは、法官、裁判官で、〈ブレホン法〉に従って裁きを行なう。きわめて高度の専門学識を持ち、社会的に高く敬われており、ブレホンの長《おさ》ともなると、大司教や小国の王と同等の地位にある者とみなされた。

3 ドーリィー＝弁護士。七世紀のアイルランドでは、女性も、男性とほぼ同等の地位や権利を認められていた。女性も、男女共学の最高学府で学ぶことができ、高位の公的地位に就くことができた。最高の教育を受け、〈アンルー〉〔上位弁護士・裁判官〕という高い公的資格を持ち、国内外を舞台に縦横に活躍するこの《修道女フィデルマ・シリーズ》の主人公フィデルマは、むろん作者が創造した女性ではあるが、決して空想的なスーパー・ウーマンではなく、実際にあり得た女性像なのである。

4　砦＝ラー。土塁、防塁。建物の周囲に土や石で築かれた円形の防壁、あるいはその中の建物なども含めた砦全体。王、小王、族長などの住居でもある。規模は大小さまざま。

5　〝なんじの仇を愛し……〟＝『ルカ伝』第六章二十七〜二十九節

6　〝キャシェルのフィデルマ〟＝《修道女フィデルマ・シリーズ》の主人公フィデルマの正式な呼び名。フィデルマは、このシリーズの中で、七世紀アイルランド最大の王国モアンの王女であり現王コルグーの妹と設定されている。したがって正式名称は、モアンの王国の王都であり王家の居城でもある地名キャシェルを冠して、〝キャシェルのフィデルマ〟。しかし、五世紀に聖女ブリジッドによってキルデアに建立された修道院に所属していた時期には、正式な呼称として〝キルデアのフィデルマ〟とも称されていた。修道院で学んだキリスト教文化の学識を持った尼僧であると共に、古いアイルランド古来の文化伝統の中で、恩師〝タラのモラン〟師の薫陶を受けた法律家でもある。この短編は、フィデルマがキルデアの修道院に入る前と、設定されているのであろう。

7　〈歓待に関する法〉＝古くからアイルランド人は、旅人や客を手厚くもてなしてきた。〝アイリッシュ・ホスピタリティ（アイルランド人のもてなし）〟という表現は、今日でもよく使われている。これは彼らの気質や、善意にみちた社会慣行を表しているが、〈ブレホン法〉も、もてなしの内容や義務を法的に明確に定めており、これに違反することは罪とみなされ、恥ずべき振舞いとされた。

8　トゥリッド・スキアギッド＝語義は、〝楯による戦い〟。武器を用いず、楯で身を守る戦い方、武器を使わない護身術。《修道女フィデルマ・シリーズ》では、第三作『幼き子らよ、我がもとへ』、第五作『蜘蛛の巣』その他でも、よく言及されている。

9　家畜の群れを略奪＝当時、次第に貨幣も用いられ始めていたが、まだ富は、奴隷、あるいは若い牝牛や乳牛などの家畜によって計られていた（『幼き子らよ、我がもとへ』第二章等の訳註を参照）。貨幣経済以前の社会においては、家畜の略奪は、後の時代におけるより遥かに重大な犯罪。英雄クーハランたちが活躍する長編叙事詩『クーリィーの牝牛争奪譚』も、家畜略奪が発端となっている。

10　〈弁償金〉＝〈ブレホン法〉の際立った特色の一つは、古代の各国において刑法の多くが犯罪に対して〝懲罰〟をもって臨むのに対し、〝償《つぐな》い〟をもって解決を求めようとする精神に貫かれている点であろう。各人には、地位、財産、血統などを考慮して社会が評価した〝価値〟、あるいはそれにそって法が定めた〝価値〟が決まっていて、殺人という重大な犯罪さえも、原則として被害者のこの〈名誉の代価《オナー・プライス》〉を弁償することによって、つまりは〈血の代償金《ブラッドマネー》〉を支払うことによって、解決されてゆく。

11　カマル＝古代アイルランドにおける〝富〟の単位の一つ。アイルランドでは、古くは貨幣（金、銀、銅）ではなく、家畜や奴隷を〝富〟を計る基準とし、シェードとカマルの二つの単位を用いていた。一シェードは若い牝牛一頭の価値、一カマルは、女召使い一人、あるいは六シェード、すなわち若い牝牛六頭（乳牛であれば、三頭）の価値とされた（学者によって、数値に多少の違いあり）。これらは通貨というより、〝富〟を計る尺度であった。

まどろみの中の殺人

1　オーガナハト一族＝〝キャシェルのオーガナハト〟は、後の《修道女フィデルマ・シリーズ》の中で、アイルランド四大王国の一つ、モアン王国の王家として確立されてゆき、フィデルマもその王女として言及されるようになってくるが、初期のこの「まどろみの中の殺人」では、作者の構想はまだそこまで及んでいなかったのであろうか、この短編においては、《シリーズ》の長編で描かれてゆくことになるモアン王国のイメージや王女フィデルマ像、諸人物の関係などと、若干趣が異なっている。

なお《シリーズ》の最初の長編は"*Absolution by Murder*"（1994）であるが、フィデルマという主人公は、その前年の一九九三年に、雑誌に別々に発表された短編四作で登場している。『修道女フィデルマの叡智《えいち》』に収録されている「大王の剣」、今回の『修道女フィデルマの洞察』に収録した「奇蹟ゆえの死」、「晩禱の毒人参」、そしてこの「まどろみの中の殺人」の四作品である。

2 私どもの修道院長様＝フィデルマが所属していたのは、キルデアの修道院。この時代、アイルランドに限らず、キリスト教修道院の多くは共住修道院（修道士と修道女を共に受け入れている修道院）であった。キルデアの修道院は、聖女ブリジッドによってアイルランド最初の女子修道院として建立されたが、ファーガル修道士が所属しているところを見ると、この時期、ここも共住修道院であったのであろう。

3 〈選択の年齢〉＝成人として認められ、自分で判断・選択ができる年齢。男子は十七歳、女子は十四歳。

4 ドゥルイド＝古代ケルト社会における、一種の〝智者〟。語源は、〈全《まった》き智〉を意味する語であったと言われる。きわめて高度の知識を持ち、超自然の神秘にも通じている人とされた。アイルランドにおけるドゥルイドは、預言者、占星術師、詩人、学者、医師、王の顧問官、政の助言者、裁判官、外交官、教育者などとして活躍し、人々に篤《あつ》く崇敬されていた。

しかし、キリスト教が入ってきてからは、異教、邪教のレッテルを貼られ、民話や伝説の中では〝邪悪なる妖術師〟的イメージで扱われがちであるが、本来は〝叡智の人〟である。宗教的儀式を執り行なうことはあっても、必ずしも宗教や聖職者ではない。

5　ダグダ＝ダナーン神族（二九五ページの訳註11を参照）の中のもっとも大いなる神。

6　フィニャ〔一族〕に代わって＝〈ブレホン法〉は、加害者に、〈弁償金〉を被害者へ払うという形で罪を償わせるが、加害者に支払い能力がない場合は、一族の者たちがその責任を負う。しかし、〈清貧の誓い〉（二九五ページの訳註10参照）をたてて修道生活をおくっている聖職者の場合、所属する修道院が、この責任を果たすこともある。

7　〈詩人の学問所〉＝七世紀のアイルランドでは、すでにキリスト教が広く信仰されており、修道院を中心として新しい信仰と共に入ってきたキリスト教文化やラテン語による新しい学問もしっかりと根付いていた。しかしその一方で、アイルランド古来の文化である独自の学問や教育も、まだ明確に残っていた。

フィデルマは、キルデアの聖ブリジッド修道院で新しい、つまりキリスト教文化の教育を受け、神学、ヘブライ語、ギリシャ語、ラテン語等の言語や文芸にも通暁しているが、その一方、古いアイルランド古来の文化伝統の中でも、恩師〝タラのモラン〟の薫陶を受けた〈ブレホン法〉の学者であり、弁護士・裁判官〔ドーリィー〕、それもきわめて高位の資格〔アンルー〕を持つ法律家でもある。

8 〈自由民〉＝古代アイルランドの社会構成は、〈自由民〉と〈非自由民〉とに大別される。〈自由民〉は全て土地所有者であり、その大小によって、さらに細かい階級に分かれていた。その中で最も貧しい土地所有農民はオカイラ〔小農〕であるが、この小農も最低七カマルの土地を持っていることが、その資格であった。クランの集会に参加できるのも、〈自由民〉のみ。

9 彼女の命の〈弁償〉＝フィデルマのようなドーリィーや、その他、医師、司書等の明確に専門家と認められている女性、あるいは族長のような公的立場にある女性は、それぞれ自分の〈名誉の代価〉を持つが、それ以外の女性には、夫や父親や兄弟の〈名誉の代価〉が適用される。

10 〈清貧の誓い〉＝修道院に入るに当たって、修道士・修道女は、〈清貧の誓い〉をたてて、私有財産を放棄する。

11 ダナーン神族＝トゥア・デ・ダナーン。〝女神ダナより出でし者〟の意。先住の神々フォーボルグやフォーモリイを駆逐して、アイルランドに君臨したとされる古代の神々。

やがて渡来した人間一族（ミレシアン）に敗れ、地下（あるいは西海の果ての島や海底など）、すなわち〈見えざるアイルランド〉へ王国を移したとされる。

12　シイ＝シイの語源は、丘、あるいは〈丘に住む者〉。古代の神々は、人間族に敗れたとき、〈見えざるアイルランド〉に退いたと伝説は伝えるが、広く親しまれているイメージの一つは、丘の中に彼らの王国、あるいは王宮が築かれたというもの。この丘の下の地底世界に住む威信を失ったかつての神々が、妖精の起源だという。アイルランドの野原に数多く点在する小さな丸丘が、この異郷への入り口だとされる。現代アイルランド語（ゲール語）では、〝シイ〟は妖精。

13　ティンスクラ＝〈花嫁の代価〉。花婿の家から、花嫁の家に贈られる金銭の額。

名馬の死

1　ダロウ＝アイルランド中央部の古い町。五五六年頃、聖コロムキルによって設立された修道院で有名。この修道院にあった装飾写本『ダロウの書』は、アイルランドの貴重な古文書で、現在はダブリンのトリニティ大学が所蔵。

2　オルトーン大司教＝アード・マハ（現在のアーマー）の大司教。アーマーは、アイルランドにキリスト教を伝えたとされるアイルランドの守護聖人パトリックが最初の礼拝堂を建立（四四四年、諸説あり）して以来、この国のキリスト教信仰の中心であり、最高権威の座となっていた。付属神学院も、学問の重要な拠点であった。オルトーンは、ローマ派キリスト教推進の主導者で、《修道女フィデルマ・シリーズ》の中でしばしば言及される。

3　ラーハン王国＝現レンスター地方。モアン王国に次ぐ勢力を誇り、モアンと絶えず対立関係にある強大王国。モアン王国の王妹フィデルマが所属する修道院の所在地はキルデアなので彼女はよく〝キルデアのフィデルマ〟と呼ばれているが（「毒殺への誘い」の訳註6参照）、キルデアは、ラーハン王国内の地。いささか紛らわしい。

4　大王コナラ・モール＝神話・伝説の中に登場する半神半人の大王。父親は神秘的な〝鳥神〟ネムランとされる。

5　精鋭護衛戦士団＝古代アイルランドでは、四王国の王や、その上に位置する大王はもちろん、さまざまな規模の小王・族長たちも、それぞれ精鋭戦士団を抱えていた。もっとも有名なものは、無数の英雄伝説においても活躍するアルスター王直属の〈赤い枝英雄団〉や、大王コーマック・マク・アルトに仕えた、フィンを首領とする〈フィアナ戦士団〉。

6　第二の妻や夫、あるいは愛人を持っている者＝〈ブレホン法〉は『カイン・ラーナムナ』（『結婚に関する定め』。カインは、法律、処罰、ラーナムナは結婚やその他の男女の結びつきを意味する語）の項目の中で、男女同等の立場での結婚、妻（夫）問い婚、略奪婚、秘密婚等、男女の結びつき（結婚）を九種類にわたって論じており、さらには、第二夫人や側室の権利にも触れているとのことである（*A Guide to Early Irish Law*）。第二夫人や側室の存在は、法的に認められていたのである。《修道女フィデルマ・シリーズ》の中でも、よく言及されている。

7　グルーエル……＝〈漂流の刑〉。〈ブレホン法〉には、さまざまな死刑の形についての言及があるので極刑が皆無であったとは言えないのであろうが、ほとんどの犯罪は、〝処罰〟より〝償い〟をもって解決されていた。しかし、〈肉親殺害〉等のきわめて重大な犯罪の場合、単なる〈弁償〉ではなく、〈漂流の刑〉が科せられた。

奇蹟ゆえの殺人

1　女性だから、という理由で＝古代アイルランドでは、〈ブレホン法〉によって、女性も男性とほぼ同等の権利を保障されており、学問所で男性と等しく教育を受け、高い資格を取り、高位の公職につくことができた。しかし、女性の社会的活動には、やはり偏見も若干はあったようだ。

2　大昔の話＝聖パトリックより遥かに前の時代の出来事というコンガルの昔語りは、正確とは言えないようだ。これは、彼の故意の韜晦《とうかい》か。

3　ティアグ・ルーウァー〔書籍収納鞄〕＝当時のアイルランドでは、上質皮紙《ヴェラム》の書籍は、本棚に並べるのではなく、一冊あるいは数冊ずつ革製の専用鞄に収めて壁の木釘に吊り下げる、という収蔵法をとっていた。旅に携帯する際にも、この鞄に入れて持ち歩いた。『幼き子らよ、我がもとへ』や『蛇、もっとも禍《まが》し』の中に、書籍収納鞄や図書室についての詳しい描写が出てくる。

4　福者《ブレッシド》パラディウス＝聖パラディウス。四三一年頃、没。よくアイルランドにキリスト教を伝えたのは聖パトリックと言われるが、厳密に言えば、それ以前にキリスト教は伝わっていた。この作品で描かれているように、アイルランド最初の司教は、聖パトリックではなく、聖パラディウスである、とも言われている。したがって、聖パトリックは彼の後継者ということになるが、後世、聖パトリックに注目が集まり、聖パラディウスの影は薄くなってしまった。

晩禱《ばんとう》の毒人参《ヘムロック》

1　第六時＝第六時の時禱。日没時の時禱で、ヴェスパー、夕禱、晩禱とも。時禱（カノニカル・アワー）は教会が定める、一日七、八回定時に捧げる祈りの時刻であるが、教団その他によって多少違いがある。たとえば、ハリストス教会などでは、第六時の時禱は正午の祈りを指す。

2　聖ブリジッド＝聖女ブリギット、ブライドとも。四五三年頃～五二四年頃。アイルランドで聖パトリックに次いで敬慕されている聖人。若くして宗門に入り、めざましい布教活動を行なった。アイルランド最初の女子修道院をキルデアに設立。アイルランド初期教会史上、重要な聖職者。詩、治療術、鍛冶の守護聖者。

3　〈詩人の木簡〉＝原文では、〈詩人の棒〉。〈オガム文字の杖〉とも呼ばれる。榛《はしばみ》、櫟《いちい》などの細い板や枝、あるいは樺《かば》などの樹皮に、オガム文字を刻んだらしい。〈詩人の棒〉、〈オガムの杖〉などと直訳しても、書物としてのイメージが浮かびにくいので、形状はいささか異なるが、著者の了解を得て、小説の中では、あえて〈木簡〉という単語を使わせていただいた。

ただ、日本の〈木簡〉は主として実務的な用途に用いられていたかと思われるが、この古代アイルランドの木片は、学術、法律、文学等、広い分野にわたる古文書であった。

また、石造十字架や石碑などにも、石柱の角を基線として、よくオガム文字が刻まれていた。〈詩人の木簡〉は、修道院の図書室等では、一冊分をまとめて袋に入れ、壁の釘《ペッグ》の列に吊るされていた、とも考えられている。《修道女フィデルマ・シリーズ》のほかの巻でも、この〝書物〟や図書室は描かれている。

なお、古くは、〈詩人〉は学者でもあり、さらに古くは、言葉の魔力をとおして超自然とも交信をなし得る神秘的能力を持った人でもあり、社会的に高い敬意や畏怖《いふ》をもって遇された存在であった。

4　オガム＝オガム文字。石や木に刻まれた古代アイルランドの文字。三〜四世紀に発達したものと考えられている。オガムという名称は、アイルランド神話の中の雄弁と文芸の神オグマに由来するとされている。

一本の長い縦線の左側や右側に、あるいは横線の上部や下部に、直角に短い線が一〜五本刻まれる。あるいは、長い線をまたぐ形で、短い直角の線（あるいは点）や斜線が、それぞれ一〜五本、刻まれる。この四種類の五本の線や点、計二十の形象が、オガム文字の基本形となる。この文字でもって王や英雄の名などを刻んだ石柱・石碑は、今日も各地に残っている。しかし、キリスト教と共にラテン文化が伝わり、ラテン語アルファベットが導入されると、オガム文字はそれにとって代わられた。

5　ミレシアン＝さまざまな異教の神々が住まうアイルランドに、最初の人間として登場した、ミーリャ（ミール、ミレシウス、〝スペインのミーリャ〟）とその息子たちに率いられた人々のこと。ミーリャは、古代のスペインやエジプトの王に仕えた一族の長《おさ》であったとも言われる。彼らはアイルランドに進攻し、ダナーン神族と戦って勝利者となった。

6　ティーガーンマス＝第二十六代の大王。人間の犠牲《いけにえ》を求める邪教への信仰を人々に強制し、多くのドゥルイドたちを虐殺したなど、暴虐なる王として後世怖れられたが、アイルランドで金鉱、銀鉱の採掘や精錬を始めたのも、金銀工芸を発展させたのも、この大王であったとされている。

彼については、《修道女フィデルマ・シリーズ》の短編集『修道女フィデルマの叡智』に収録されている「大王廟の悲鳴」の中でも、言及されている。また長編『蛇、もっとも禍し』では、物語の重要な背景の一つとして描かれている。

7　昼のアンジェラス＝アンジェラスは、聖母マリアへの祈り。「アンジェラス・ドミニ〈主の御使い〉」で始まるため、〈御告げの祈り〉と呼ばれ、朝、昼、夕の三回、毎日捧げられる。

8　毒人参の葉……＝ふつうの毒人参だと、紫色や赤い色の斑点がついているのは茎、白いのは花なので、刻まれて水とともに壺に漬けられていたのは、葉のみではなかったのであろう。あるいは葉先の白い変種もあるのかもしれないが。「まどろみの中の殺人」の中（七七ページ）でも、言及されている。

真実を見抜く碧《みどり》の瞳
――神に仕える名探偵フィデルマの活躍を見逃すな

川出正樹

「アイルランドでは、土地、共同体、宗教、死、は往々にして、分かちがたいほど結びついている」

ボブ・カラン『アイリッシュ・ヴァンパイア』

「謎がちな事件を各地であまた解き明かし、天下にその人ありと知られるようになった」

ロバート・ファン・ヒューリック『沙蘭の迷路』

1

名探偵、お好きですか？

頭脳明晰《めいせき》で格好いい主人公が快刀乱麻《かいとうらんま》を断つ物語に心浮き立たせたことがありますか？

でもって、最近どうもそういう作品に巡り合えないと思っていたりしませんか？

そんなあなたにぴったりのミステリ、それが《修道女フィデルマ・シリーズ》です。叡智《えいち》に溢《あふ》れた若く美しいヒロインが、鋭い観察力と論理的思考を駆使してもつれた事件の謎を解きほぐし、隠された真相を明らかにする。時にピンチに陥《おちい》るも、得意の護身術で切り抜ける。まさにシャーロック・ホームズ以来連綿と続く、文武両道に秀でたヒーローの系譜に連なる名探偵、それが修道女フィデルマです。

しかも彼女はミステリ史上ちょっと例を見ないユニークな名探偵です。というのも実は彼女、〝王女様〟なのです。それも古代アイルランドの。

紀元七世紀半ば、アイルランドは五つの王国で構成されていました。フィデルマは、その中で最大勢力を誇るモアン王国の国王コルグーの妹なのです。彼女は若くして古代アイルランドの法典〈ブレホン法〉を修め、法廷弁護士《ドーリィー》の中でも二番目に高位の上位弁護士《アンルー》の資格を与えられます。その後隣国ラーハンのキルデアにある聖女ブリジッドによって建てられた女子修道院に入り、キリスト教という新たな信仰に基づく幅広い学問——神学、ラテン語を始めとする各国言語、文芸等——を身につけます。

こうして偉大なる先人の叡智を新しき信仰で裏打ちしたフィデルマは、持ち前の行動力を発揮して王都キャシェルをベースにアイルランド各地はもとよりイングランドやウェールズさらにはローマにまで赴き、難解な事件を解き明かし背後に潜む陰謀を暴いてゆきます。

その手法は、「質問をしてその答えから論理的に結論を求めてゆくのが、私の仕事です」(「聖餐式《せいさんしき》の毒杯」、『修道女フィデルマの叡智』所収)と明言しているように、奇を衒《てら》うことのない正攻法です。長短いずれの作品でも〝名探偵ぶり〟を発揮していますが、特に短編の場合、謎解きに焦点が絞り込まれているために、よりくっきりとその魅力が伝わってきます。

2

本書『修道女フィデルマの洞察《どうさつ》』は、そんな彼女の活躍を十二分に堪能《たんのう》できる日本独自の作品集です。収録されているのは、二〇〇〇年に本国イギリスで出版されたシリーズ初の短編集 *HEMLOCK AT VESPERS* にまとめられた十五編の中から、「毒殺への誘《いざな》い」「まどろみの中の殺人」「名馬の死」「奇蹟ゆえの死」そして原書表題作「晩禱《ばんとう》の毒人参《ヘムロック》」の五編。それぞれ簡単にその魅力を紹介していきます。

まずは「毒殺への誘い」から。かつて自分が傷つけた人々を宴に招いて罪の償《つぐな》いをしたいというムスクレイガ族長領の長ネクトーンからの招待を、キリスト教徒として拒否するわけにもいかず渋々出席することにしたフィデルマ。

だが殊勝《しゅしょう》な申し入れとは裏腹に過去の悪行を自慢げに語る態度に、七人の招待客全員が憎しみをかきたてられていく。あまりの非道ぶりに職務上見逃すことはできないと感じ、法に照らして問題有りと指摘するフィデルマ。そんな彼女を、「あなたは、いつ、どのような場合にも、法の精神の権化ですな」などと慇懃《いんぎん》無礼にあしらい葡萄酒を飲み干したネクトーンは、次の瞬間、倒れ込み動かなくなった。

一体誰が毒を混入したのか？　一人一人の可能性を検討したフィデルマが最後に摘出したのは、かつて出合ったことのないほど強烈な悪意でした。登場人物全員が見守る中での毒殺という定番テーマを綺麗《きれい》に処理した上で、意外な動機と捻《ひね》りを加えた心憎いラストが光る小味な逸《いっ》品《ぴん》です。

作家であり評論家でありアンソロジストでもあるマキシム・ジャクボウスキーが一九九八年に編纂《へんさん》した歴史ミステリアンソロジー *Past Poisons: An Ellis Peters Memorial anthology of Historical Crime* のために書かれました。

続いては「まどろみの中の殺人」。ぐっすりと寝込んでいたところを叩き起こされた修道士ファーガルは、すぐさま牢に入れられた。なんと彼の隣には信徒である娘の刺殺体が転がり、両手と法衣に血がついていたのだ。キルデアの修道院長からファーガルの弁護をすべく派遣されたフィデルマは、圧倒的に不利な状況にある同胞を救うべく推理を巡らす。

作者トレメインが、アイルランドゆかりの作家によるミステリ・アンソロジー *Great Irish Detective Stories* の編纂を企画していた親友ピーター・ヘイニングからの求めに応じて一九九三年に書いた、記念すべき《フィデルマ・シリーズ》の誕生作。《フィデルマ年代記《クロニクル》》的にも今のところ第一の事件と位置づけられており、二重の意味で〝フィデルマ最初の事件〟といえる作品です。そのため舞台となる古代アイルランド社会特有の習慣や制度を強く意識した作品に仕上がっています。

アイルランド史の権威である作者がP・ベアレスフォード・エリス名義の自著の中で述べているように、「アイルランドの古代社会は極めて複雑な文明社会」(『アイルランド史──民族と階級』〔論創社〕)でした。そこでは高度に整備された法制度のもと、女性にも男性とほぼ同じ権利が認められていたそうです。トレメインは、いくつかのインタビューの中で、そもそもこうした一般にはほとんど知られていない当時の社会の姿をわかりやすく説明するために《フィデルマ・シリーズ》を書き始めた、と語っていますが、クライマックスでフィデルマによって明かされる特異な犯行動機は一読忘れがたく、まさに作者の思惑がぴたりと当たった秀作です。

三作目の「名馬の死」は、今までに訳されたシリーズの短編の中で最長となる作品。同じくピーター・ヘイニングが一九九五年に編んだ競馬ミステリアンソロジー*Murder at the Races*のために書かれました。

解決シーンの冒頭でフィデルマが、「今回の出来事は、これまでに私が扱いました事件の中でも、とりわけ複雑にからみ合ったものでした」と居並ぶ関係者を前に告げるように、単純明快に見えた事件の裏に奸智《かんち》に長けた計略が潜む精緻な謎解きミステリです。

アイルランド五王国随一の競い馬競技場《カラー》で開催される〝リファー川の大祭〟を見物しにやってきたフィデルマとダロウ修道院長のラズローン。ラーハン国王の駿馬《しゅんめ》エインヴァー号とブレッサル司教の愛馬オコーン号の対決を期待して沸《わ》き立つ会場をそぞろ歩いていた二人は、突如国王の使者から出頭して欲しいと告げられる。開催を目の前にして、王の騎手が刺殺され、エインヴァー号も毒を盛られて瀕死の状態となっているところを発見されたのだ。事件解明の要請を受けたフィデルマは、あらゆる証拠が司教の犯行を示唆《しさ》する中、調査に乗り出す。

〝圧倒的に不利な状況下にある容疑者〟という設定は作者のお気に入りなのか、長編・短編を問わず《フィデルマ・シリーズ》の中で、工夫を凝《こ》らしつつ繰り返し用いられています。

そうした状況に直面するたびにフィデルマは、高名なる裁判官《ブレホン》である恩師モランの〝牝牛の乳を搾《しぼ》る前に、チーズを作ろうとするなかれ〟という教えを胸に、一つ一つ証拠を集めた後、仮説を組み立て推理・検証し真相を解明していきます。これぞ、名探偵ものを読む醍醐味。今回も小さな違和感を出発点に、複雑にもつれ合った二重殺害事件の謎を解きほぐしていきます。

また、*The Horse That Died for Shame* という原題が示すように〝人間たちの恥ずべき思惑ゆえに罪なき馬が殺される〟という設定にもかかわらず、シリーズの中では珍しくほのかに明るく軽やかな読後感を残します。これは、ひとえにラズローンの存在によります。

幼き頃の師匠であり彼女の人生を今ある姿へと導いてくれたこの愛すべき享楽主義者《エピキュリアン》を前にしては、普段わりと生真面目な優等生であるフィデルマも相好を崩さざるを得ません。シリーズを通じての良きパートナーである、若きサクソン人のエイダルフ修道士とのやりとりから垣間見られるものとはまた一味違った彼女の素顔を覗《うかが》うことができるのも、この作品の魅力です。

残念ながら今のところ他の既訳作品でその姿を拝むことはできませんが、二〇〇四年にまとめられた第二短編集 *Whispers of the Dead* の中には彼が登場するお話があるので、更なる翻訳を望みたいところです。

さて四つ目は、「奇蹟ゆえの死」です。一九九三年、《フィデルマ・シリーズ》誕生の年に書かれた四編のうちの一作であり、マキシム・ジャクボヴスキーが編纂した *Constable New Crime 2* に収められました。

大西洋に浮かぶ島民わずか百六十人の小島がこの作品の舞台です。アイルランド全土を統べる大王の妹にして教会組織のトップとも親しいアード・マハの女子修道院長ケヴニーが、この島の三百フィートある断崖の下で死体となって発見された。右手には粗末な細い銀の鎖の切れ端を握りしめ、項の辺りに圧迫痕が。果たして不幸な事故なのか、それとも……。島を統治する本土の大族長の元を訪れていたフィデルマは、彼の要請を受けてこの重要人物の死を巡る謎を調べるべく、怒り狂う大西洋に突き出た牙状の大岩のような小島に乗り込む。いったい何が目的でケヴニーは、辺鄙《へんぴ》な小島を訪れたのか？　やがてその謎が明らかになった後、真相にたどり着いたフィデルマは、ブレホン法廷に立つ弁護士としての役目と、告解を重んじなければならない宗門の一員としての役目の間で悩むことになります。

これは事件の調査を通じて彼女がしばしば直面せざるをえない難問であり、原書の表題作である「晩禱の毒人参《ヘムロック》」は、フィデルマがこのテーマに正面から対峙することになる、シリーズを代表する傑作です。ヒラリイ・ヘイルによるアンソロジー*Midwinter Mysteries 3*のために書かれました。

大王都タラへの旅から二週間ぶりに聖ブリジッド修道院に帰院したフィデルマ。晩禱の鐘も鳴り終わり、修道女たちが夕食のために大食堂へと向かう中、なんとか食前の祈りの最中に滑り込んだ彼女の耳に響いてきたのは、訪問客があげた苦悶の叫び声だった。

死亡したのは他国から来た鉱山技師のシローン。修道院に敷地を貸与しているイー・ファルギ小王からの依頼を受けて院内に滞在していたのだ。院長イータの要請により、調査を開始したフィデルマは、やがて重く深刻な動機を探りあてる。

法が定める〝正義〟と人間としての〝正義〟が対立したとき、いずれをとるべきか。法廷弁《ドーリ》護士《イー》であると同時に修道女でもある彼女が下した決断とラストで犯人に向かって告げる一言が、長く胸に残ります。シリーズの本質に迫る要石であり、翌一九九四年に *Absolution By Murder* をもって幕を開ける長編での活躍譚の基点となる重要な作品です。

3

以上、収録された五編を通じて《フィデルマ・シリーズ》の特徴と魅力について語ってきましたが、最後に作者であるピーター・トレメインについて簡単に述べたいと思います。

本名ピーター・ベレスフォード・エリス。一九四三年、大聖堂で有名なイングランド中部の都市コヴェントリーで、アイルランド生まれのジャーナリストである父とブルターニュ——かつてのケルトの地——に祖を持つ母との間に生まれたピーターは、幼い頃からアイルランドの民話・伝説に慣れ親しみ、十二歳の時にはすでに物書きになりたいと考えていたそうです。

大学でケルト学の学位を取った後、ジャーナリストとなりアイルランドの週刊新聞の編集者等を経て、一九六八年、初の著作 *Wales-A Nation Again* を上梓。前述の *A History of the Irish Working Class*『アイルランド史——民族と階級』〔論創社〕等、アイルランドの歴史と文化に関するノンフィクションを中心に、次々と作品を発表。一九七五年からは執筆活動に専念します。

一九七七年、初の小説*The Hound of Frankenstein*「フランケンシュタインの猟犬」（スティーヴン・ジョーンズ編『フランケンシュタイン伝説』〔ジャストシステム〕所収）を発表。以後、ピーター・マッカラン名義も含め、怪奇小説、ファンタジー、スリラー、スパイ小説、第二次大戦ものとさまざまなジャンルの長編・短編を精力的に執筆していきます。

代表作となる《フィデルマ・シリーズ》を初めて書いたのは、前述したように一九九三年のこと。二〇一〇年六月現在、長編十八冊短編集二冊が出ており、この七月には十九番目の長編が刊行される予定です。

さて、最後の最後に耳寄りな情報を一つ。《フィデルマ・シリーズ》の長編はこれまで、第三作から第五作――『幼き子らよ、我がもとへ』『蛇、もっとも禍《まが》し』『蜘蛛《くも》の巣』――までが翻訳されていますが、次回はいよいよシリーズ第一作*Absolution By Murder*が登場。現在、鋭意翻訳中とのことなので近々お目見えすることでしょう。

本書『修道女フィデルマの洞察』を読んで興味を覚えた方は、これを機会に是非、長編にもチャレンジしてみて下さい。よりダイナミックでスケールアップした〈名探偵フィデルマ〉の活躍譚は、必ずやあなたの心をときめかせてくれるはずです。一人でも多くの新たなフィデルマ・ファンの誕生を願いつつ筆を措きたいと思います。

《修道女フィデルマ・シリーズ》作品リスト

1 Absolution By Murder (1994)『死をもちて赦されん』（創元推理文庫）
2 Shroud for the Archbishop (1995)『サクソンの司教冠《ミトラ》』（創元推理文庫）
3 Suffer Little Children (1995)『幼き子らよ、我がもとへ』（創元推理文庫）
4 The Subtle Serpent (1996)『蛇、もっとも禍し』（創元推理文庫）
5 The Spider's Web (1997)『蜘蛛の巣』（創元推理文庫）
6 Valley of the Shadow (1998)『翳深き谷』（創元推理文庫）
7 The Monk Who Vanished (1999)『消えた修道士』（創元推理文庫）
8 Act of Mercy (1999)『憐れみをなす者』（創元推理文庫）
9 Hemlock At Vespers I & II (2000)　短編集
10 Our Lady of Darkness (2000)『昏《くら》き聖母』（創元推理文庫）
11 Smoke in the Wind (2001)『風に散る煙』（創元推理文庫）
12 The Haunted Abbot (2002)
13 Badger's Moon (2003)
14 Whispers of the Dead (2004)　短編集
15 The Leper's Bell (2004)

16 Master of Souls (2005)
17 A Prayer for the Damned (2006)
18 Dancing with Demons (2007)
19 Council of the Cursed (2008)
20 The Dove of Death (2009)
21 The Chalice of Blood (2010)
22 Behold a Pale Horse (2011)
23 The Seventh Trumpet (2012)
24 Atonement of Blood (2013)
25 The Devil's Seal (2014)
26 The Second Death (2015)
27 Penance of the Damned (2016)
28 Night of the Lightbringer (2017)
29 Bloodmoon (2018)
30 Blood in Eden (2019)
31 The Shapeshifter's Lair (2020)
32 The House of Death (2021)

33 Death of a Heretic (2022)
34 Revenge of the Stormbringer (2023)
35 Prophet of Blood (2024)
36 Grave of the Lawgiver (2025)

◎Hemlock At Vespers 収録作品

※は『修道女フィデルマの叡智』、★は『修道女フィデルマの洞察』、◆は『修道女フィデルマの探求』所収。

Murder in Repose (1993)「まどろみの中の殺人」★
Murder by Miracle (1993)「奇蹟ゆえの死」★
Tarnished Halo (1995)「汚《けが》れた光輪《ヘイロウ》」◆
Abbey Sinister (1995)「不吉なる僧院」◆
Our Lady of Death (2000)「旅籠《はたご》の幽霊」※
Hemlock at Vespers (1993)「晩禱の毒人参《ヘムロック》」★
At the Tent of Holofernes (1997)「ホロフェルネスの幕舎《ばくしや》」※
A Canticle for Wulfstan (1994)「ウルフスタンへの頌歌《カンティクル》」◆

The High KIng's Sword (1993)「大王の剣」※
The Poisoned Chalice (1996)「聖餐式の毒杯」※
Holy Blood (1999)「ゲルトルーディスの聖なる血」◆
A Scream from the Sepulchre (1998)「大王廟《びょう》の悲鳴」※
The Horse That Died for Shame (1995)「名馬の死」★
Invitation to a Poisoning (1998)「毒殺への誘い」★
Those That Trespass (1999)「道に惑《まど》いて」◆

訳者紹介　早稲田大学大学院博士課程修了。英米演劇，アイルランド文学専攻。翻訳家。主な訳書に，C・パリサー『五輪の薔薇』，P・トレメイン『蜘蛛の巣』『幼き子らよ、我がもとへ』『蛇、もっとも禍し』『アイルランド幻想』など。

修道女フィデルマの洞察《どうさつ》

──修道女フィデルマ短編集──

2010年6月25日　初版
2025年8月29日　5版

著　者　ピーター・トレメイン

訳　者　甲《か》斐《い》萬《ま》里《り》江《え》

発行所　(株)東京創元社
代表者　渋谷健太郎

162-0814 東京都新宿区新小川町1-5
電　話　03・3268・8231-営業部
03・3268・8201-代　表
URL　https://www.tsogen.co.jp
組　版　工友会印刷
印刷・製本　大日本印刷

乱丁・落丁本は，ご面倒ですが小社までご送付ください。送料小社負担にてお取替えいたします。

ISBN978-4-488-21814-0　C0197

世界中の読書家に愛される〈フィデルマ・ワールド〉の粋
日本オリジナル短編集

〈修道女フィデルマ・シリーズ〉

ピーター・トレメイン◎甲斐萬里江 訳
創元推理文庫

修道女フィデルマの叡《えい》智《ち》
修道女フィデルマの洞《どう》察《さつ》
修道女フィデルマの探求
修道女フィデルマの挑戦